ZUM BUCH:

Dane Marsh ist ein Mann von der Erde – an einem Ort, wo Erdenmenschen nichts zu suchen hätten, entführt von außerirdischen Sklavenjägern, die allen Gesetzen zum Trotz Angehörige intelligenter Spezies kidnappen. Besonders mutige Sklaven werden zum Roten Mond gebracht und dort am Ende einer Dunkelperiode ausgesetzt, um zu kämpfen. Nur wer bis zur nächsten Dunkelperiode überlebt, ist frei und wird reich belohnt. Aber Überlebende sind äußerst selten, denn die Jäger des Roten Mondes lauern überall auf ihre Beute.

Dane Marsh bleibt nichts anderes übrig, als sich mit anderen Gefangenen zusammenzutun. Mit ihnen versucht Marsh, die furchtbare Jagd zu überstehen. Als sie beginnt, weiß niemand, wer der Gegner eigentlich ist ...

ZUR AUTORIN:

Marion Zimmer Bradley, Jahrgang 1930, entdeckte ihre Liebe zur Science Fiction-Literatur bereits im Alter von 16 Jahren. Ihre erste eigene Story erschien 1953 in dem Magazin VORTEX SF, und schon ihr erster Kurzroman BIRD OF PREY (1957) war nicht nur ein Volltreffer – er legte auch den Grundstein für den großangelegten Zyklus um DARKOVER, den Planeten der blutroten Sonne, mit dem die Autorin zu Weltruhm gelangte.

Mit zunehmendem Erfolg und der damit verbundenen Selbständigkeit dem Zwang zur SF-Massenproduktion entronnen, konnte Marion Zimmer Bradley die Qualität ihrer Romane immer weiter verbessern und auf die Probleme eingehen, die ihr am Herzen liegen – so die Stellung der Frau in der SF und die Beziehungen der Geschlechter unter völlig neuen Bedingungen. Heute ist Marion Zimmer Bradley die mit Abstand bekannteste, erfolgreichste und beliebteste SF-Autorin der Welt. Um ihre DARKOVER-Romane hat sich längst ein regelrechter Kult gebildet, der auch in Deutschland immer mehr Anhänger gewinnt.

MARION ZIMMER BRADLEY

Die Jäger des Roten Mondes

ROMAN

Moewig bei Ullstein
Amerikanischer Originaltitel:
Hunters Of The Red Moon
Übersetzt von
Annette von Charpentier

Ungekürzte Ausgabe

Umschlagentwurf:
Theodor Bayer-Eynck
Umschlagillustration:
Silvia Mieres
Alle Rechte vorbehalten
Copyright © 1973 by
Marion Zimmer Bradley
Copyright © der deutschen Übersetzung
1981 by Verlag Arthur Moewig GmbH,
Rastatt
Printed in Germany 1993
Druck und Verarbeitung:
Ebner Ulm
ISBN 3 8118 3528 9

2. Auflage Dezember 1993
Gedruckt auf alterungs-
beständigem Papier mit
chlorfrei gebleichtem Zellstoff

Vom selben Autor
in der Reihe
Moewig bei Ullstein:

Hasturs Erbe (63515)
Die Flüchtlinge des Roten Mondes (63540)
Reise ohne Ende (63548)
Der verbotene Turm (63553)
Die Zeit der hundert Königreiche (63584)
Landung auf Darkover (63653)
Zauberschwestern (63884)
Die Monde von Darkover (63883)
Herrin der Falken (63886)
Das Schwert des Chaos (63702)

Die Deutsche Bibliothek –
CIP-Einheitsaufnahme

Bradley, Marion Zimmer:
Die Jäger des Roten Mondes: Roman / Marion Zimmer Bradley. [Übers. von Annette von Charpentier]. – Ungekürzte Ausg., 2. Aufl. – Rastatt: Moewig bei Ullstein, 1993
ISBN 3-8118-3528-9

Mein Dank und meine Anerkennung gelten
Paul Erwin Zimmer,
Marshal und Waffenexperte der „Society for Creative Anachronism", der mich freundlicherweise mit Informationen über das Wesen und die Anwendung all jener Waffen versorgte, die bei der Jagd auf dem Roten Mond benutzt wurden, und damit die Glaubwürdigkeit der Jagdszenen absicherte. Der Leser wird jedoch dringend gebeten, ihn nicht für etwaige Fehler verantwortlich zu machen, die – wenn sie vorgekommen sind – meiner Unfähigkeit zuzuschreiben sind, das vorhandene Material adäquat zu benutzen. Was auch immer gut und richtig im Zusammenhang mit den geschilderten Waffen ist, habe ich meinem lieben Bruder zu danken; was hingegen falsch oder irreführend sein mag, habe ich zu verantworten.

M. Z. B.

1

Jener Lichtfleck hing, wie es schien, schon seit geraumer Zeit an derselben Stelle des Himmels.

Dane Marsh faulenzte auf dem Vordeck der *Seadrift*, nackt bis auf die Badehose und ein lose über seine sonnenverbrannten Schultern geworfenes Hemd, und beobachtete den reglosen Lichtfleck.

Sonnenlicht auf der Tragfläche eines Flugzeuges, dachte er, *ein Lebenszeichen, das erste seit Tagen. Menschliches Leben jedenfalls, ansonsten jede Menge fliegende Fische, Delphine und, je nachdem, wie weit man die Skala dessen ausdehnte, was man als Leben bezeichnen wollte, Billionen und aber Billionen von Krabben und Plankton.*

Aber wir sind jenseits der normalen Fluglinien und weit entfernt von den Schiffsrouten. Das letzte Schiff, das ich gesichtet habe, war der Tanker vor neunzehn Tagen.

Er fragte sich, ob es wirklich ein Flugzeug war.

Für einen Augenblick beschäftigte er sich mit dem Gedanken an Männer in feinen Anzügen, Frauen in Seidenstrümpfen und Pelzen, die achtzehnhundert Meilen von der nächsten Küste entfernt, in wohlgeordneten Reihen saßen, sich vielleicht sogar einen Film ansahen. Hier draußen, wo vor zweihundert Jahren Kapitän Bligh und zweiundzwanzig Männer, dem Hungertod nah und von der Sonne verbrannt, Wochen und Monate in einem offenen Boot gesegelt waren. Und nun überquerten die Pan American Airlines dasselbe Gebiet in ein paar Stunden, gerade Zeit genug für die Erstaufführung eines amerikanischen Films und ein paar Drinks.

So ein eisgekühlter Drink könnte mir jetzt nicht schaden, dachte Dane. Die *Seadrift* war zwar mit Proviant ganz gut versorgt, wenn man es recht bedachte, mit gefriergetrocknetem Chow Mein und

Boeuf Stroganoff, aber er hätte jetzt gern einen kühlen Long Drink auf Eis von einer dieser hübschen Stewardessen serviert bekommen. Ein Eisschrank auf einem Neun-Meter-Boot wäre allerdings etwas übertrieben gewesen.

Verdammt, dieses Flugzeug scheint sich nicht vom Fleck zu bewegen. Es hängt nur da. An einer Stelle.

Es kann also offensichtlich kein Flugzeug sein, sagte Dane zu sich selbst, ohne seinen bequemen Aussichtsplatz zu verlassen. Ein Lichtreflex auf einer Wolke oder so etwas.

Meilenweit um ihn herum, in jeder Richtung, erstreckte sich der ruhige Pazifik. Kleine Wellen trieben langsam, fast unmerklich aus dem Osten und verloren sich gen Sonnenuntergang. Die *Seadrift* glitt dahin. Das großflächige Spinnaker war gesetzt, um auch das leichteste Lüftchen einzufangen – gewöhnlich kam gegen Abend eine leichte Brise auf –, aber im Moment war sogar die einsame Besatzung überflüssig. Dane Marsh wußte, er sollte aufstehen, die Selbststeueranlage überprüfen, hinuntergehen, sich eine Kanne Tee machen und eine Angel aushängen, falls ein Fisch sich über Nacht hierher verirren würde, aber Sonne, Meer und Stille zusammen hatten eine fast hypnotisierende Wirkung auf ihn ausgeübt. Er starrte auf das ferne, reglose Licht, das immer mehr wie der typisch runde Sonnenreflex auf glänzendem Metall aussah, auf der Tragfläche eines weit entfernten Flugzeuges. Ihm gefiel der Gedanke, daß es ein Flugzeug war, daß andere menschliche Wesen in Sichtweite waren, wenn auch außer Reichweite. Stewardessen in Miniröcken.

Es ist jetzt genau zweihundertvierundachtzig Tage her, daß ich eine Frau gesehen habe, die englisch sprechen konnte. Oder selbst eine, die es nicht konnte. Warum, zum Teufel, kam ich überhaupt auf diese Idee? Allein in einem kleinen Boot um die Welt segeln! Wenn ich der erste wäre. Oder wenigstens der schnellste.

Damals schien es eben eine gute Idee zu sein, das war alles.

Was war schon dabei, daß er nicht der erste war? Heutzutage war alles, was es an Abenteuerlichem zu geben schien, schon getan. Den Mount Everest besteigen, allein um das Kap Horn segeln, den

Nordpol erreichen. Alles, außer zum Mond zu fliegen, und dazu brauchte man eine Ausbildung und Förderung, die er nie erhalten würde.

Ich beneide den ersten, der zu Fuß um ihn herumwandert, das wird ein Abenteuer für igendeinen verdammten Glückspilz, eines Tages ...

Widerwillig erhob sich Dane Marsh aus seiner bequemen Lage. Es gab Arbeit. Die Segel flatterten heftig unter den ersten Stößen des aufkommenden Nachtwindes. Er zurrte den Klüver und den ausgestellten Spinnaker etwas fester, bestimmte den Kurs neu und ging dann hinunter, um sich etwas zum Abendessen zu suchen. Die Kajüte unter Deck war erstickend heiß. Er hatte überlegt, ob er die ruhige See ausnutzen sollte, um etwas Warmes zu kochen, aber der Saunaeffekt entmutigte ihn. Er öffnete ein Paket Roggenknäckebrot und eine Dose Käse, schüttete Zitronenpulver in Trinkwasser und rührte Zucker hinein und trug Essen und Trinken an Deck, um die Brise zu nutzen.

Das Licht hielt sich lange in diesen Breiten und zu dieser Jahreszeit. Die Sonne verweilte und zeichnete karmesin- und scharlachrote Spuren auf das fast unbewegte Meer. Eine schmale Mondsichel, ein bloßer Fetzen Silber, hing tief und blaß über der untergehenden Sonne. Hoch darüber ein Schimmer des Abendsterns ...

Nein, dachte Dane Marsh ungläubig, *es ist dasselbe Licht!*

Er runzelte die Brauen, entschlossen, das Rätsel zu lösen. Ein Flugzeug? Zum Teufel, nein; das älteste Propellerflugzeug würde inzwischen außer Sicht sein. Eine Düsenmaschine wäre längst verschwunden, noch während er sie beobachtete. Ein Satellit? Nein, die bewegten sich weiter. Ein Wetterballon? Na ja, vielleicht konnte einer so weit von einer bewohnten Küste forttreiben, möglicherweise mit dem Wind von Australien, aber es wäre wirklich ungewöhnlich.

Er biß in sein Käsebrot und beobachtete das seltsame Licht, das in dem langsam verblassenden Zwielicht hing und heller zu werden schien. Es war anscheinend selbstleuchtend und hatte inzwischen den Durchmesser eines Golfballes.

Ein Wetterphänomen, ohne Zweifel, aber eines, auf das ich in den fünfzehn Jahren, die ich überwiegend auf dem Meer zugebracht habe, noch nicht gestoßen bin.

Na ja, sagte er zu sich selbst, *wenn* es auf See etwas zu lernen gab, dann war dies die Tatsache, daß man immer noch dazulernen konnte. Diese alte Welt hielt noch genügend Überraschungen bereit für Leute, die Augen und Ohren offenhielten, dachte Dane und kaute auf seinem Brot herum.

Es wurde größer. Es schien jetzt die Größe eines kleinen Tellers zu haben und zeigte sich in der Form irgendwie von rund nach oval verändert.

Ich frage mich, ob es das ist, was Leute sehen, die von fliegenden Untertassen berichten – Verzeihung, von unidentifizierten Flugobjekten! Dies hier war so sicher wie das Amen in der Kirche irgendeine Art Flugobjekt und ungefähr das Unidentifizierbarste, was er je gesehen hatte!

Nun konnte Dane erkennen, daß es definitiv massiv war. Da er keine Ahnung hatte, wie weit es wirklich entfernt war, konnte er auch die Größe nicht zuverlässig beurteilen. Mit wachsender Verwunderung und abenteuerlichen Vermutungen beobachtete er, wie es sich langsam der Wasseroberfläche näherte und immer größer wurde, größer, gewaltiger und von unglaublichen Umrissen.

Fliegende Untertasse? Eher ein fliegender Wolkenkratzer!

Es war größer als ein Ozeandampfer; größer als ein Tanker. Kein Flugzeug, das je gebaut worden war, hatte diese Ausmaße. *Nicht einmal die Russen ...*

Angst stieg in ihm hoch. Noch nicht die direkte Angst vor der großen Maschine, sondern – für einen Burschen wie Dane Marsh – eine tiefere, beklemmendere Angst.

Bin ich ausgeflippt? Einsamkeit tut den Menschen seltsame Dinge an ... Er mühte sich um Ruhe und faßte entschlossen nach dem vertrauten Mast der *Seadrift*. Die glatte weiße Farbe, die er gerade vor zwei Monaten erneuert hatte, bekam schon wieder Flecken vom unerbittlichen Salzfraß. Seine Hände waren vom Umgang mit Leinen und Spieren schwielig geworden. Der Puls, wegen der

Furcht ein wenig erhöht, schlug noch wahrnehmbar und gleichmäßig, und seine Augen waren klar, denn als er seinen Kopf umwandte und blinzelte, hatte sich das riesige Ding nicht von der Stelle bewegt.

Nun, jedenfalls bin ich nicht verrückt, habe weder Träume noch Halluzinationen.

Also: Selbst wenn es so etwas nicht gibt, ist das Ding definitiv dort. Wenn ich es sehe und mit meinen Augen alles stimmt, dann muß es existieren.

Und daher – der Atem stocke ihm beim nächsten, unentrinnbaren Schritt in seiner Logik –, *wenn kein Land der Erde jemals etwas auch nur annähernd Ähnliches gebaut hat, muß es irgendwie von außerhalb kommen.*

Er entdeckte, daß seine Arme und Beine trotz der Hitze des tropischen Sonnenuntergangs mit Gänsehaut bedeckt waren. *Außerhalb.* Mit einem einzigen großen Satz hatte sein Bewußtsein die langsamen Schritte der Wissenschaftler zu den Sternen hin überwunden. *Es gab etwas dort draußen!*

Ein angenehmer Schauder überfiel ihn. *Habe ich gedacht, es seien keine Abenteuer mehr übrig?*

Eisige Furcht folgte plötzlich diesem Gedanken. So lange Zeit, und sie hatten sogar ihre bloße Existenz geheimgehalten. Was würde passieren, wenn sie zufällig bemerkten, daß er sie bereits beobachtete? Er glaubt noch nicht, daß sie bösartig waren. Warum sollten sie? Ein Raumschiff, fähig, interstellare Entfernungen zurückzulegen (aus welchem seltsamen Metall war der Rumpf, fahl, mit einem Schimmer wie eine Pfauenfeder?), würde einem kleinen Schiff wie der *Seadrift* nicht mehr Beachtung schenken als er, Dane Marsh, einem fliegenden Fisch. (Was aber tat er, wenn ein fliegender Fisch morgens auf seinem Deck landete? Manchmal warf er ihn zurück ins Meer. Aber wenn er zufällig Hunger hatte, briet er ihn sich zum Frühstück.)

Dane Marsh begann mit schnellen, ruhigen Bewegungen sein Boot zu wenden. Er war neugierig, klar, aber er wollte lieber aus sicherer Entfernung weiter beobachten. Er hatte nicht das Bedürfnis, in einer Art galaktischer Bratpfanne zu enden.

Seine Arme erschienen ihm schwer und unbeholfen, als er sie hob, um die Leinen einzuholen; dann begann ein summender Laut, ein helles Klingeln, in seinen Ohren zu tönen. Er war besessen von dem Gefühl, wahnsinnig schnell etwas tun zu müssen, aber ihm schien, als wate er durch ein Becken mit klebrigem Sirup. Es kostete ihn gehörige Anstrengung, seinen Fuß von Deck zu heben, und das zunehmende Gefühl von Unwirklichkeit überfiel ihn mit neuem Schrecken.

Ist all das doch eine Halluzination? Ein böser Traum, der zum Alptraum wurde?

Mit wilder Entschlossenheit drehte er den Kopf herum, so daß er das große, verschwommene Schiff sehen konnte. Langsam, langsam öffnete sich eine Luke, und ein blendendes Licht strahlte heraus, aber Dane Marsh stürzte auf das Deck nieder und lag da und zappelte nur noch schwach, als er sich bemühte aufzustehen.

Als das Deck unter dem seltsamen, fremdartigen Schritt schwankte, war er bewußtlos, kämpfte aber im Traum weiter.

Sie waren abseits der normalen Fluglinien und weit entfernt von den Schiffsrouten, und kein anderes Auge auf der Erde sah das große Raumschiff, als es fünf Meilen über dem Pazifischen Ozean den Raum verließ. Die *Seadrift* wurde fünf Wochen später leer treibend von einer Jacht gefunden, die auf dem Weg nach Hawaii war...

2

Dane Marsh erlangte das Bewußtsein wieder und spürte einen rasenden Schmerz in der Kehle. Er tauchte aus verwirrten Alpträumen von wilden Bestien auf, die seine Halsschlagader umklammerten, Träumen von herausspritzendem Blut und von Gerüchen, die ihm einen irgendwie atavistischen Schrecken versetzten (Löwen, frisches Blut, leichter Verwesungsgeruch), und dann war er unvermittelt wieder bei Sinnen. Die weit aufgerissenen Augen nahmen ganz plötzlich die weiße, kalte Umgebung wahr, die beiden Gestalten (Alptraum! Mannsgroß, aber flachgesichtig, *fellbedeckt* – mit Löwenmähne!), die sich über ihn beugten. Die Nadeln immer noch in seiner Kehle. Er bäumte sich auf, spannte angeschwollene Muskeln und wollte schreien, aber lediglich eine vernichtende Taubheit, verschärft durch Sekundenbruchteile voller Todesangst, brach durch seine Kehle.

Er war festgeschnallt. An Händen und Füßen gebunden, konnte keinen Muskel bewegen.

Gepeinigt!

Von Entsetzen gepackt, preßte er die Augen wieder zu, dann, während er um Ruhe kämpfte, öffnete er sie wieder. Seine Kehle war jetzt taub, ohne Schmerzen. Hatten sie versucht, ihm die Stimmbänder zu entfernen? Die Hände der beiden löwengesichtigen Kreaturen, die feinfühlig an seiner Kehle arbeiteten, waren menschlichen Händen nicht unähnlich. Er fühlte jetzt überhaupt keinen Schmerz mehr, nur eine unangenehme Taubheit. Nun, was auch immer sie vorhatten, er konnte nicht einmal den kleinen Finger rühren, um sie daran zu hindern, und sie konnten nicht die Absicht haben, ihm größeres Leid zuzufügen, wenn sie sich die Mühe machten, ihn zu betäuben.

Dane sah sich um. Merkwürdige metallische Gebilde hingen von glatten Schotten; undefinierbar, aber er vermutete, die Fremden würden in einem modernen menschlichen Krankenhaus genauso verwirrt sein. Er betrachtete die beiden löwengesichtigen Gestalten und bemerkte zwei Daumen an ihren Händen, die sich mit extrem flinker Geschmeidigkeit bewegten. Die Hände waren in irgendeinen dünnen Stoff gehüllt. Beide trugen Overalls aus graublauem Material. Dane wünschte, er könnte sehen, was sie mit seiner Kehle machten. Er spürte einen plötzlichen Ruck, als einer von ihnen dort etwas herumdrehte und befestigte, dann fühlte er das schmerzlose Stechen und Ziehen. Sie nähten ihn zu. Einer von ihnen berührte ihn leicht mit einem langen Stab mit leuchtender Spitze und sagte laut: „Man sollte meinen, früher oder später würde einer dieser Wilden merken, daß wir ihnen nicht weh tun wollen aber sie kämpfen alle wie besessen. Dieser hier ist nicht so schlimm wie die meisten. Ist er schon wach?"

Dane Marsh blinzelte. Sprachen sie Englisch? Nein, wenn er genau hinhörte, konnte er seltsame, gutturale Silben hören, aber sie ergaben keinen Sinn ...

„Ich glaube schon, ich werde es versuchen", sagte der zweite, etwas größere von beiden und beugte sich über Dane Marsh. „Bitte leisten Sie keinen Widerstand, dann werden wir Sie in Ruhe lassen. Wir wollen Sie nicht verletzen. Wir haben Ihnen lediglich eine Translatorscheibe implantiert. Sehen Sie, jetzt können Sie verstehen, wenn man zu Ihnen redet. Bitte sagen Sie mir, ob Sie mich hören und verstehen können."

Dane Marsh merkte, wie die Riemen, mit denen er am Tisch festgebunden war, leicht gelockert wurden, so daß er sich aufsetzen konnte, obwohl seine Hände noch festgeschnallt waren. Er fühlte sich ausgedörrt und befeuchtete die trockenen Lippen mit der Zunge. Seine Stimme klang heiser und fremd, als er sagte: „Ja, ich kann Sie gut hören. Was – wo bin ich? Wie bin ich hierhergekommen? Was wollen Sie von mir?"

„Sehr gut", sagte der eine zum anderen. „Erfolgreich. Ich mag die nicht, die einfach nichts verstehen, und wir müssen sie dann wie Vieh behandeln. Gute Arbeit."

„Hmm, ja. Nicht viel Platz für die Platte in dem da. Ich hatte befürchtet, ich würde einen Nerv durchschneiden. Ich habe bis jetzt nicht viel Glück gehabt mit den Proto-Simianern. Na gut, du kannst ihn dann wieder hinlegen."

Dane schrie: „Antworte mir, verdammter Kerl. Was wollt ihr von mir? Wie bin ich hierhergekommen? Wer seid ihr überhaupt?"

Eine der löwengesichtigen Gestalten sagte: „Das ist der Teil, der mich immer aufregt. Wenn sie anfangen, Fragen zu stellen. Alles in allem ist es ein lausiger Job." Er berührte Dane mit der Lichtspitze des Stabes. Dane zuckte unter einem starken, schmerzhaften, elektrischen Schlag zusammen.

Die andere Kreatur sagte: „Das war nicht nötig, Ferati, er ist keiner von der gefährlichen Sorte. Für alle Fälle haben wir da oben ein Betäubungsfeld, falls wir es brauchen sollten." Er sah Dane an, während er ihm die Handfesseln vorsichtig lockerte, und sagte: „Es ist nicht unsere Pflicht, Ihre Fragen zu beantworten, aber sie werden in kurzer Zeit beantwortet werden. Sie haben nichts zu verlieren, aber alles zu gewinnen, wenn Sie geduldig sind. In wenigen Minuten wird jemand kommen und Sie in Ihr Quartier zurückbringen. Wenn Sie friedlich mitgehen, können wir Ihnen vielleicht etwas mehr Bequemlichkeit verschaffen. Ist Ihr Mund trocken? Das sind nur die Nachwirkungen der Anästhesie und des Betäubungsfeldes, das benutzt wurde, als man Sie an Bord brachte. Hier, versuchen Sie das." Er reichte Dane einen Plastikbecher mit irgendeiner Flüssigkeit. Dane stellte fest, daß er eine Hand bewegen konnte. Er nippte zögernd daran und fand, daß es sauer schmeckte, aber bemerkenswert durstlöschend war.

Über seinen Kopf hinweg sagte einer der beiden: „Ich bin gespannt, ob er zu den Intelligenteren und Lenkbareren gehören wird."

„Ich hoffe es. Der Alte sagt zwar immer, daß er ein paar richtige Wilde haben will, aber das letzte Mal ..."

Ein Sprechgerät an der Wand summte. Eines der löwengesichtigen Wesen sagte, ohne aufzusehen: „Sofort." Es bedeutete Dane, während er ihm die Tasse abnahm, er solle aufstehen. „Gehen Sie hinüber zu dieser Tür. Jemand wird Sie dort erwarten, um Sie zu Ihrem Quartier zu bringen ..."

Dane stemmte eigensinnig die Fersen auf den Boden. „Nicht bevor ihr mir ein paar Fragen beantwortet habt," sagte er. „Ich weiß, daß ich an Bord eines Raumschiffes bin. Aber warum? Woher kommt ihr? Was wollt ihr mit mir machen?"

Das Wesen, das ihm den Schlag mit dem Stab versetzt hatte, machte eine drohende Gebärde. „Ich habe es Ihnen schon gesagt, es ist nicht unsere Pflicht, Ihre Fragen zu beantworten. Tun Sie, was Ihnen gesagt wird, dann wird Ihnen nichts geschehen."

Dane senkte den Kopf und sprang nach vorn. Er bekam die löwenköpfige Kreatur tatsächlich mit einer ausgestreckten Hand zu fassen und setzte einen kraftvollen Judogriff an.

Und die Decke fiel auf ihn herab, und er verschwand.

Als Dane Marsh wieder aufwachte, befand er sich in einem Käfig.

Das war sein erster Eindruck: Schatten kippender Balken, die auf und ab liefen zwischen ihm und dem Licht, das bläulich-weiß und fahl war. Ein Käfig.

Er wälzte sich herum, setzte sich und griff sich benommen an den Kopf.

Auf den zweiten Blick eher ein Gefängnis als ein Käfig. Ein großer, vergitterter Raum, an der einen Wand eine Reihe von Pritschen, von denen Netze gespannt waren – er nahm an, um die darin Liegenden während schneller Manöver vor dem Herausfallen zu bewahren. In dem großen Raum befanden sich ungefähr ein Dutzend Leute.

Leute – im weitesten Sinn. Etwa die Hälfte von ihnen waren menschlich wie er selbst oder mit Unterschieden, die zu geringfügig waren, als daß er sie sofort hätte bemerken können. Keiner war von der löwengesichtigen Rasse wie die beiden in dem Raum, in dem er vorhin aufgewacht war und von dem er annahm, daß es eine Art Schiffshospital war. Aber die Hälfte der Bewohner des

Raumes, in dem er sich jetzt befand, waren ihm sehr ähnlich. Der Rest war – anders.

Da gab es ein Wesen, mindestens zweieinhalb Meter groß, das ihn auf merkwürdige Weise an eine Spinne erinnerte; grau, pelzig und mit seltsamen, großen Augen; er hatte den verworrenen Eindruck, daß da mehr Arme und Beine waren als nötig, obwohl er sich nicht recht vorstellen konnte, warum. Da gab es einen, der war gedrungen und kräftig gebaut mit lederartiger Haut oder Kleidung und einer ebensolchen Gesichtsmaske. Es war zuviel für Dane Marsh, um es alles auf einmal aufzunehmen.

Mein Gott, bin ich in einem Zoo? Nur eines von vielen Tieren?

„Nicht in einem Zoo", sagte eine Frau, die neben seiner Koje stand, und Dane bemerkte, daß er laut gesprochen hatte. Die Worte klangen fremdartig, aber es schien Dane, als „höre" er ihre Resonanz auf der Platte, die die Löwen-Wesen in seine Kehle eingesetzt hatten. Er nahm an, daß es irgendein mechanisches Übersetzungsgerät war. Dane konnte sich nicht einmal annähernd eine Technologie vorstellen, die so etwas entwickelt hatte. „Nein, Sie sind nicht in einem Zoo. Nicht ganz. Es wäre vermutlich besser für Sie, wenn es so wäre. Dies ist ein Sklavenschiff der Mekhar."

Er schwang die Beine über den Rand der Pritsche. Die Frau beugte sich herab, um ihm zu helfen, das Netzwerk davor zu lösen. Er sagte: „Wie lange war ich bewußtlos?"

„Ein paar Stunden. Die müssen ein Laserfeld eingesetzt haben, um Sie zu betäuben – sie haben eins in der Krankenstation, und ich nehme an, sie haben Sie auch mit einem gefangen."

Dane dachte an die letzten Momente an Bord der *Seadrift* zurück. „Ja. Meine Arme und Beine bewegten sich immer langsamer, und zuletzt muß ich ohnmächtig geworden sen. Es war ein Alptraum."

„Es war real", sagte die Frau düster. Sie war ungefähr in Danes Alter, ihr rotes Haar floß offen und ungekämmt herab, und sie trug eine Art lockeres Hemd und Hosen in der Art, wie ein russischer oder israelischer weiblicher Soldat sie tragen würde. „Sind Sie von einer der Welten des Bundes? Sklavenjagd ist in allen Sternensystemen des Galaktischen Bundes verboten, aber die Mekharschiffe tun es trotzdem; es ist so einträglich, daß sie es riskieren."

Dane sagte: „Es tut mir leid. Das ist zu hoch für mich. Sie wollen damit sagen, dieses Schiff hier kommt wirklich von den Sternen?"

Sie sagte: „Soweit ich es abschätzen kann, haben wir ungefähr dreißig Sonnensysteme angesteuert. Die Sklavenquartiere sind nahezu voll; ich vermute, daß sie jetzt ziemlich bald zum Mekhar-Handelszentrum zurückkehren. Es ist ungewöhnlich, daß sie nur eine Person von einem Planeten mitnehmen. Hat Ihre Welt ein gutes Abwehrsystem gegen Sklavenraubzüge?"

„Kein Mensch auf meiner Welt ahnt, daß es so etwas überhaupt gibt", sagte Dane mit verzerrter Miene. „Leute, die von Raumschiffen von anderen Sternen erzählen, werden gewöhnlich als Verrückte eingesperrt — oder ausgelacht, je nachdem. Ich segelte allein in einem kleinen Boot."

„Außer Sichtweite des Festlands? Das erklärt es natürlich; sie sind nur heruntergeschossen und haben Sie ergriffen, wahrscheinlich in der Annahme, acht oder zehn Leute an Bord zu finden", sagte die rothaarige Frau. „Irgend jemand im Kontrollraum bekommt in diesem Augenblick wahrscheinlich das Gesicht zerkratzt."

„Die Mekhar? Sind das die löwengesichtigen Burschen, die ich gesehen habe?" Er zögerte, als ihm einfiel, daß sie vielleicht nicht wußte, was ein Löwe war, aber offensichtlich vermittelte ihr der mechanische Übersetzungsapparat das nächste Äquivalent, denn sie sagte: „Ja, sie sind Protofelinen, und ich persönlich glaube, sie sind die wildesten Leute in der Galaxis. Ihnen wurde die Mitgliedschaft im Bund fünfmal verweigert, wissen Sie. Ach, verzeihen Sie, wenn Ihre Welt eine Geschlossene Welt ist, wissen Sie wahrscheinlich nicht einmal, was der Galaktische Bund ist. Gibt es bei Ihnen Raumfahrt?"

„Nur in geringem Maße. Wir erforschen unseren eigenen Mond und unternahmen zwei oder drei bemannte Expeditionen zum Mars — unserem vierten Planeten", sagte Dane.

„Nun, der Bund ist ... Sie würden es wahrscheinlich eine lockere

Friedens- und Handelsföderation nennen. Es war der Galaktische Bund, der zuerst das Konzept der Allumfassenden Weisheit formuliert hat; davor hatten die Protofelinen auf uns herabgesehen – sowohl auf die Protosimianer als auch auf die Protoreptilien. Und so weiter und so fort. Wir können darauf zu einem anderen Zeitpunkt zurückkommen. Sagen Sie mir Ihren Namen."

Er nannte ihn ihr. "Und wie heißen Sie"? fragte er. "Wie sind Sie in Gefangenschaft geraten? Glaubt Ihre Welt auch nicht an fremde Raumschiffe?"

Sie schüttelte den Kopf. "Nein. Ich ging ein kalkuliertes Risiko ein. Ich bin Anthropologin und habe einen verlassenen, künstlichen Satelliten auf Spuren einer prähistorischen Technologie hin untersucht. Man hatte mich gewarnt, daß ein Mekhar-Überfall im nächsten Sternsystem stattgefunden hatte, aber ich hielt es für unwahrscheinlich, daß sie dort ihren nächsten Halt machen würden. Ich setzte auf mein Glück – und verlor. Sie töteten meinen Bruder und einen meiner drei Kollegen. Einer der Überlebenden ist dort drüben..." Sie deutete auf einen schwerfälligen Mann, der starke ethnische Ähnlichkeit mit ihr hatte und tief in ein Gespräch mit einem großen, zerbrechlich aussehenden Mädchen versunken war, "und der andere ist bei dem Überfall verwundet worden und liegt immer noch im Schiffshospital. Wenn sie ihn nicht getötet haben – als beschädigte Handelsware." Ihr Ton war unbeschreiblich bitter. Dane machte ihr deswegen keinen Vorwurf. "Ich heiße Rianna. Für was auch immer das jetzt noch gut sein mag."

Sie schwieg, und Dane sah sich um. Jenseits des Gefängnisses, in dem er sich befand, lagen weitere Zellen, ebenso vergittert und halb offen, und, soweit er es sehen konnte, alle voll besetzt mit Leuten. Er sagte: "Wie kann es sich überhaupt für sie lohnen, wegen einer einzigen Person auf einem Planeten haltzumachen?"

Sie zuckte die Schultern. "Gewöhnlich lohnt es sich nicht. Sklaven sind Luxusware, und normalerweise nehmen sie mehr. Als wir noch keine Luxusartikel waren, wurden wir sicher nicht so gut behandelt, aber jetzt geben sie sich große Mühe, uns gesund und glücklich zu halten. Sie rüsten uns sogar mit Translatorscheiben aus, obwohl uns das in die Lage versetzt, uns zu unterhalten und möglicherweise sogar eine Verschwörung gegen sie zu planen, weil sie sagen, es sei schlecht für unsere Moral, wenn wir nicht mit unseren Mitgefangenen reden können."

Weiter unten in dem offenen Korridor zwischen den vergitterten Zellen entstand eine Bewegung, und man hörte ein lautes, klirrendes Geräusch. Rianna sagte mit einer schiefen Grimasse: „Fütterung der Raubtiere."

Zwei der löwengesichtigen Kreaturen schoben einen großen Karren in den Gang hinunter. Immer wenn sie auf gleiche Höhe mit einer Tür anlangten, brachte einer von ihnen ein dünnes schwarzes Rohr in Anschlag — offensichtlich irgendeine Waffe —, während der andere vom Wagen mehrere Tabletts mit flachen Paketen ablud, von denen jedes eine andere Farbe hatte, und sie in die Zelle — oder den Käfig — trug. Dane beobachtete den Vorgang, ohne sich zu bewegen. Als sie fertig waren, hörte man wieder das klirrende Geräusch, und Rianna sagte: „Wir können das Essen jetzt holen. Wenn einer sich bewegt, während sie abladen, schießen sie mit dem Nervengewehr auf ihn. Man stirbt zwar nicht immer, wenn man getroffen wird, aber die Waffe ist auf maximale Schmerzerzeugung eingestellt, und es ist ein Gefühl, als würde man in siedendes Öl getaucht." Sie schauderte. „Ich bin in einen Schuß hineingelaufen, als wir gefangen wurden; es dauerte drei Tage, bis ich mich ohne den Wunsch zu schreien, wieder bewegen konnte."

Dane hatte sich gewundert, warum nicht alle Gefangenen in einer Zelle auf einmal auf die Wächter losstürzten. Er sagte: „Versucht keiner jemals zu entkommen?"

„Kein zweites Mal", sagte sie mit verzerrtem Gesicht. „Und wenn sie herauskommen, wo könnten sie hingehen? Auf dem Schiff laufen achtzig — vielleicht sogar mehr — Mekhar herum, und alle sind mit Nervengewehren bewaffnet." Sie ging zu der Stelle, wo die anderen Zellengenossen ihr Essen aufnahmen. Sie stöberte in dem Stapel Tabletts und fand zwei blau und grün gestreifte. „Das ist der allgemeine Farbcode, der die Nahrung für Protosimianer bezeichnet. Im Notfall können Sie auch die einfarbig grün oder blau markierte Nahrung essen. Aber rühren Sie niemals das rot oder orange ausgezeichnete Zeug an; es hat nicht die richtigen Vitamine. Und das gelb ausgezeichnete Essen würde Sie vergiften; es ist für Insektivoren."

Der rotgesichtige Mann, der eine stark ethnische Ähnlichkeit mit Rianna hatte, kam mit seinem Tablett in der Hand auf sie zu. Sie setzten sich auf den Fußboden, um zu essen. Er sagte zu Dane: „Willkommen in der Gemeinschaft der Verdammten", während er sein Päckchen aufriß. „Mein Name ist Roxon. Ich sehe, Rianna hat Sie schon begrüßt."

„Dane Marsh", sagte Dane. Er öffnete langsam das Paket. Das Essen war durch irgendeinen inneren Mechanismus erwärmt, dampfend heiß und erstaunlich wohlschmeckend. Dane begann, es auszulöffeln. Es war eine Art Brei, leicht gesüßt, irgendein Zeug von knuspriger Beschaffenheit, leicht salzig, und eine suppenartige Flüssigkeit, irgendwie bitter, aber gut. „Wenigstens haben die Mekhar – oder wie auch immer ihr sie nennt – nicht die Absicht, uns verhungern zu lassen."

„Warum sollten sie?" Die gedrungene Kreatur mit der lederartigen Haut – von nahem konnte Dane sehen, daß es tatsächlich Haut war – kam und ließ sich neben ihnen nieder. „Willkommen, Denkergenosse, im Namen der Allumfassenden Weisheit und des Friedens." Sein Paket war mit gelben und roten Streifen verschlüsselt. Ein Hauch davon stieg Dane in die Nase. Es roch leicht schwefelig und verwest, aber die lederhäutige Kreatur begann, es mit Genuß zu essen, wobei er seine langen Greiffinger mit außergewöhnlicher Anmut gebrauchte. Er berührte das Essen nur mit den Fingerspitzen und zerriß es dann mit langen, starken Zähnen. „Warum sollten sie uns nicht gut behandeln? Wir sind ihr Profit. Meine Welt ist arm, und ich werde selten so gut ernährt, aber wie sagt die Stimme des Eis? Möge seine Weisheit leben, bis die Sonne verglüht. Es ist sicher besser, in einem stinkenden Sumpf Fliegen zu jagen und in Frieden zu leben, als an reichgedeckten Tafeln zu schmausen in einem großen Haus, in dem Krieg und Streit toben."

Dane kicherte fast. Gelassene Philosophie aus dem Munde eines riesigen und wilden Reptils zu hören! Das große, gedrungene Wesen dreht sich mit entblößten Zähnen herum.

„Lachen Sie über die Weisheit des Göttlichen Eis, Fremder?" Seine Stimme war sehr sanft und freundlich.

„Auf keinen Fall", sagte Dane, während er leicht zurückwich. „Es gibt ein ähnliches Sprichwort in meiner eigenen ... äh ... im Großen Buch der Weisheit meiner eigenen Rasse. Es heißt: ‚Es ist besser, in einer Ecke der Dachkammer zu leben, als in einem großen Haus mit einer streitsüchtigen Frau zu wohnen.'"

„Ahem", rasselte der Echsenmann, „sicher ist alle Weisheit dieselbe, mein protosimianischer Freund. Man kann also sogar in der Sklaverei Stoff zum Philosophieren finden. Aber lassen Sie mich mitlachen, Freund."

Dane sagte, nach Worten suchend: „In meinem Volk findet man es komisch, wenn Worte des Friedens von ... von ... jemandem gesprochen werden, der einen ... kriegerischen und wilden Eindruck macht, und für meine Begriffe sehen Sie ... äh ... wild aus. Ich wollte Sie nicht beleidigen."

„Sie haben mich nicht beleidigt", sagte er freundlich, „obwohl es sicherlich gerade die große und wilde Person ist, die mit friedvoller Klugheit blicken und sprechen muß, um die anderen nicht zu erschrecken, während eine kleine und schwache Person friedfertige Natur allein durch ihre Erscheinung zeigt."

„Es funktioniert nicht immer auf diese Art in meiner Welt", sagte Dane. In seinen wildesten Träumen wäre es ihm nicht eingefallen, jemals zusammen mit einem riesigen Reptil beim Essen über Philosophie zu diskutieren – nein, das Wesen war offensichtlich eine Art Mensch. Aber er war schon wahnsinnig.

„Mein Name ist Aratak", sagte der lederne Echsenmann. Dane nannte ihm seinen Namen, und er wiederholte ihn nachdenklich. „Ich habe keine Ahnung, was ein Dane ist", sagte er, „aber Marsh ist ein Name meines Heimatplaneten, und darum sind wir Heimatbrüder, Freund Marsh. Lassen Sie uns auch Brüder im Unglück sein, denn alle Marshs sind wie ein Marsh, wie alle Meere ein Meer sind und alle Sümpfe ein einziger Sumpf im kosmischen All."

Dane Marsh kratzte sich am Kopf. Es gab eine gewisse Verrücktheit bei diesem riesigen Philosophen, die er mochte. „Mir ist es recht", sagte er.

„Wir werden unserer beider Philosophie in Ruhe erforschen", sagte Aratak. „Was mich betrifft, so halte ich nun für bewiesen, was ich bereits wußte, aber niemals richtig geglaubt habe, nämlich daß die Allumfassende Weisheit der Wahrheit entspricht und keine bloße Philosophie ist. In diesen Wochen der Sklaverei habe ich gelernt, daß wahre Brüderlichkeit zwischen Menschen und Humanoiden bestehen kann. Bislang hatte ich dafür immer nur Lippenbekenntnisse abgelegt. Mir schien, daß Protosimianer über keine Intelligenz verfügen könnten, weil ein so großer Teil ihres Stoffwechsels den Reproduktionsbedürfnissen unterworfen ist. Auf meinem Planeten taugen Simianer nur als Haustiere, und ich habe niemals vorher einen innerhalb des Bundes kennengelernt. Ich bin Ihnen allen also..." – Dane und Rianna verbeugten sich, als er sie mit ausgreifender Gebärde einschloß – „... zu ewigem Dank verpflichtet für die Bereicherung meines geistigen Horizonts."

Roxon meinte düster: „Laßt uns hoffen, daß wir lange genug leben, damit uns dieser bereicherte geistige Horizont noch etwas nützen kann." Alle verfielen wieder in Stillschweigen. Dane kratzte die letzten Essenskrümel vom Tablett und stellte es beiseite. Er fühlte sich jetzt besser, da er zumindest im Augenblick weder Tod noch Qualen zu befürchten hatte.

Trotzdem war die Aussicht alles andere als angenehm. Sein ganzes Leben lang war Dane Marsh ein Mann der Tat gewesen, in einer modernen Welt, in der das einige Anstrengung kostete. In der neuzeitlichen Gesellschaft gegen die meisten Menschen einen vorgezeichneten Weg von der Wiege bis zum Grab. Die meisten Handlungen sind vorbestimmt, und es bleibt wenig Eigenständigkeit.

Dane hatte sein ganzes Leben damit zugebracht, aus diesem Muster auszubrechen, und nun lag die aufgezwungene Hilflosigkeit schwer auf ihm und rief fast persönliche Wut hervor. Ohne Warnung gefangen, eingesperrt, gegen seinen Willen mit der verdammten Übersetzungsplatte ausgestattet, die einen kleinen, schmerzlosen Knoten in seiner Nackenhaut verursachte – sie erleichterte die Dinge, aber es war doch etwas, was gegen seinen Willen geschehen war.

Jetzt, da seine Kräfte durch das Essen zurückkehrten, verwandelte sich das erzürnende Gefühl der Hilflosigkeit schnell in Wut. Diese Leute, diese Bürger einer großen Galaktischen Zivilisation – sollten sie doch in ihren Käfigen sitzen bleiben und darauf warten, was die Mekhar mit ihnen vorhatten. Er beabsichtigte nicht, das zu tun.

Er hörte draußen das klirrende Geräusch wie beim ersten Mal, als die Mekhar in den Korridor gekommen waren, um das Essen auszuteilen. Er merkte es sich für eine mögliche spätere Verwendung. Offensichtlich öffnete ein einziger Mechanismus alle Zellentüren, wenn die Fütterungsrunde begann, und schloß sie wieder, wenn sie beendet war. Die Mekhar hatten anscheinend so großes Vertrauen in ihre Waffen und in die Angst, in die sie ihre Gefangenen versetzten, daß sie die Käfige so lange unverschlossen ließen. Dieses Wissen konnte ihm später von Nutzen sein, aber für den Augenblick beschloß Dane, seine Zeit abzuwarten.

Die anderen Gefangenen in ihrer Zelle – die haarige Kreatur, die den Eindruck vermittelte, mehr Arme und Beine zu haben, als sie haben sollte (Dane stellte fest, daß dieser Eindruck mit der seltsamen Art wie die Gliedmaßen aufgeteilt und gegliedert waren, zusammenhing), ein paar normal aussehende Männer und Frauen, eine große, plattgesichtige Kreatur, die mit einer Art von dunklem Fell bedeckt zu sein schien – leerten ihre Essenstabletts. Ein Paket war nicht angerührt worden, und Dane bemerkte, daß es den grünen und blauen Farbcode hatte, der es als menschliche Nahrung auszeichnete. Er sah sich in der Zelle um. Ja – auf der niedrigen Pritsche an der Wand lag, in ein langes, weißes Gewand gehüllt, eine schlanke, bewegungslose Gestalt, das Gesicht von ihnen abgewandt.

Dane sagte: „Was ist mit der los? Verletzt, krank, tot?"

„Sie stirbt", sagte Rianna ruhig. „Sie verweigert schon seit zehn Essensperioden die Nahrung. Sie ist eine Empathin von Sica Vier.

Die Leute von dort ziehen es vor zu sterben, wenn sie ihre Welt verlassen müssen. Es wird jetzt nicht mehr lange dauern. Alles, was wir noch für sie tun können, ist, sie in Ruhe zu lassen."

Dane sah die rothaarige Frau voller Abscheu an. „Und ihr alle sitzt einfach hier herum und laßt sie verhungern?"

„Natürlich", sagte Rianna ungerührt. „Ich sagte Ihnen schon, daß sie *immer* sterben, wenn sie von ihrer eigenen Welt und ihren eigenen Leuten entfernt sind."

„Und es macht Ihnen nichts aus"? stieß Dane leidenschaftlich hervor.

„Oh, es macht mir etwas aus." Ihre Stimme war ruhig. „Aber warum sollte ich mich in ihr gewähltes Schicksal einmischen? Manchmal glaube ich, sie ist weiser als wir."

Danes Gesicht drückte seinen ganzen Abscheu aus. Er stand mühsam auf und hob das übriggebliebene Essenspaket auf. Er sagte: „Nun, ich werde nicht hier herumsitzen und zusehen, wie die Frau stirbt, wenn ich etwas dagegen tun kann." Er ging mit langen Schritten hinüber, wo die Frau lag. Er bebte vor Zorn. *Sitzen herum und lassen sie verhungern!*

Sie rührte sich nicht, als er sich ihr näherte, und einen Augenblick lang fragte er sich, ob sie schon tot war oder zu weit weg, als daß er sie noch erreichen konnte. Dane stand für eine kurze Zeit über ihr Lager gebeugt und sah mit Verwunderung auf die Schönheit des Mädchens herab.

Formlose Gedanken überstürzten sich in seinem Kopf: *Das ist es, nach dem ich wahrscheinlich immer auf der Suche gewesen bin, dieses flüchtige Etwas, das ich immer gerade hinter dem nächsten Berggipfel vermutete ... hinter der nächsten Welle ... am Ende des Regenbogens. Ich wußte nicht, daß es eine Frau sein könnte ... oder die Form einer Frau annehmen könnte ...*

Und sie liegt hier und stirbt, und wir sind beide hilflos und gefangen. Sehe ich all diese Schönheit in ihr nur, weil es zu spät ist? Wird der unmögliche Traum erst im selben Augenblick real, in dem er für immer verlorengeht?

Mit einer Verwunderung, die jenseits von Schmerz war, stand er reglos da. Das Essenstablett hing vergessen in seiner Hand. Dann machte ihm eine schwache, kaum merkbare Bewegung, ein sanfter Atemzug, bewußt, daß sie noch am Leben war. Und sofort schwanden seine ungeordneten Gedanken über ihre unglaubliche Schönheit zugunsten der harten, praktischen Vernunft. Vergiß das alles! Sie ist nur ein Mädchen, das langsam sterbend hier liegt, aber vielleicht ist sie noch nicht zu weit weg. Verwunderung und Ehrfurcht wurden in einer Welle bloßen menschlichen Mitleids hinweggespült. Er kniete neben ihr nieder und streckte die Hand aus, um sie leicht an der Schulter zu berühren.

Ehe seine Hand sie erreicht hatte, regte sie sich und wandte sich leicht ihm zu, als ob der Aufruhr seiner Gedanken sie gestört hätte. Ihre Augen, tief unter feinen, dunklen Brauen liegend, öffneten sich.

Sie war so blaß, daß er irgendwie erwartet hatte, ihre Augen seien blau. Doch sie waren von einem tiefen Rehbraun, die großen Augen eines Waldtieres. Ihre Lippen bewegten sich ein wenig, als ob sie versuchte zu sprechen, aber ihre Stimme war zu schwach, um verstanden zu werden; es war nur ein schwacher Hauch von Protest, von Neugier.

Er sagte mit freundlicher Stimme: „Hier, ich habe Ihr Essen gebracht. Versuchen Sie zu essen."

Ein verneinendes Murmeln.

„Jetzt hören Sie mal zu", sagte Dane streng. „Das ist Unsinn. Solange Sie am Leben sind, haben Sie eine Verantwortung für uns alle. Sie müssen Ihre Kraft bewahren für den Fall, daß sich uns eine Möglichkeit zur Flucht bietet oder so etwas. Stellen Sie sich vor, wir würden gerettet oder könnten entfliehen, und Sie wären zu schwach, sich zu bewegen. Wir müßten Sie dann tragen und würden alle wieder gefangen, weil wir anhalten müßten, um Ihnen weiterzuhelfen. Wäre es nicht schrecklich, uns allen so etwas anzutun?"

Sie bewegte die Lippen wieder, und irgendwie hatte er den Eindruck eines schwachen Lächelns, obwohl die kraftlose Gestalt sich nicht wirklich bewegte. Die Worte kamen so leise, daß Dane sich tief zu ihr hinunterbeugen mußte, um sie zu verstehen.

„Warum sollte einer von euch ... meinen Becher leeren ...?"

„Weil wir alle Menschen sind und alle zusammengehören", sagte er fest. Aber er fragte sich, ob das stimmte. Keiner von ihnen hatte sich bemüht, das Mädchen am Leben zu halten, und vielleicht war es dieses Wissen, das in ihr den Wunsch hervorrief, sterben zu wollen ...

„Nun, ich jedenfalls kümmere mich um Sie", sagte er, und seine Finger suchten ihre Hand. „Kommen Sie, wenn Sie zu schwach sind, allein zu essen, werde ich Ihnen helfen." Er riß das Paket auf und sah zu, wie das selbstwärmende Element es sofort mit dampfender Hitze durchdrang. Er nahm ein wenig von der suppenartigen Flüssigkeit auf den Löffel und hielt ihn ihr an die Lippen. „Kommen Sie, schlucken Sie das", sagte er. „Fangen Sie damit an, das ist leicht."

Einen Augenblick lang dachte er, sie würde die Lippen eigensinnig geschlossen lassen; dann entspannte sie sich und ließ die Suppe hineinlaufen, und nach einer Weile sah er, wie sich ihre Kehle bewegte, und wußte, sie hatte es geschluckt. Ein tiefes wildes Gefühl des Stolzes übermannte ihn, aber er gab sich Mühe, es nicht zu zeigen, zog nur den Löffel zurück und hob eine weitere Portion an ihre Lippen. Nach zwei oder drei widerstrebenden Schlucken bewegte sie sich, als wollte sie sich aufrichten, und Dane legte seinen Arm um ihre Schultern und stützte sie. Er flößte ihr den Rest der Suppe und ein bißchen von dem Brei ein. Doch dann hielt er den Löffel zurück, als sie ihm bedeutete, daß sie mehr wolle.

„Jetzt noch nicht. Sie sollten nicht gleich so viel essen nach so langem Fasten. Warten Sie ein bißchen, bevor Sie mehr nehmen", riet Dane, und sie lächelte schwach und zustimmend, als er sie zurück auf die Kissen gleiten ließ. „Ja, versuchen Sie jetzt wieder zu schlafen, und das nächste Mal werden Sie schon kräftiger sein."

Ihre Augen fielen vor Erschöpfung zu, aber sie öffnete sie noch einmal unter Anstrengung und flüsterte: „... sind Sie?"

„Nur ein Mitgefangener", sagte er. „Mein Name ist Dane Marsh. Wir werden uns kennenlernen, wenn Sie wieder bei Kräften sind. Und Ihr Name ist ..."

„Dallith", flüsterte sie und fiel daraufhin in einen tiefen Schlaf, so völlig von ihm zurückgezogen, als sei sie tot.

Dane stand einen Augenblick da und betrachtete sie. Dann richtete er sich auf, sammelte ein, was vom Essen übrig war und legte es auf ein Möbelstück.

Dallith. Wie wunderschön — und wie gut es zu ihrem zarten Gesicht und den Augen eines scheuen Tieres paßte. Im Moment reichte es zu wissen, daß sie lebte, daß sie das Leben gewählt hatte. Er wandte sich ab und sah, daß die anderen Gefangenen sich in verschiedenen Gruppen zusammengetan hatten; aber Rianna beobachtete ihn immer noch. Als er an ihr vorbeiging, sagte sie mit tiefer Bitterkeit: „Sie Narr! Was haben Sie getan?"

„Ich glaube, sie wird leben", sagte Dane. „Sie brauchte nur jemanden, der sich darum kümmert, ob sie lebt oder nicht. Jeder von euch hätte das tun können."

Rianna sagte mit unbeschreiblichem Zorn: „Wie konnten Sie ihr das antun? Nachdem sie schon aufgegeben hatte! Sie wieder aufzuwecken, daß sie wieder hofft ... und leidet ... oh, Sie aufdringlicher Narr!"

Dane sagte: „Es ist nicht meine Art, herumzusitzen und jemanden sterben zu lassen. Solange es Leben gibt, gibt es Hoffnung. Sie sind am Leben, oder nicht? Und haben Sie es gewählt?"

Sie seufzte nur und wandte sich von ihm ab. Ohne ihn anzusehen, sagte sie: „Ich hoffe nur, daß Sie nie erfahren werden, was Sie getan haben."

3

In dem Sklavenschiff der Mekhar gab es keine Möglichkeit, die Zeit zu messen, außer an den Mahlzeiten und an den Perioden, in denen das Schiff – oder zumindest die Sklavenquartiere – zum Schlafen verdunkelt wurden. Dane Marsh schätzte später, daß, nach seiner eigenen Berechnung, etwa drei Wochen ohne größere Zwischenfälle vergangen waren.

Was seine eigene Wahrnehmung betraf, war das Hauptereignis dieser Zeit Dalliths langsame Rückkehr vom gewollten Tod zum Leben. Das erste Mal schlief sie einige Stunden, und als sie aufwachte, gab Dane ihr wieder zu essen. Das nächste Mal ermutigte er sie, sich für ein paar Minuten aufzusetzen, und als sie aufstehen und herumgehen konnte, bat er Rianna, sie zu den Baderäumen zu begleiten, die eigens für die Frauen in dieser Abteilung eingerichtet waren. Er hatte diese Bitte mit einigen Zweifeln an sie gerichtet – immerhin hatte Rianna erwartet oder sogar gewollt, daß das Mädchen liegenblieb und starb, und er hatte fast befürchtet, sie würde sich weigern, sich überhaupt damit zu befassen –, aber zu seinem Erstaunen war sie einverstanden und übernahm danach mit fast mütterlicher Besorgnis einen guten Teil von Dalliths täglicher Pflege. Dane versuchte nicht, es zu verstehen, aber er nahm es dankbar an.

Lange Zeit war Dallith nicht stark genug, viel zu reden, und er drängte sie nicht. Er war damit zufrieden, an ihrer Seite zu sitzen und sie seine Hand halten zu lassen ... fast so, dachte er, als könne er ihr so auf irgendeine Weise etwas von seiner eigenen Kraft und Vitalität abgeben. Aber sie wurde täglich kräftiger, und eines Tages lächelte sie ihn an und fragte ihn aus.

„Und du kommst von einer Welt, von der keiner von uns je gehört hat? Eigenartig, daß sie das Risiko auf sich genommen haben, dorthin zu fliegen. Oder vielleicht auch nicht, wenn alle Leute bei euch so stark sind wie du."

Er zuckte die Schultern. „Ich habe den größten Teil meines Lebens damit zugebracht, hinter Abenteuern herzujagen. Dies hier ist nur ein bißchen phantastischer als alles andere, das ist alles. Mir hat schon früh der Gedanke gefallen, daß niemand freiwillig auf irgendeine Erfahrung verzichten sollte, die — wie sagt man — weder ungesetzlich noch unmoralisch ist und nicht fett macht."

Sie lachte ein bißchen. Ihr Lachen war bezaubernd, als wohne alle Fröhlichkeit der Welt in ihrer Stimme. „Sind bei euch alle Leute so?"

„Nein, ich glaube nicht. Viele von ihnen etablieren sich früh und unternehmen niemals irgend etwas. Aber der Hang zum Abenteuer kommt immer wieder vor. Ich vermute, es ist ein ziemlich hartnäckiger Teil unseres Wesens." Dann erinnerte er sich daran, wie Rianna ihm erzählt hatte, daß Angehörige von Dalliths Volk ausnamslos den Tod suchten, wenn sie von ihrer Welt entfernt waren, und er biß sich auf die Lippen, um keine Fragen darüber zu stellen. Aber ein Schatten legte sich auf ihr Gesicht, als habe sie seine Gedanken erkannt. Ihre Traurigkeit schien genauso durchdringend zu sein wie ihre Fröhlichkeit, so als sei in ihrem schmalen, zarten Körper immer nur für eine einzige Emotion Platz, die vollkommen von ihr Besitz ergriff. Sie sagte: „Ich hoffe nur, deine Kraft und Tapferkeit bedeuten nicht, daß die Mekhar ein besonders furchterregendes Schicksal für dich geplant haben."

„Ich kann nur abwarten und sehen, was passiert", sagte Dane „aber wie ich dir schon sagte — solange es Leben gibt, gibt es Hoffnung."

Der Schatten lastete schwer auf ihr. Sie sagte: „Ich konnte mir nicht vorstellen, konnte nicht einmal davon träumen, daß es Hoffnung oder irgend etwas Gutes in der Zukunft geben könnte, getrennt von meiner Welt und meinem Volk." Ihre Stimme klang verzweifelt. „Oh, andere haben unsere Welt verlassen, aber mit irgendeinem Ziel ... und niemals ... niemals allein."

Dane meinte: „Es ist wie ein Wunder, daß du zurückgekommen

bist. Aber es ist ein Wunder, das ich noch immer nicht vollkommen verstehen kann."

Sie sagte schlicht: „Du hast mich erreicht. Ich fühlte deine Kraft und deinen Willen zu leben, so daß ich wieder an das Leben glauben konnte. Das war es, was mich nährte ... deine eigene Hoffnung und dein Glauben an das Leben in der Zukunft wie in der Vergangenheit. Und bei soviel Lebenswillen war kein Raum mehr in mir für Gedanken an Sterben, und so zog der Tod seine Hand von mir zurück, und ich begann wieder zu leben. Der Rest war ..." – ein leichtes, gleichgültiges Schulterzucken – „... ein bloßer Mechanismus. Die Hauptsache war, daß du noch an das Leben glaubtest und mir diesen Glauben vermitteln konntest."

Er umfaßte ihre kleine Hand. Ihre Finger waren so weich, als hätten sie keine Knochen. Vollkommen biegsam lagen sie an seine geschmiegt. „Komm, Dallith, versuchst du etwa, mir zu erzählen, du könntest meine Gedanken lesen oder meine Gefühle oder sonst irgend etwas?"

„Natürlich", sagte sie erstaunt, „was denn sonst?"

Nun, wie kann ich sagen, es sei nicht wahr? Es scheint tatsächlich passiert zu sein, oder sie glaubt es jedenfalls, dachte Dane, aber er fühlte sich immer noch ein wenig beunruhigt, unheimlich. Aber er war zufrieden, denn je kräftiger sie wurde, um so mehr hing Dallith an ihm. Manchmal beängstigte es ihn fast, daß sie so vollkommen abhängig war von seinem Willen – was würde sie tun, wenn sie getrennt würden, dachte er –, aber eigentlich störte es ihn nicht, denn sie war nicht aufdringlich oder anspruchsvoll. Die meiste Zeit war sie damit zufrieden, still an seiner Seite zu sitzen, ohne zu sprechen, fast wie ein Schatten, während er in den nächsten Tagen und Wochen versuchte, sich ein Bild von seinen Mitgefangenen zu machen.

Er schien der einzige von einer isolierten Welt zu sein – jedenfalls in dieser Zelle. Alle anderen stammten mehr oder weniger aus derselben interstellaren Zivilisation wie Rianna. Es war eine buntgemischte Gesellschaft. Das Spinnenwesen stammte von einer heißen, feuchten Welt, auf der seine Rasse in der Minderheit war, und sein Name klang wie ein unverständlicher Silbenmischmasch. Und selbst der riesige Echsenmann Aratak konnte seinen geistigen Sprüngen nicht folgen, obwohl er es versuchte. Er sagte freundlich zu Dane: „Er ist sehr verwirrt. Ich glaube nicht, daß er sich darüber im klaren ist, was passiert ist. Seine Denkprozesse sind gestört worden." Dane war weniger nachsichtig. Er persönlich glaubte nicht, daß in dem spinnenartigen Fremden überhaupt irgendwelche bemerkenswerte Denkprozesse vorgingen. Alles, wozu er fähig schien, war, in einer Ecke zu kauern und jeden anzuzischen, der in seine Nähe kam; und wenn das Essen gebracht wurde, huschte er seitwärts heraus, nahm es und zog sich damit zurück. Dane erwartete keine Hilfe von ihm in ihrer gegenwärtigen mißlichen Lage.

Rianna und Roxon, die beiden kräftigen, rothaarigen Anthropologen, wirkten schon vertrauter. Dane vergaß immer wieder, daß sie keine Erdenmenschen wie er selbst waren, außer wenn einer von ihnen sich zufällig auf ein Thema aus ihrem Leben bezog, wobei ihm das Gesagte dann vorkam, als sei es geradewegs aus einem Science Fiction-Film entlehnt worden ... wenn Rianna beiläufig erwähnte, daß sie eine vierjährige Lehre in fremder Technologie absolviert hatte, wobei sie einen Asteroidengürtel auf Zivilisationsreste der explodierten Welt untersucht hatte; wenn Roxon sich beklagte, daß die Hauptströmung der Zivilisation sich nur für die Technologie der Protofelinen interessierte und die Protosimianer (oder Menschen) als überflüssig ignorierte. „Nur weil die verdammten Protofelinen die superleichten Triebwerke erfunden haben, glauben sie, das Universum gehört ihnen", brummte er mehr als einmal.

Was Aratak betraf, so wurde der Echsenmann bald ein Kamerad und dann, erstaunlicherweise, ein Freund. Der ungeheure Fremde erschien ihm bald menschlicher als irgendein anderer. Seine graue, runzelige Haut, seine riesigen Klauen und Zähne waren bald vergessen; Dane fand schnell heraus, daß sein Gehirn ähnlich wie sein eigenes funktionierte. Seine Philosophie erinnerte Dane stark an die der Hawaiianer und Filipinos, die er auf seiner ersten Reise im Pazifik kennengelernt hatte; eine ruhige Bejahung des Lebens, eine

Bereitschaft, alles zu nehmen, wie es kam, sich dem zwar nicht gerade zu unterwerfen, aber sich so lange damit zu arrangieren, bis etwas Besseres kam, und beiläufig das Beste für sich herauszupicken. Er ließ nie einen Krümel seines Essens übrig, er schlief lange und gut und neigte dazu, jede Pause im Gespräch mit einem Zitat der Weisheit des Göttlichen Eis zu füllen — Konfuzius, Lao-Tse, Hillel und Hiawatha seiner Rasse, wie Dane sich allmählich zusammenreimte. An der Oberfläche schien er sich zufrieden und sogar behaglich in ihrer Gefangenschaft zu fühlen, genug, um aufreizend zu wirken.

Aber Dane war sicher, daß der Schein trog. Zuerst war es nur ein Verdacht, doch am achten oder neunten „Tag" ihrer Gefangenschaft wurde die Vermutung zur Gewißheit.

Das war der Tag, an dem der Mann in der benachbarten Zelle verrückt wurde. Dane sah ihn sich ducken, als das klirrende Geräusch ertönte, welches ihnen signalisierte, daß die Mekhar mit dem Essen unterwegs waren. Er hockte angespannt und zusammengekauert da und verriet nur eine einzige Absicht. Und im selben Augenblick, als der Essenskarren in Sicht kam, sprang er auf die Tür zu, stieß sie auf und warf sich gegen den Karren, stieß ihn zurück und warf den Mekhar, der ihn geschoben hatte, zu Boden.

Einen Augenblick lang spannte Dane alle Muskeln und dachte: *Jetzt! Wenn sich alle auf einmal auf ihn stürzen, alle auf einmal — der Mekhar könnte nicht mehr als einen oder zwei von uns töten...*

Er setzte tatsächlich zum Sprung an; und dann begann der Mann am Karren unzusammenhängend zu schreien, ein heiseres Schreien, fast ein Gebrüll: „Kommt her, ihr Bastarde! Tötet mich auf einmal, nicht zentimeterweise! Kommt her, jeder kommt dran — besser kämpfend sterben als herumsitzen und warten." Er ergriff den Rand des Essenskarrens und stieß ihn über den hingestreckten Körper des Mekhar. Jetzt heulte er sabbernd und brüllend. Dallith schrie auf und verbarg ihr Gesicht in den Händen. Aratak klammerte sich mit den Klauen an die Gitterstäbe, und als Dane seine Muskeln zum Angriff straffte, streckte der Echsenmann eine Hand aus und griff nach ihm. Er grub seine Klauen in Danes Schulter, wobei er ihm das Hemd zerriß.

„Nicht jetzt", sagte er. „Werfen Sie Ihr Leben nicht so weg. *Nicht jetzt!"*

Der ausgebrochene Gefangene heulte und tobte immer noch und raste mit dem Essenskarren den Gang hinauf und hinunter. Der andere Mekhar hob seine Waffe und machte eine Bewegung. Der Rasende schien ihn nicht zu sehen. Er rannte genau auf ihn zu, und in dem Moment, bevor ihn der Karren umstieß, hob der Mekhar − fast widerwillig, wie es Dane schien − die Waffe und schoß.

Der Mann schrie, ein schrecklicher, nervenzerfetzender Ton. Er fiel zu Boden, krümmte sich und zuckte panisch. Schaum trat ihm vor den Mund, als seine Muskeln anfingen, krampfhaft zu zittern. Er schrie und schrie, und sein Schreien wurde immer schwächer, bis er schließlich still dalag, immer noch zuckend und von Krämpfen geschüttelt. Der Mekhar beugte sich herab und schleifte ihn in seine Zelle, wobei er seinen Mitgefangenen mit der gezogenen Waffe drohte. Alle wichen mit entsetztem Keuchen und Murmeln vor ihm zurück.

Die Essensausteilung verlief nun ohne weitere Zwischenfälle, aber Dane konnte nichts essen, bis Dallith, weiß wie ihr fließendes Gewand, die Nahrung verweigerte und zur Damentoilette schwankte, um sich zu übergeben. Daraufhin zwang sich Dane mit harter Selbstdisziplin, sein Essen aufzunehmen und es verbissen zu kauen. Er hätte es wissen müssen. Dallith war so sehr Spiegel seiner eigenen Stimmungen ...

Mit dieser neuen Erkenntnis aß er und weigerte sich, über den gescheiterten Ausbrecher nachzudenken. Als Dallith fahl und zitternd zurückkam, zog er sie zu sich herunter und fütterte sie mit kleinen Stücken von seinem eigenen Tablett, bis die Farbe in ihre Wangen zurückzukehren begann. Danach saß er bei ihr, bis sie eingeschlafen war. Der verwundete Mann in der Nachbarzelle stöhnte und zuckte, bäumte sich auf und schrie immer schwächer, obwohl seine Zellengefährten ihn beruhigten, bis er irgendwann in derselben Nacht starb. Am nächsten Morgen zur Fütterungszeit brachten die Mekhar seine Leiche weg.

Die Zellenreihen waren sehr still, als der Körper des Mannes vorbeigetragen wurde. Aber als die Mekhar verschwanden und das klirrende Geräusch des Schließmechanismus im Zellenblock ihnen verriet, daß die Wärter gegangen waren, zerbrach die angespannte Stille des Entsetzens, und alle begannen, durcheinanderzureden.

Dane fand Aratak an seiner Seite; die große, schuppige Pfote des Echsenmannes ruhte leicht auf seiner Schulter, wobei er die Klauen einzog und wieder herausschnellen ließ. Er sagte zu Dane: „Einen Moment lang dachte ich gestern, Sie würden Ihr Leben seinem hinterherwerfen."

„Einen Augenblick lang habe ich daran gedacht. Aber es ist nicht meine Art, Selbstmord zu begehen, und ich bemerkte gerade noch rechtzeitig, daß es das war, was er tat. Wenn alle ihm geholfen hätten, hätte es uns vielleicht gelingen können."

„Ja", sagte Aratak. „Das war auch mein Gedanke. Aber es muß sorgfältig geplant und ausgeführt werden. Ein wahnsinniger Angriff, selbst mit der wilden Hoffnung, die anderen würden mitmachen, ist nicht die richtige Art, so eine Sache zu beginnen. Das Göttliche Ei sagt, daß ein Mann ein Narr ist, wenn er sein Leben zu hoch schätzt – aber ein doppelter Narr ist der, dem es so wenig wert ist, daß er es wegwirft."

Dane schaute sich vorsichtig um. Dallith schlief, und er war froh darüber; die Angst, sie zu erschrecken, beschäftigte ihn bereits von früh bis spät. (Er fragte sich: War das nun Liebe? Sicher nicht im sexuellen Sinn, jedenfalls noch nicht. Aber ein ständiges, lebhaftes Mitdenken, so daß ihr Wohlergehen ihm wichtiger war als sein eigenes, so daß sie irgendwo im innersten Kern seines Wesens lebte ... ja, man konnte es Liebe nennen.) Dann sagte er: „Ich nehme an, Sie stimmen mir zu, daß es mit genauer Planung und gegenseitigem Zusammenhalten möglich sein müßte zu entkommen. Ich glaube, diese Mekhar unterschätzen uns. Sie sind wahrscheinlich der Meinung, daß niemand außer ihnen selbst klug genug ist, so etwas zu planen. Aber haben Sie bemerkt, daß die Türen zweimal am Tag für eine gute halbe Stunde unverschlossen und im Grunde genommen unbewacht sind?"

„Ich habe es bemerkt", sagte Aratak. „Eine Zeitlang dachte ich, es sei fast zu einfach. Als ob sie versuchten, uns aus irgendeinem nur ihnen bekannten Grund zur Flucht zu verleiten. Aber warum sollten sie das tun? Bloße Blutgier? Sie könnten jeden Tag einen von uns herausholen und töten, wenn sie daran Vergnügen hätten. So bin ich zu demselben Schluß gekommen wie Sie, nämlich, daß es Arroganz ist. Sie glauben einfach nicht, jemand außer ihnen selbst könnte einen Nutzen aus einer solchen Gelegenheit ziehen. Sie sind überzeugt, daß wir sie und ihre Waffen zu sehr fürchten."

Er hielt inne. Seine sonst so ruhige Stimme klang erregt. „Würde es Ihnen Spaß machen, diese verdammten Katzendinger auf ihren Fehler aufmerksam zu machen?"

Dane reichte ihm mit einer spontanen Geste der Kameradschaft die Hand. „Ich bin auf Ihrer Seite!" Erst als die schuppige Pranke sich vorsichtig, mit sorgfältig zurückgezogenen Klauen, um seine Hand schloß, wurde ihm wieder bewußt, daß sein neuer Kamerad nicht das war, was die meisten Leute einen Menschen nennen würden.

In gegenseitigem Einvernehmen setzten sie sich in eine Ecke der Zelle, um Pläne zu schmieden. „Wir können es nicht allein tun, nur wir zwei. Und wir werden Zeit brauchen — und Planung".

„Das ist wahr. Das Göttliche Ei hat uns gesagt, daß eine Tat des Wahnsinns doppelt so klug geplant werden muß wie eine Tat der Weisheit."

Die Grundlage des Plans war absolut simpel und nicht viel komplexer als der des Mannes, der gestorben war — das frühe Öffnen und späte Schließen der Zellen zu nutzen, um hinauszuschlüpfen, andere Gefangene zu sammeln, den Mekharwächtern die Waffen aus den Händen zu schlagen und den Weg aus den Sklavenquartieren heraus zu erkämpfen. Die Mekhar würden vielleicht einen oder zwei von ihnen töten, bevor sie entwaffnet waren — Dane faßte die Möglichkeit ins Auge, daß er einer der ersten sein konnte, die getötet würden; es war sogar sehr wahrscheinlich —, aber sicher konnten die Mekhar nicht alle töten, und der Rest würde entkommen.

Wenn sie sich erst einmal aus den Sklavenquartieren befreit hatten, was dann? Sie würden dem Rest der Mannschaft gegenüberstehen; im Krankenbereich gab es Betäubungsfelder und vielleicht in anderen Bereichen des Raumschiffes auch.

„Wir können es nicht allein schaffen", sagte er zu Aratak.

„Ich habe nie angenommen, daß wir es könnten."

„Aber wir können es nicht einmal allein planen. Ich weiß nicht genug über die Mekhar; ich weiß nicht genug über eure Raumschiffe; ich weiß nicht genug über eure Zivilisation, eure Waffen oder auch nur über euren Galaktischen Bund. Wir brauchen Hilfe, und zwar schnell, schon um sinnvolle Pläne zu machen."

„Ich glaube, Sie haben recht", sagte der große Echsenmann. „Wir müssen entscheiden, welche von unseren Mitgefangenen wir um Hilfe bitten können und welche verrückt würden wie diese arme Kreatur, uns aus Unbesonnenheit oder Angst verraten oder sogar gegen einen geringfügigen Vorteil an die Mekhar ausliefern könnten – o ja, einige von uns hier drinnen würden vielleicht sogar das tun." Die Ränder seiner ledernen grauen Kinnbacken begannen leicht zu glühen und leuchten. „Ich werde die Weisheit des Eis befragen. Und ich vermute, Sie werden es Dallith zuerst mitteilen."

Dane fühlte, wie sich seine Kehle in plötzlicher Angst zusammenkrampfte; Angst nicht um sich selbst, sondern um das Mädchen. Er hatte so sehr versucht, alle beunruhigenden Gedanken von ihr fernzuhalten ... Und der Mann, der verrückt geworden war, hatte sie so sehr aufgeregt, daß Dane für einen Moment gefürchtet hatte, sie würde in diese tödliche, todsuchende Müdigkeit zurückfallen. „Ich glaube nicht", sagte er heiser. „Ich werde zuerst mit Rianna sprechen." Vielleicht konnte Dallith davon ferngehalten werden, beschützt, bis die Gefahr vorüber war ...

Er fing jetzt an, subtile Änderungen im Ausdruck von Arataks ledernem Gesicht unterscheiden zu können, aber er wußte noch nicht, welche Gefühle es waren, die die runzelige Stirn furchten und die kleinen Kehllappen rund um die Kiemenspalte des Amphibiums aufleuchten ließen. Aratak war bewegt; aber ob es Sympathie, Mißbilligung oder Ärger war, konnte Dane Marsh nicht sagen. Seine Stimme klang so gelassen wie immer, als er sagte: „Nun, ihr Protosimianer kennt einander, wie ich euch nie kennen werde. Vielleicht haben Sie also recht. Ich werde sorgfältig Rat und Weisheit suchen; sprechen Sie mit Rianna, wenn Sie wollen."

Dane wartete bis zur nächsten Mahlzeit, und als alle Insassen ihrer Zelle die verschieden gekennzeichneten Tabletts geholt hatten und nach Plätzen suchten, um zu essen, legte er eine Hand auf Riannas Arm.

„Ich möchte mit Ihnen reden", sagte er mit gedämpfter Stimme.

„Setzen Sie sich hier neben mich in die Ecke und essen Sie." Als sie die Verschlußstreifen ihrer Packungen aufrissen, legte er ihr dar, was er über das Schließen und Öffnen der Zellentüren herausgefunden hatte und sah ihre dunklen Augen wild aufleuchten.

„Ich habe mich schon gefragt, ob noch jemand anders das beobachtet hat! Es scheint, daß alle anderen entweder Feiglinge oder wahnsinnig unbesonnen sind! Sie haben recht, man könnte etwas tun, aber was könnte ich, eine Frau, schon allein machen? Ich bin auf Ihrer Seite, auch wenn ich die erste sein sollte, die erschossen wird!"

Er grinste ein wenig säuerlich. „Ich dachte Sie seien diejenige, die die Werte der Resignation predigt. Sie waren hoffnungslos genug, Dallith sterben zu lassen."

„Ich tat, was ich für das beste hielt auf der Basis dessen, was ich über ihr Volk wußte", sagte Rianna steif. „Jeder kann aus Unwissenheit heraus handeln. Ich bin Wissenschaftlerin genug, hoffe ich, um meine Theorien ändern zu können, wenn ich mehr Fakten kenne. Nachdem ich die Mekhar einige Perioden lang beobachtet habe – und angesichts der Qualität unserer Mitgefangenen –, bin ich ein bißchen optimistischer."

„Sie wissen", sagte Dane langsam, „daß, wenn wir die Führung übernehmen, Sie und ich sehr wohl die ersten sein können, die niedergeschossen werden. Es ist kein angenehmer Tod."

„Aber wenigstens muß ich mir, wenn es vorüber ist, keine Sorgen mehr machen, was als nächstes geschieht, oder? Doch für den Fall, wir überleben lange genug, um diese spezielle Sorge zu haben: Was geschieht dann? Ich nehme an, Sie wollen es nicht dabei bewenden lassen, daß wir aus den Käfigen herauskommen. Was geschieht danach?"

„Ich weiß es nicht", sagte Dane offen. „Das ist der Grund, warum ich zu Ihnen komme. Ich bin als Leiter dieses Unternehmens nicht geeignet. Ich könnte dabei helfen, aus den Käfigen auszubrechen. Aber wenn wir erst mal draußen sind, bin ich soviel wert wie ein Segel auf einem Raumschiff. Sie wissen doch, ich bin dieser Bursche von der zurückgebliebenen Welt. Was ich über Raumschiffe weiß, könnte ohne Schwierigkeiten in großen Blockbuchstaben auf meinen Daumennagel graviert werden. Ich hatte irgendwie gedacht, daß wir die Mekharwächter als Geiseln für unsere eigene Freiheit nehmen könnten; arrogante Rassen schätzen das Leben ihrer Artgenossen gewöhnlich sehr hoch, auch wenn sie andere Rassen wie Dreck behandeln. Aber ich kenne die Mekhar nicht. Und selbst wenn es uns gelänge, jedes verdammte Löwengesicht auf dem Schiff zu töten oder zu unterwerfen, wären wir immer noch nicht in meinem Element. Ich wüßte nicht, wie ich uns zu einem sicheren Hafen bringen sollte, nicht einmal, wie ich den Notrufknopf drücken und um Hilfe rufen müßte, wenn die Gefahr bestünde, eine Bruchlandung zu machen oder in eine Sonne zur stürzen."

„Oh, was das betrifft – Roxon hat einen Pilotenschein", sagte Rianna. „Ich glaube nicht, daß er jemals ein Ding von dieser Größe gesteuert hat – er hat dafür sicher keine Lizenz –, aber die superleichten Triebwerke sind in der gesamten Galaxis genormt. Wenn die Mekhar erst einmal aus dem Weg sind, könnte er uns irgendwo innerhalb des Bundes landen."

Dane überlegte, daß ihm dies nicht viel nützte, aber genaugenommen war das ein untergeordnetes Problem. In jedem Fall war es für ihn besser, er befand sich innerhalb einer zivilisierten Gesellschaft – egal wie merkwürdig oder fremdartig – als außerhalb davon. Der Galaktische Bund betrieb zumindest keinen Sklavenhandel.

„Ich würde sagen, der nächste Schritt ist nun, Roxon in unseren Plan einzuweihen", sagte Dane, „wenn Sie sicher sind, daß wir ihm trauen können. Ich weiß es nicht."

Rianna sagte mit Abscheu: „Für was halten Sie ihn? Er ist ein zivilisierter Bürger."

„Vermutlich war der arme Kerl, der in die Schüsse der Nervengewehre gelaufen ist, das auch", sagte Dane. „Ich wollte seine moralischen Grundsätze nicht in Frage stellen. Ich kenne ihn einfach überhaupt nicht. Wie kann ich in der Lage sein zu beurteilen, wie tapfer er ist? Wie wahrscheinlich es ist, daß er durchdreht? Wie gut kann er eine Krise durchstehen? Oder auch nur: Wie verschwiegen und beherrscht kann er sein, um nicht mit den falschen Leuten zu sprechen? Warum, zum Teufel, glauben Sie, habe ich *Sie* als erste gefragt?"

Ihr Mund verzog sich zu einem flüchtigen Lächeln, und plötzlich sah sie jünger und auch hübscher aus. „Ich glaube, ich habe gerade ein Kompliment bekommen", sagte sie. „Danke, Marsh. Ich werde mit Roxon sprechen. Ich kenne ihn schon seit langer Zeit, und ich würde für ihn mit meinem Leben, meinem Vermögen und meinem wissenschaftlichen Ruf bürgen, wenn Ihnen das genügt."

„Schauen Sie, es tut mir leid, ich wollte Sie nicht beleidigen."

Sie zuckte die Schultern. „Vergessen Sie's. Sie haben keinen Grund, ihm zu trauen, genausowenig wie er einen Grund hat, Ihnen zu trauen. Er hat ein Vorurteil gegen Leute von bewohnbaren Welten, die sich dem Bund nicht angeschlossen haben."

„Wie zum ... könnte ich mich Ihrem Was-auch-immer-Bund anschließen, wenn niemand in unserer Welt auch nur eine dunkle Ahnung hat, daß er überhaupt existiert?"

„Ich habe nicht behauptet, Roxons Vorurteil sei rational", sagte Rianna kalt. „Ich habe nur erwähnt, daß er ein solches Vorurteil hat. Ich habe eine Tatsache genannt, nicht aber ein Werturteil abgegeben. Aber Roxon würde sicherlich sagen, daß es einige gute und ausreichende Gründe geben müsse, warum Ihrer Welt nie die Mitgliedschaft im Galaktischen Bund angeboten wurde."

Das bedrückte Dane eine Minute lang; aber es war aussichtslos, sich jetzt in eine Diskussion darüber zu verstricken. Als Rianna sich von ihm abwandte, hielt er sie einen Augenblick zurück und sagte plötzlich: „Aus welchem Grund trauen *Sie* mir dann?"

Noch ein leichtes Schulterzucken. „Wer weiß? Vielleicht nur wegen Ihrer hübschen blauen Augen. Oder vielleicht benutze ich Dallith als Barometer. Und da wir gerade von Dallith sprechen — sie starrt Sie mit diesem sehnsüchtigen Blick an. Vielleicht kann sie nicht essen, wenn Sie nicht ihre Hand halten. Sie gehen besser hin und muntern sie auf, während ich mit Roxon spreche. Keiner von uns sollte sich irgendwie auffällig verhalten während unserer Verschwörung, sonst könnten die Mekhar etwas ahnen!"

Sie ging fort, und Dane schaute sich nach Dallith um; aber sie sah nicht zu ihm herüber, und Dane ging nicht gleich zu ihr, sondern folgte Rianna mit den Augen. Was fühlte diese Frau wirklich? Kannte er sie gut genug, um auch nur ihre elementarsten Gefühle beurteilen zu können?

Rianna kniete neben Roxon nieder. Er saß ein wenig abseits, das Essenstablett noch auf dem Schoß; sie legte ihren Kopf dicht an seinen, und Dane beobachtete sie gespannt. Das einzige, was nicht passieren durfte, war, daß einer von ihnen den Eindruck erweckte, zu intrigieren oder eine Verschwörung anzuzetteln. Oder würden die Mekhar das gar nicht bemerken? Aber es wäre sicherlich gefährlich, wenn Leute anfingen, sich in Gruppen zusammenzutun, sich heimlich zu unterhalten und zu flüstern, ohne daß jemand mithören konnte ...

Während er sie beobachtete, stellte Roxon das Essenstablett ab, legte seine Arme um Rianna und zog sie zu sich herunter. Dane dachte, plötzlich ein bißchen schokiert: *Einfach so? Vor allen anderen? In einem Käfig?* Dann sagte er sich streng, daß er seine eigenen Maßstäbe — von einer winzigen Ecke auf einem kleinen Planeten — nicht bei anderen anlegen dürfe; sogar in einigen Teilen der Erde würde dieses Verhalten ganz normal sein. Einige Südseeinsulaner liebten sich nicht nur öffentlich, sondern erwarteten, daß man es ihnen gleichtat, und waren beleidigt, wenn man dem nicht folgte. Er zwang sich wegzusehen, als sie enger zusammenrückten.

Dallith sagte leise in sein Ohr: „Es ist nicht, was du denkst. Macht es dir etwas aus?"

Er drehte sich um, überrascht und etwas abgestoßen, und sagte abwehrend: „Du weißt doch, ich bin der Junge von dem Hinterwäldlerplaneten, der die örtlichen Bräuche nicht kennt — oder besser, der nur seine eigenen Bräuche kennt."

„Es ist in meinem Volk auch nicht Brauch, aber du weißt, was ich bin. Ich kann Gefühle spüren, und ich sage dir noch einmal, es ist kein Begehren zwischen ihnen — wenn das für dich etwas bedeutet."

„Mir ist es völlig egal, was sie tun", murmelte Dane. Seine Ohren waren rot, und er war furchtbar wütend auf sich selbst, weil sie seine Verlegenheit lesen konnte. „Warum sollte es mir etwas ausmachen?"

„Wir fragen uns nie, warum andere Leute so sind wie sie sind", sagte Dallith kühl. „Da wir den Gefühlen nicht entrinnen können, die uns so handeln lassen, wie wir es tun, würde es nur zusätzlichen Kummer bereiten, uns zu fragen, warum. Ich bin nur verlegen, weil du es bist, aber es gibt keinen Grund dafür. Sie tun nur so als ob, und wenn du einen Augenblick nachdenkst, wirst du sicher den plausiblen Grund für ihr Verhalten finden."

„Nein. Ich kann das nicht verstehen. Warum sollten sie — oh, auf diese Weise werden die Mekhar nicht auf die Idee kommen, daß sie eine Verschwörung planen?"

„Natürlich. Rianna ist sehr klug", sagte Dallith. Ihre großen, dunklen Augen verweilten einen Augenblick lang auf den beiden eng umschlungenen, halb entkleideten Körpern, die Köpfe dicht beieinander, flüsternd, und sie lächelte. „Es ist natürlich die einzige Sache, die sie vorgeben können zu tun, ohne daß die Mekhar sich die Mühe machen würden, einen Verdacht zu schöpfen oder sie zu unterbrechen. Es ist Teil ihrer Arroganz, verstehst du. Das ist etwas, was du vielleicht nicht weißt, wie nämlich Protofelinen auf uns Protosimianer herabschauen, weil — wie kann ich das ausdrücken? Du bist verlegen, und ich kann nichts dagegen tun, da ich genauso fühle wie du."

Sie schaute zu Boden und scharrte unruhig mit dem Fuß. „Nun, um es ganz einfach auszudrücken: Wir Protosimianer werden für Sklaven unserer permanenten sexuellen Gelüste gehalten. Wenn du also Rianna und Roxon anschaust, und du denkst, sie unterhalten sich privat, und es ist vielleicht verdächtig — die Mekhar würden sie anschauen und denken: Natürlich, das sieht diesen Affenleuten ähnlich, was sonst könnten sie tun als alles andere stehen und liegen zu lassen und ... und zu vögeln. Siehst du? Rianna ist klug."

„Das ist sie", sagte Dane. „Ich hätte nie daran gedacht." Er fühlte sich unruhig und aufgebracht. Sogar Aratak hatte etwas Ähnliches gesagt: *Ihr Protosimianer seid so sehr euren Reproduktionsbedürfnissen unterworfen* ... Es war ein bißchen demütigend, wenn man zu einer Rasse gezählt wurde, die an nichts anderes als an Sex dachte.

Willkommen, Freund, im Affenhaus des Zoos — weibliche Affen immer läufig. Besuchen Sie die Show. Ach, zum Teufel, vermutlich war es anderen — anderen Rassen? — vollständig egal. Versetzte es *ihn* etwa in Aufregung, ein Hundepaar auf der Straße zu beobachten oder ein Taubenpaar, das auf der Fensterbank turtelte? Dane wandte seine Augen ab von dem allzu realistischen Schauspiel, das Rianna und Roxon zeigten. Niemand sonst schien ihnen auch nur die geringste Aufmerksamkeit zu schenken, auch die Menschen nicht.

Hoffentlich schildert ihm Rianna den genauen Ablauf unseres Plans — und hoffentlich gefällt ihm die Idee. Denn ohne ihn werde ich nicht wissen, wo ich beginnen soll. Aratak und ich können allein nicht viel erreichen. Und verdammt, ich habe genug um die Ohren — wie zum Beispiel einen Fluchtversuch — als daß ich mir um das Geschlechtsleben der anderen Sorgen machen könnte!

Als der Gedanke an die Flucht ihm wieder durch den Kopf ging, erinnerte er sich mit leichtem Unbehagen, daß er Angst gehabt hatte, es Dallith mitzuteilen. Nun schien es so, als wüßte sie davon — oder nicht? Es war schwer zu sagen, ob sie seine Gedanken las oder nur seine Gefühle widerspiegelte. Als würde sie seine eigene tiefe Unruhe spüren, tasteten ihre kleinen, schmalen Finger jetzt nach seinen und umklammerten sie. Ihre Hand fühlte sich kalt an. Dane drückte sie fest. Er versuchte dabei, gelassen und beruhigend zu wirken.

Er hatte sich immer als Abenteurer gesehen. Aber als einen einsamen. Er kannte seine eigenen Grenzen, seine Fähigkeiten; er wußte, was er sich zutrauen konnte und was nicht. Ihm war einmal vorgeworfen worden, Risiken einzugehen, und er hatte das standhaft verneint. „Ich tue gefährliche Dinge, sicher", hatte er gesagt, „aber wenn ich nicht vom Blitz erschlagen werde – und das kann auch passieren, wenn ich zu Hause im Bett liege –, weiß ich so genau, was ich mir zutrauen kann und was nicht, daß es kein Risiko mehr bedeutet, wenn ich mich einmal entschließe, es zu tun."

Aber das war nur dann wahr, wenn er sich auf seine eigenen bekannten Fähigkeiten verließ. Nun mußte er all seine Hoffnung auf Fremde setzen, von denen einige noch nicht einmal menschlich waren. Aratak hatte eine beruhigende Stärke und Festigkeit, und Riannas Tapferkeit und Findigkeit hatten ihm einiges Vertrauen eingeflößt. Aber die anderen? Sie waren alle unbekannte Größen, und die Gewohnheit, auf sich selbst gestellt zu sein, war überhaupt nicht hilfreich, wenn es darum ging, gefährliche Dinge mit anderen Leuten zu tun. Eher im Gegenteil.

Er ließ Dalliths Hand los, weil er wußte, daß ihre eigene Furcht wachsen würde, wenn sie die seine verspürte, und sagte: „Wir werden später darüber sprechen. Ich möchte sicher sein in dem, was ich denke."

Wie gewöhnlich protestierte sie nicht und drängte ihn auch nicht, sondern akzeptierte seine Laune ruhig, als sei es ihre eigene, und ging hinüber zu ihrer Pritsche. Rianna und Roxon hatten sich jetzt voneinander gelöst, und Dane fragte sich, was sie wohl zu ihm gesagt und was er geantwortet hatte. Es würde gefährlich sein, hinzugehen und zu fragen. Natürlich konnte er ebenfalls so tun, als hätte ihn die Lust überkommen – er ließ diesen Gedanken schnell wieder fallen. Es führte zu nichts und konnte ihm eine Menge Schwierigkeiten machen, die er nicht gebrauchen konnte. Hatte Dallith ihn nicht gefragt: Warum macht es dir etwas aus?

Er konnte diese Frage nicht beantworten und wollte es auch nicht versuchen.

4

Rianna näherte sich ihm nicht bis zur nächsten Mahlzeit, bei der sie, als alle ihre Tabletts holten, seines mit heraussuchte, es ihm brachte und dabei mit gedämpfter Stimme sagte: „Roxon ist einverstanden. Er kann dieses Schiff nicht alleine steuern, aber er kann mit der Kommunikationsausrüstung umgehen, und die Navigationszentrale wird ihm natürlich helfen. Er wird mit jemanden in der Nachbarzelle sprechen, den er kennt. Du kannst ihm vertrauen, er hat eine gute Menschenkenntnis. Er war überrascht, daß du es warst, der den Plan entwickelt hat, aber das hat mit seinem Vorurteil zu tun, und er gibt es auch zu."

„Ungeheuer nett von ihm", sagte Dane etwas mürrisch. Er merkte, wie unfair das von ihm war. Er war sich im klaren darüber gewesen, nicht alles allein machen zu können. Er sollte dankbar sein, daß Roxon damit einverstanden war, seinen Teil zu übernehmen.

Sie blieb nicht länger als einen Augenblick in seiner Nähe – er fühlte, daß sie jetzt aufpaßte, auch nicht den geringsten Anschein einer Verschwörung zu erwecken –, aber etwas später, als sie an ihm vorbeikam, murmelte sie: „Lege deine Arme um mich, versuche mich einen Augenblick zu halten – Dane, hast du Dallith schon etwas erzählt? Ich sah euch zusammen sprechen, aber ich hatte keine Gelegenheit, sie zu fragen."

Dane willigte ein. Sie fühlte sich weich und stark in seinen Armen an, rund und feminin, jedoch muskulös und alles andere als passiv. Er sagte: „Nein, noch nicht. Ich hatte ein bißchen Angst davor. Wir sind sowieso vom Thema abgekommen. Sie gab mir einige Erklärungen über ... äh ... Galaktische Bräuche und die Art, wie die Mekhar – das heißt, wie alle Protofelinen – über uns denken."

Erwartet sie von mir, daß ich so tue, als würde ich sie lieben?

Als ob sie seine Gedanken erraten hätte, befreite sie sich heftig aus seinen Armen und trat zurück. Leise sagte sie: „Erzähle es ihr, so schnell du kannst. Denk daran, sie ist eine Empathin. Wenn du zu unentschlossen bist, wird es sich auf sie übertragen, und die Mekhar könnten schlau genug sein, sie zu beobachten, um zu sehen, ob sie uns mißtrauen müssen. Es ist auch möglich — ich weiß zwar nicht sehr viel über Empathen, aber es wäre möglich —, daß sie sich in die Mekhar hineinversetzen und herausfinden kann, wie sie auf uns reagieren — wenn ihre Wachsamkeit nachläßt, wie nahe wir dem Ort sind, zu dem sie uns bringen, und so weiter."

„Das wäre fast zu schön, um wahr zu sein."

„Das wäre es. Aber ich habe Psi-Talenten noch nie über den Weg getraut. Doch wir können es uns nicht leisten, irgendeine Chance zu vergeben, wie klein sie auch sein mag", sagte Rianna. „Wie klein auch immer. Sprich also mit Dallith. Und bald."

Dane wußte, daß sie recht hatte, und er straffte sich in dem Bewußtsein, was er zu tun hatte. Aber was, wenn es sie wieder in die selbstmörderische Furcht und Hoffnungslosigkeit stürzte? Was dann?

Der Tagesablauf im Sklavenquartier war ihm jetzt vertraut, und er wartete dank dieser Kenntnis. Eine Stunde (nach seiner Schätzung, da er keinen Zeitmesser hatte) nach der letzten Tagesmahlzeit wurde der lange Zellengang — mit Ausnahme von gedämpften Nachtlampen in den langen Gängen und kleinen, fahlen Markierungen an den Türen der Toilettenräume — abgedunkelt. Dane ging zur Liege, die nun allgemein als seine betrachtet wurde. *Wie schnell wir uns an nahezu alles gewöhnen!* dachte er. *Jetzt ist bereits eine Liege „meine", und ich bin es gewöhnt, mich zu einer bestimmten und regelmäßigen Zeit darauf auszustrecken. Sind alle intelligenten Spezies solche Gewohnheitswesen, oder sind das nur wir Menschen — oder Protosimianer?*

Er wartete eine Stunde lang, bis es ruhig war und seine Zellengenossen schliefen. Über ihm schnaufte ein unbekannter Mann, dunkelhäutig und flachgesichtig, und schrie in unangenehmen Träumen auf. Auf der benachbarten Liege machte Aratak merkwürdig schnarchende Geräusche, und als sich Dane leise von seiner Pritsche herabgleiten ließ, bemerkte er, daß der Echsenmann in der Dunkelheit am ganzen Körper schwach glühte. In der entferntesten Ecke, auf beiden Seiten von leeren Pritschen umgeben, hockte die lange, dünngliedrige Spinnenkreatur mit riesigen, roten Augen, die das Licht reflektierten; die Augen verdrehten sich, um Dane zu folgen, und Dane duckte sich ungewollt ... war das ein hungriger Blick? Würden die Mekhar am Ende eine kannibalische Spezies mit ihrer natürlichen Beute zusammen einsperren?

Dallith lag auf der unteren Liege, das Gesicht von ihm abgewandt, so wie er sie das erste Mal hatte liegen sehen. Ihr Haar lag lose ausgebreitet. Sie schlief tief, und als Dane sich sanft neben ihr niederließ, um sich auf den Rand ihrer Liege zu setzen, wachte sie nicht sofort auf, sondern machte eine weiche, bejahende Bewegung und murmelte im Schlaf, ein schläfriger, friedvoller Ton.

Sie kannte ihn, sogar im Schlaf, und es war keine Angst mehr in ihr ... Eine Welle der Zärtlichkeit schlug über ihm zusammen; er berührte ihren kühlen Handrücken mit den Lippen. Sie wachte auf und lächelte in der Dunkelheit. Sie sah so friedlich aus, daß er einen Augenblick lang zögerte, sie zu stören. Sie schien nicht überrascht zu sein und stellte ihm keine Fragen über seine Anwesenheit. Dane schob von sich, was er zu sagen hatte, und fragte sie zum ersten Mal:

„Wie ist deine Welt, Dallith?"

„Wie kann ich dir darauf antworten, Marsh?" Ihre Stimme war nur ein Flüstern, genau auf sein Ohr abgestimmt. „Es ist meine Heimat. Kannst du etwas anderes über deine Heimatwelt sagen, als daß sie schön ist? Meine Leute verlassen unsere Welt selten − und fast nie aus freien Stücken −, und so haben wir keine Möglichkeit, sie mit anderen zu vergleichen, außer durch das, was wir gelesen haben. − Ich denke es muß bei dir genauso sein."

Ein Anfall von Heimweh durchfuhr Dane Marsh, so heftig, daß es ihn schmerzte. Niemals Hawaii wiedersehen oder den großen Bogen der Golden Gate Bridge oder die Skyline von New York mit den hochragenden Türmen oder eine Rhododendronblüte im Frühling ...

Ihre Hände streichelten ihn sanft. Sie sagte: „Ich wollte dich nicht traurig machen. Dane, warum bist du hierhergekommen? Du bist mir nur zu willkommen, aber ich kenne dich gut genug, um zu wissen, aus welchem Grund du *nicht* gekommen bist. Du hast mir etwas zu sagen?"

Er nickte stumm und streckte sich vorsichtig am Rande der Liege aus. Er sagte sich, daß die Mekharwächter ein- oder zweimal während der Nacht vorbeikommen würden, und wenn sie ihn hier liegen sahen, würden sie denken — was immer sie auch dachten, die verdammten Kerle. Und warum auch nicht? Er erzählte ihr mit gedämpfter Stimme, den Mund dicht an ihr Ohr gepreßt, von den Fluchtplänen. Sie hörte ihn schweigend an. Nur als er ihr sagte, daß die Mekhar wohl einige von ihnen töten könnten, zuckte sie leicht zusammen, schrie aber nicht auf. Schließlich sagte sie: „Ich wußte, daß es so etwas sein mußte. Ich habe dich mit Aratak zusammen gesehen, aber ich wußte nicht genau, was es war. Aber wenn es Körperkraft ist, die du benötigst — ich bin bestimmt nicht stark genug, einen Mekhar zu entwaffnen. Was kann ich tun?"

Ihre Stimme klang so ruhig, daß er fragte: „Hast du keine Angst? Ich dachte, du würdest erschrecken."

„Warum? Mir geschah das Schlimmste, als sie mich von meiner Heimat und von meinem Volk trennten. Nun gibt es für mich nichts Schlimmeres zu befürchten. Sag mir, was ich für dich tun kann."

„Ich weiß nicht viel über Empathen", sagte Dane. Er erinnerte sich an Riannas Worte: *Ich habe Psi-Talenten nie getraut...* „Aber vielleicht kannst du für uns herausfinden, wie lange wir Zeit haben. Bereiten die Mekhar schon unsere Landung vor? Vielleicht kannst du herausfinden, mit welcher Verteidigung wir rechnen müssen. Solche Dinge."

Ein Schatten des Unwillens glitt über ihr Gesicht. „Ich weiß es nicht. Ich habe noch nie versucht — die Gedanken oder Gefühle einer anderen Rasse zu lesen. Sie sind so wild — aber ich werde es versuchen. Erwarte nicht zuviel, aber ich werde es versuchen."

„Das ist alles, worum ich dich bitte", sagte er. Er richtete sich auf, um zu seinem Platz zurückzukehren, aber Dallith schlang ihren Arm um ihn. „Nein. Nein! Allein werde ich mich wieder fürchten. Bleib dicht bei mir."

Er sagte mit schiefem Lächeln: „Du führst die menschliche Natur beträchtlich in Versuchung, Dallith." Aber er macht keine Anstalten zu gehen, und nach einer Weile schlief er, dicht neben dem Mädchen ausgestreckt, ein und fiel sofort in merkwürdige, verschwommene Träume von Löwen, von seltsamen Farben und Fallen, die hinter fremdartigen Mauerruinen lauerten. Dann wachte er wieder auf und hörte Dallith vor Angst und Protest in unruhigen Träumen wimmern, fiel wieder in den ruhelosen Traum von Jägern und Gejagten, von Hinterhalt und Furcht und den Gerüchen von Blut und Tod.

Einen oder zwei Tage später gesellte sich Dallith beim Essen zu ihm, Rianna, Roxon und Aratak, als der Mekhar mit dem Essenskarren den Korridor hinunter verschwand, und sagte mit gedämpfter Stimme: „Wir müssen uns beeilen. Wir müssen unsere Pläne schnell ausführen. Es ist schwer, sie zu durchschauen ..." – ihr Gesicht verzerrte sich merkwürdig, und sie preßte die Hände zusammen – „... und es ist schwer, ihrer Arroganz zu entgehen. Ich hatte befürchtet, von ihren Gedanken beeinflußt zu werden. Aber wir müssen uns sehr beeilen."

Aratak fragte freundlich: „Warum, Kind?"

„Weil sie uns irgendwohin bringen werden, wenn nicht ..." – wieder dieser gequälte Blick – „... wenn nicht etwas passiert ... ich weiß nicht genau, was es ist, aber sie erwarten etwas und werden enttäuscht sein ... oh, ich weiß es nicht", brach es aus ihr hervor. Dabei rang sie ihre schmalen Hände und biß sich auf die Lippen. „Ich weiß es nicht, ich weiß es nicht! Ich habe Angst, nahe genug zu kommen, um es zu erfahren ..."

Dane schaute sie mit tiefer Unruhe an. *Es ist, als würden sie wünschen, daß wir sie angreifen. Aber das ist lächerlich.*

Er fragte Roxon: „Hast du es schon weitergesagt? Auf wie viele können wir zählen, die sich uns anschließen? Wir könnten mit einem Dutzend auskommen, vermute ich, wenn wir sehr gut koordiniert handeln. Aber es wäre von Vorteil, mehr Leute zur Verfügung zu haben."

„Wir fünf hier", antwortete Roxon. „Drei in der nächsten Zelle. Sie sagen, daß in der darauffolgenden Zelle vier oder fünf sind, die mitmachen. Darüber hinaus ist alles Vermutung. Aber ich bin sicher, daß wir genug sind — und wenn andere sehen, daß es gut geplant ist, werden sie auch mitmachen."

„Was ist mit den Betäubungsfeldern?" fragte Rianna.

„Ein guter Einwand", sagte Aratak. „Die Wächter tragen diese Gürtel mit den Nervengewehren. Ich glaube, es gibt eine Kontrolle in den Gürteln, die es ihnen ermöglicht, sich in einem Betäubungsfeld zu bewegen. Wenn wir die Wächter entwaffnet haben, müssen wir uns ihre Gürtel aneignen. Die zwei oder drei körperlich kräftigsten von uns müssen bereit sein, sie anzulegen, bis jemand in den Kommandobereich vordringen und die Betäubungskontrollen ausschalten kann. Roxon, können Sie das tun?"

„Ich bin nicht sicher", sagte Roxon, „aber ich kann es versuchen."

„Roxon darf keine Gefahr eingehen", meinte Marsh. „Er weiß, wie man ein Raumschiff steuert. Laßt mich riskieren, was zu riskieren ist. Diese Art Risiko jedenfalls." Er wünschte, der Aufstand fände noch heute statt. Jetzt da die Pläne ausgereift waren, würden sie bei weiterem Aufschub nur herumsitzen, sich Sorgen machen und nervös werden. Außerdem konnte das Mekharschiff jeden Moment irgendwo Station machen und eine neue Ladung Sklaven aufnehmen, die zu ihnen hereingeworfen würden, neue, von der plötzlichen Gefangenschaft noch betäubte Leute, die durchdrehen oder ihre Fluchtpläne vereitelten. Er sagte: „Je eher, desto besser. Laßt es uns bei der nächsten Mahlzeit versuchen. Wir wissen jetzt alle, was wir zu tun haben."

Es fiel ihm schwer, das Essen zu schlucken; aber als er den Rest seiner Mahlzeit unberührt wegstellen wollte, schaute Rianna zu ihm herüber. Sie sagte leise und angespannt: „Iß alles auf. Wir müssen uns genauso verhalten wie immer, sonst wissen sie, daß etwas passiert."

Die Zeit bis zur nächsten Mahlzeit schien rückwärts zu kriechen. Dallith suchte Marsh, setzte sich neben ihn und hielt seine Hand. Roxon ging zu dem Gitter, das sie von der nächsten Zelle trennte und sprach mit gedämpfter Stimme zu seinem Gefährten dort. Rianna mißachtete ihre eigene Anweisung und ging unruhig hin und her, bis Dallith sie ärgerlich anblitzte. Daraufhin ging sie zu ihrer Pritsche und gab vor zu schlafen. Nur Aratak wirkte ruhig. Er hatte seine langen Beine gekreuzt. Die geschlossenen Kiemenspalten vibrierten leicht und glühten blau. Aber Marsh wußte nicht, ob dies mehr als nur äußerlicher Schein war; er konnte nicht sagen, ob Aratak so ruhig war, wie er aussah, ob er weiterhin über die Weisheit seines ewigen Göttlichen Eis meditierte oder ob die Unbewegtheit seines nichtmenschlichen Gesichtes nur an dessen Form und Gestalt gebunden war, während Aratak innerlich ebenso ruhelos, ebenso krampfhaft wie Rianna darauf bedacht war, nichts zu verraten.

Die Zeit schien dahinzukriechen, sich unendlich zu dehnen. Es war Dallith, die sie alle mit einem scharf eingesogenen Atemzug warnte. Ihre Augen glühten, und sie setzte sich abrupt aufrecht hin. Ihr Gesicht war angespannt und blaß. Rianna hatte sie offensichtlich unter halbgeschlossenen Lidern beobachtet; sie sprang von ihrer Liege auf und nahm ihren Platz bei dem Gitter ein. Aratak duckte sich erwartungsvoll. Das Wort lief im Flüsterton durch die Käfigreihen hinauf und hinunter, über eine Minute ehe der erste Klang anzeigte, daß am Gangende der Mekhar den Knopf betätigt hatte, der alle Zellenschlösser kontrollierte.

Während er sich langsam zur Tür hinbewegte, sah und fühlte Dane die Spannung, die in ihrem Zellenbereich in der Luft lag, und dachte: *Die anderen ... jeder muß spüren, daß etwas passiert. Wir können nicht verhindern, daß sie es jetzt merken, wir können nur noch hoffen, daß keiner die Mekhar alarmiert.*

Die beiden Mekharwächter kamen jetzt den Korridor herunter. Sie schafften die kodierten Essenspakete in eine Zelle nach der anderen und zogen sich wieder zurück. Nun waren sie im Begriff, die Nahrung in dem Bereich abzuladen, in dem Dane und seine Freunde, bis zum äußersten gespannt, warteten. Der Mekhar mit der Essenskarre bewegte sich genauso wie immer. Er rollte sie durch die unverschlossene Tür herein und begann die Tabletts abzuladen. Hinter ihm hielt sein Kollege mit einem Nervengewehr im Anschlag die Zelleninsassen in Schach. Der Mekhar mit dem Karren beendete das Abladen, drehte sich um, um ihn wieder hinauszurollen, und in dem Augenblick, als der Karren einen Moment lang die Tür blockierte, sprangen ihm Dane und Aratak in den Rücken.

Dane setzte einen kraftvollen Karateschlag in den Nacken des Löwenwesens. Er ging zu Boden, streckte die Beine gespreizt von sich und stieß ein ohrenbetäubendes Geheul aus, während der Mekhar hinter ihm das Nervengewehr abfeuerte; Dane spürte das Zischen des Blitzes hinter sich und duckte sich. Jemand schrie auf, aber zu diesem Zeitpunkt kam der Mekhar, den er niedergeschlagen hatte, wieder auf die Füße, und Dane nahm eine Kampfstellung ein, um ihn zu empfangen. Er holte zu einem mächtigen Tritt aus, der jedes menschliche Wesen gelähmt zu Boden geworfen hätte. Der Mekhar jedoch brüllte nur auf und ging mit entblößten Klauen auf ihn los. Hinter ihm sah er, daß Männer aus der nächsten Zelle herausstürmten und den Mekhar mit dem Nervengewehr überrannten. Sie ergriffen sein Gewehr und traten nach ihm. Besinnungslos lag er auf dem Boden. Arataks mächtiger Arm traf den zweiten Mekhar von hinten; er ging, um sich schlagend, zu Boden. Dallith sprang hinzu und zog das Nervengewehr aus seinem Gürtel, selbst gewandt wie eine Katze. Der Mekhar schlug wild um sich. Seine Klauen kratzten Dalliths Arm blutig, und das Mädchen verwandelte sich in eine beißende, tretende Furie. Sie warf Rianna das Gewehr zu und stürzte sich auf den am Boden liegenden Mekhar, schrie und kratzte nach seinen Augen.

Dane zog sie mit beiden Händen von ihm fort. „Es ist nicht notwendig, ihn zu töten", sagte er. Unter seiner Berührung beruhigte sich Dallith und begann zu zittern. „Mach seinen Gürtel los. So ist es richtig. Aratak, du bist der stärkste, lege du ihn an; du kannst mehr ausrichten als wir anderen, wenn wir in ein Betäubungsfeld kommen." Dane legte den Gürtel des anderen Mekhar um seine

Hüften und dachte: *Zwei in unbewaffnetem Kampf geübte Leute sind nötig, um einen Mekhar zu entwaffnen. Hoffentlich werfen sie uns nicht achtzig Mann auf einmal entgegen.*

„Kommt weiter", sagte er mit zusammengebissenen Zähnen. „Alle raus hier. Heraus aus den Zellen. Wir wissen nicht, wie lange wir Zeit haben, bis jemand merkt, daß diese beiden hier nicht von der Tierfütterung zurückgekommen sind, und nachschaut, was sie aufhält."

Sie drängten aus dem Zellenbereich in den Korridor, und Dane blieb einen Moment völlig verwirrt stehen. Er war bewußtlos hereingebracht worden und hatte keine Ahnung, welchen Weg er zur Brücke einschlagen sollte, zu dem Bereich, wo die anderen Mannschaften waren, zum Kontrollraum des Raumschiffes. Er warf eine schnelle Frage zu Roxon hinüber, der die Gefangenen in die Halle führte und ihnen rasch leise Anweisungen gab.

„Wir sind alle bewußtlos hereingebracht worden", sagte Roxon. „Das ist ihre Taktik. Aber ich glaube, wir befinden uns in den unteren Ebenen. Wir müssen soweit aufwärts gehen wie möglich." Er führte sie eine lange Rampe entlang, die immer weiter anstieg und dabei von Zeit zu Zeit eine Kurve beschrieb. Die anderen Gefangenen drängten ihm nach, und Dane dachte besorgt: *Wir Anführer sollten zusammenbleiben! Die anderen, die sich nur angeschlossen haben, ohne zu wissen, was vorgeht, können ganz schön im Weg sein, wenn es losgeht!* Er stieß und drängte vorwärts zur Spitze hin. Dallith eilte an seine Seite. Rianna faßte Dalliths Arm.

„Schnell! In welcher Richtung befinden sich die Mekhar? Wo?"

Dallith schien sie kaum zu hören. Ihr Gesicht war aufgeregt und verzerrt. Plötzlich schrie sie vor Entsetzen auf, und gleichzeitig sah Dane Rianna stolpern. Sie versuchte sich hochzukämpfen. Die Gefangenen begannen zu fallen, einer nach dem anderen. Ihre Bewegungen wurden langsam, zäh. *Das Betäubungsfeld,* dachte Dane. Er selbst fühlte nichts dank dem Gürtel des Mekharwächters, aber Dallith klammerte sich an ihn und bemühte sich verzweifelt, sich hochzuziehen.

Dallith schrie auf: „Sie wissen es, sie wissen es, sie warten auf uns."

Die Tür am Ende der Rampe sprang auf. Ein halbes Dutzend Mekhar standen dort mit Nervengewehren im Anschlag. Bei diesem Anblick blieben die Gefangenen, von hinten vorwärts getrieben, stehen. Aratak, der wie Dane durch das Betäubungsfeld nicht behindert wurde, sprang vorwärts. Er schlug einen Mekhar nieder, der mit gebrochenem Rückgrat zu Boden stürzte, schaltete einen anderen aus, der ein dünnes, hohes Gewimmer ausstieß, bevor er selbst unter einem Schuß zusammenbrach. Roxon fiel unter Zuckungen und Krämpfen zu Boden.

Dane kämpfte weiter, schlug sich durch die Gefangenen, grimmig entschlossen, einen oder zwei der Mekhar zu töten, bevor sie ihn erreichten. Er sah Dallith wie eine Wildkatze zwischen zweien von ihnen kämpfen. Dann traf ihn ein gewaltiger Schlag auf den Kopf, und er fiel in Dunkelheit, während er noch dachte: *Ich hatte die ganze Zeit recht; sie erwarteten, daß wir sie angriffen, und sie waren froh darüber. Aber warum?*

Er schrie sein „Warum?" in die Dunkelheit hinein, aber die Dunkelheit gab ihm keine Antwort, und nach einer Million Jahren hörte er auf, nach der Antwort zu lauschen ...

5

Sein Kopf schmerzte, und seine Arme fühlten sich an, als seien sie an den Handgelenken gebrochen. Dane Marsh öffnete die Augen und sah, daß er sich in einer Zelle befand, die er nie zuvor gesehen hatte. Ein Arm war über eine Handschelle und eine etwa zwei Meter lange Kette an die Mauer geschmiedet. Auf der anderen Seite der Zelle hockte Aratak. Er war in einer ähnlichen Vorrichtung gefesselt. Rianna lag schlafend auf dem Boden; Dallith saß vornüber gebeugt da, die Arme um die Knie geschlungen, und starrte ihn reglos an. Als er die Augen öffnete, sagte sie: „Du lebst!", und ihr Gesicht war von Überraschung und Freude bewegt. „Ich war nicht sicher, du warst so weit weg ..."

„Ich lebe, was auch immer mir das jetzt nützt", sagte Dane. „Ich sehe, du auch. Was ist mit den anderen passiert?" Rianna öffnete die Augen. „Roxon war der erste, den sie töteten", sagte sie. „Sie töteten auch noch ein weiteres halbes Dutzend, glaube ich. Was die anderen betrifft, so wurden sie vor drei Tagen ausgeladen – und ich hörte sie sagen, daß es auf dem Sklavenmarkt von Gorbahl war. Ich vermute, sie haben etwas Besonderes mit uns im Sinn, aber was das ist ..." – sie lächelte bitter – „... so ist deine Vermutung ebensoviel wert wie meine. Meine persönliche Meinung ist, daß sie uns zum Nachtisch aufheben. Wir haben zwei Mekhar getötet, und das ist etwas, was sie nicht gelassen akzeptieren werden."

„Es ist nicht so schlimm", sagte Dallith eigensinnig. „Es ist irgend etwas Hoffnungsvolles daran. Sie waren erfreut über das, was wir getan haben."

„Wie kannst du so etwas sagen?" rief Rianna. „Das ist alles deine Schuld. Wenn Dane nicht dein Leben gerettet hätte, wären wir alle zum Sklavenmarkt von Gorbahl gebracht worden, aber Roxon würde noch leben, und es hätte eine Chance für einige von uns geben können..."

Aratak sagte mit einem befehlenden Rasseln: „Still, Kind. Nichts davon ist Dalliths Schuld, nicht mehr als deine eigene. Du warst ebenfalls versessen darauf, an dem Fluchtversuch teilzunehmen, und was Roxon betrifft, so wollte er vielleicht auch lieber sterben als in Sklaverei zu leben. Auf jeden Fall ist er tot und jenseits deines Mitleids oder deiner Hilfe, und Dallith ist es nicht. Wir sind alle vier in denselben Schwierigkeiten, und wenn wir anfangen, uns zu streiten, haben wir wirklich keine Chance."

„Wir haben sowieso keine", sagte Rianna bitter, drehte sich weg und versteckte ihr Gesicht hinter dem hellen Haar.

„Rianna ..." sagte Dane, aber sie kehrte ihm den Rücken zu und sah ihn nicht an.

Sie macht mich verantwortlich für Roxons Tod und den Tod der anderen, dachte er.

Aber es gab nichts, was er dazu sagen konnte. Vielleicht war es wahr. Vielleicht war er gleichgültig gegenüber Leben oder Tod gewesen, weil er weniger zu verlieren hatte als die anderen – was auch immer geschah, *seine* Welt war unwiderruflich verloren.

Aratak sagte: „Ihr drei seid wenigstens von *einem* Volk, Kreaturen von *einem* Blut. Von meiner Art ist kein einziger auf dem Schiff geblieben. Müßte *ich* mich nicht allein fühlen?"

Dallith ging langsam auf ihn zu und ließ ihre kleine, zarte Hand in seine riesige Klauenpranke gleiten. Sie sagte freundlich: „Wir sind Brüder und Schwestern im Unglück, Aratak, unter dem Gesetz des Universums. Ich weiß das. Dane weiß es. Und Rianna wird es früher oder später wieder wissen."

Dane nickte. Er fühlte sich dem großen Echsenmann, an dessen Seite er beinahe getötet worden wäre, sehr nahe. „Wir haben ihnen jedenfalls einen guten Kampf geliefert", sagte er. „Jeder von uns konnte es mit ein paar von diesen verdammten Katzengesichtern aufnehmen! Was auch immer jetzt mit uns geschehen mag, das war die Sache wert." Aratak nickte nachdrücklich, und seine Kiemen glühten blau. Dane fragte sich: *Was nun?* und laut: „Geben sie uns etwas zu essen?"

Rianna setzte sich auf und warf ihr rotes Haar zurück: „Wenn überhaupt etwas, so ernähren sie uns besser denn je, obwohl sie unser Essen durch die Gitter hereinschieben. Niemand kommt mehr in unsere Nähe."

Dane sagte: „Dann werden sie uns sicher nicht zu Tode quälen, und wenn sie vorhätten, uns zu töten, hätten sie das sicher schon getan. Katzen sind keine subtilen Wesen. Sie hätten uns auf der Stelle in Stücke gerissen, wenn sie das vorgehabt hätten."

„Genau das habe ich versucht, euch zu erklären", meinte Dallith. „Ich weiß nicht, was uns erwartet – ich kann ihre Gedanken nicht lesen, ohne ... verrückt zu werden ... wie damals, als ich versuchte ... als ich versuchte ..." Sie schauderte plötzlich. „Für einen Augenblick war ich der Mekhar. Ich ging auf ihn los ... mit Klauen und Zähnen ..."

Sie schwieg. Dann sagte sie fest, indem sie den Gedanken beiseite schob: „Aber soviel weiß ich: Sie werden uns nicht töten, und wir sind sogar wertvoller für sie geworden. Darum sage ich es noch einmal: Denk nicht ans Sterben, Rianna. Bewahre dir deine Kraft und deine Hoffnungen. Wir werden jetzt sehr bald herausfinden, was geschehen wird. Wir leben und sind alle zusammen. Es gibt keinen Grund zu verzweifeln.

Es war zumindest offensichtlich, daß sich ihr Status geändert hatte und daß man sie jetzt für gefährlich hielt. Das Essen wurde aus sicherer Entfernung durch die Gitterstäbe hineingeworfen – von Mekhar, die niemals mit ihnen sprachen und sich sogar hüteten, zu nahe an das Gitter zu kommen. Dreimal täglich wurden Danes und Arataks Ketten verlängert, indem eine Klammer außerhalb der Zelle gelöst wurde, so daß sie einen kleinen Waschraum erreichen konnten. Zu allen anderen Zeiten waren sie ausschließlich sich selbst überlassen, mit allen Vorstellungen, Mutmaßungen oder Gedanken, die sie sich über ihr mögliches Schicksal machten.

Das ging, wie Dane später vermutete, ungefähr zwei Wochen so weiter. Für die Gefangenen gab es nichts weiter zu tun, als Lebensgeschichten auszutauschen, wenn sie wollten, sich gegenseitig von ihren Heimatwelten zu erzählen und einander kennenzulernen.

Dane erzählte ihnen alles, was er über die soziale und politische Geschichte der Erde wußte, obwohl vermutlich ein Teil ihres Interesses aus Verwunderung und Erstaunen darüber bestand, daß eine zumindest teilweise zivilisierte Welt so lange vom Galaktischen Bund übersehen worden war. Nur Rianna hatte eine vage Vermutung, was der Grund dafür sein konnte.

„Ihr habt einen gewissen Grad des wissenschaftlichen und technologischen Fortschritts erreicht", stimmte sie zu, „aber auf anderen Gebieten hinkt ihr weit hinterher, vermutlich, weil ihr so abgeschnitten seid. Zum Beispiel sagst du, daß ihr in eurer überlieferten Geschichte niemals auch nur von Beobachtungs- oder Gastmannschaften von anderen Planeten besucht worden seid."

„In unserer bekannten Geschichte nicht, nein. Obwohl manche Wissenschaftler vermuten, daß einige religiöse Mythen entstellte Überlieferungen solcher Besuche vor dem Zeitalter der Geschichtsschreibung sein könnten."

„Das ist unwahrscheinlich", protestierte Dallith. „Wissenschaftliche und beobachtende Teams des Bundes sind gewöhnlich sehr darauf bedacht, daß auf den Planeten, die sie besuchen, nicht solche Vorstellungen entstehen."

„Aber es gibt keine Möglichkeit herauszufinden, ob die Besucher vom Bund waren ... wenn es solche Besucher gab", sagte Rianna. „Sie können von überallher gekommen sein. Nein, die wahrscheinlichste Erklärung ist, daß sie euer Solarsystem einfach übersehen haben. Es gibt so furchtbar viele unbewohnte Welten, daß eine oder zwei oder zweihundert beim Katalogisieren einfach vergessen worden sein können. Hast du nicht gesagt, daß nur *eine* Welt eures Systems für normales, tierisches Leben bewohnbar ist? Das ist sehr ungewöhnlich; wahrscheinlich besuchten sie einen oder zwei Planeten, fanden sie unbewohnbar und ließen das ganze System links liegen. Schlampige, wissenschaftliche Arbeit natürlich, aber so etwas kommt vor."

Dallith vermutete: „Vielleicht ist eure Erde besucht worden, bevor sich intelligentes Leben entwickelte. Oder als ihr Menschen noch in den Bäumen wohntet."

Aratak rasselte: „Das würde sie nicht aufhalten. Meine Welt trat dem Bund bei, noch ehe das Göttliche Ei uns mit dem Rad beschenkt hatte!"

Das erinnerte Dane an eine bevorzugte Theorie der Science Fiction-Schriftsteller. „Manche Leute nahmen an, daß Besucher aus dem All uns wegen unserer Atomkriege und ähnlichem mieden oder unter eine Art kosmische Quarantäne stellten."

„Wenn absoluter und dauernder Frieden eine Qualifikation wären", sagte Rianna trocken, „würde der Galaktische Bund vermutlich aus nicht mehr als zwei Dutzend Welten bestehen, von denen die meisten von Empathen bewohnt wären. Der Bund tut alles, was in seiner Macht steht, um den Mitgliedplaneten bei der Lösung ihrer internen Auseinandersetzungen zu helfen, und manchmal trägt schon die Anwesenheit des Bundes dazu bei, daß die Bewohner eines Planeten ein Gefühl für Solidarität und innere Harmonie entwickeln. Aber auf die Weise, wie der Bund organisiert ist, dient er hauptsächlich als Barriere gegen interplanetarischen oder interstellaren Krieg. Die meisten Planeten lösten ihre Kriegsprobleme zu einem früheren Zeitpunkt in der Geschichte als ihr, aber eure Geschichte scheint von klimatischen Wechseln, Sintfluten und ähnlichem zerrissen zu sein, was typischerweise dazu führt, daß kleine Gruppen von Menschen von anderen kleinen Gruppen abgeschnitten werden und ihre ethnischen, kulturellen, sozialen und sprachlichen Unterschiede überbetonen. Das Ergebnis ist natürlich eine Verlängerung der Kriegsperiode in der Geschichte des Planeten. Obwohl ich zugeben muß, daß es ein bißchen ungewöhnlich ist, Kriege auf das Entwicklungsstadium nach der Industriellen Revolution auszudehnen."

Dane war froh, die Diskussion über seine „mißratene" Kultur zu beenden und etwas über die anderen zu erfahren. Dallith kam von einer weitgehend homogenen Welt, die – nach einer langen Eiszeitperiode, gefolgt von Perioden der Überflutungen und tropischen Wachstums –, um zu überleben, einen so hohen Wert auf Psi-Kräfte gelegt hatte, daß ESP und Hellseherei fest in die Gene der Rasse eingebaut wurden. Es war ein friedliches und, durch rigorose natürliche Auslese, kleines Volk mit beschränkter Technologie, aber hochentwickelten Wissenschaften der Philosophie und Kosmologie.

Riannas Volk war eher so, wie Dane sich immer die Erdenmenschen der Zukunft vorgestellt hatte – eine wissenschaftlich orientierte Zivilisation mit einer hochentwickelten Technologie und einer Tradition endloser Entdeckungen und wissenschaftlicher Neugier.

Arataks Welt hätte nicht gegensätzlicher sein können. Die dominierende Rasse, die von riesigen Sauriern und Amphibien abstammte, keine natürlichen Feinde hatte und vegetarisch lebte, hatte kurz mit Technologie experimentiert, herausgefunden, daß die Erkenntnisse sie nicht für die Mühen entschädigten, ihr friedfertig den Rücken gekehrt, um als Rasse ein beschauliches Leben in einer nahrungssammelnden Kultur zu führen. Sie importierten einige – nicht viele – Kunstgegenstände von ihrer Nachbarwelt, die von einer hochtechnologisierten Rasse bewohnt wurde, die sich mit einem Namen bezeichnete, den der in Danes Kehle eingebettete Übersetzungsapparat mit Salamander wiedergab. Als Gegenleistung versorgten die Saurier sie mit Rohstoffen, bestimmten Nahrungsmitteln und Philosophie, die offensichtlich als eine Handelsware wie jede andere betrachtet wurde. Tatsächlich erfuhr Dane, daß Männer von Arataks echsenähnlicher Rasse als Philosophielehrer durch die gesamte bekannte Galaxis reisten und hoch geachtet waren. Sie wurden mit verschwenderischer Gastfreundschaft behandelt; eine Gegenleistung für das Opfer, das sie brachten, indem sie ihre geliebten und friedlichen Sümpfe verließen.

Aber die Geschichten über ihre planetarische Entwicklung nahmen nur einen Teil der Zeit in Anspruch. Sie hatten mehr als genug Zeit, zu brüten und sich Sorgen über ihr mögliches Schicksal zu machen. Es schien, daß sich die Zeit endlos dahinzog. Manchmal schien es Dane, als sei er schon seit vielen Jahren ein Gefangener.

Plötzlich nahm das ein Ende.

Eines Morgens – oder wenigstens das, was Dane einen Morgen nannte, da es die erste Mahlzeit war, die auf eine Schlafperiode folgte – betraten drei Mekhar ihre Zelle mit gezogenen Nervengewehren und einem tragbaren Betäubungsfeld, das sie vorsichtigerweise auf volle Stärke gedreht hatten, bevor sie hereinkamen und Dane und Aratak losketteten.

Einer der Mekhar sagte kurz: „Macht keinen Fehler. Ihr werdet – jetzt – keine einzige Chance zur Flucht haben. Eine einzige unerlaubte Bewegung, und ihr werdet augenblicklich in totale Bewußtlosigkeit versetzt. Ihr werdet nicht getötet, und ihr werdet nicht gequält, aber wir werden euch nicht entfliehen lassen. Ihr könnt eure Energie also ebensogut sparen. Dies ist nur eine Warnung, also bewegt euch vorsichtig. Glaubt mir, wir werden euch nicht die Wohltat des Zweifels lassen."

Dane machte keine plötzlichen Bewegungen. Er hatte nicht den Wunsch, an sich selbst auszuprobieren, wie sich die Wirkung eines Nervengewehrs anfühlte; ihm waren die Schreie des Mannes, der gestorben war, immer noch in Erinnerung. Seine Neugier war von einem unerwarteten Satz gefesselt: *Ihr werdet – jetzt – keine einzige Chance zur Flucht haben.*

Hieß das, daß sie später eine einzige Chance bekommen würden?

Es lohnt sich, darüber nachzudenken. (Der mechanische Übersetzungsapparat war fast unglaublich wörtlich; bei einer Gelegenheit, als Rianna, erbost über Dalliths Gelassenheit, ihr eine mundartliche Beleidigung an den Kopf warf, hatte der Übersetzer diese wortgetreu wiedergegeben, indem er unterstellte, Dallith sei eine Nahrungsspenderin für Kinder. Was natürlich für Danes Begriffe keine Beleidigung war und wahrscheinlich, nach Dalliths Miene zu urteilen, auch für ihre Begriffe nicht – das hatte Rianna nicht gerade ruhiger gemacht!)

Offensichtlich waren die anderen drei Gefangenen zu demselben Schluß gekommen, denn sie gingen widerstandslos mit dem Mekhar den gewundenen Korridor entlang und die Rampe hinauf, bis sie einen Raum erreichten, der wie ein kleines Konferenzzimmer aussah, in dem ein halbes Dutzend Mekhar, uniformiert wie Schiffspersonal, warteten. Es gab Fernsehschirme und Empfänger, verschiedene andere Ausrüstungsgegenstände und eine Auswahl von Sitzgelegenheiten. Die Mekhar wiesen ihren vier Gefangenen Plätze an, die aussahen, wie eine Geschworenenbank oder eine Musikergalerie an einer Seite des Raumes. Sobald sie sich gesetzt hatten, griffen Klammern (automatisch gesteuert, vielleicht durch ihr Körpergewicht) um ihre Taillen und hielten sie fest.

Die Geschworenenbank war bereits von einem Mann besetzt; es war ein Mekhar, aber er wurde durch denselben Klammermechanismus festgehalten wie Dane und seine Gefährten. Für Dane sahen alle Mekhar ziemlich ähnlich aus, aber ihm schien, als sei ihm an diesem hier irgend etwas vertraut. Er war kaum zu dieser Feststellung gekommen, als Dallith, die neben ihm saß, sich herüberlehnte und flüsterte: „Es ist der Mekhar, den du entwaffnet hast – der Wächter aus der Zelle. Ich dachte, wir hätten ihn getötet."

„Offensichtlich hatte er kein Glück", flüsterte Dane zurück.

„Die Gefangenen haben zu schweigen", sagte einer der Mekhar unbewegt.

Dane schaute sich in dem Raum um, in dem er sich befand. Seine Aufmerksamkeit wurde augenblicklich auf etwas gezogen, was wie ein riesiger Bildschirm aussah. Der Empfang wurde von Wellen und, wie man es bei einem irdischen Fernseher genannt hätte, „Schnee" gestört, aber es war offensichtlich eine Direktübertragung. Das Bild auf dem Schirm war nicht sehr aufregend, denn keiner der anderen Gefangenen warf auch nur einen zweiten Blick darauf oder beobachtete es gar, aber für Dane war es ein unglaubliches Wunder. Man konnte nämlich auf diesem Bildschirm einen Planeten erkennen, verschwommen, ziegelrot, mit blau-grünen Gebieten, die wie Ozeane aussahen, und langweiligen braunen Flekken, die Bergketten oder Wüsten sein mochten. Am Himmel dahinter – oder, genauer gesagt, im dunklen, sterngefleckten Raum dahinter – hing ein riesiger Mond oder Satellit, gut halb so groß wie der Mutterplanet und teilweise durch ihn verdunkelt.

Einer der Mekhar in Uniform saß an einem prosaisch aussehenden Schaltpult und sprach leise in ein verborgenes Mikrophon. Es war nur ein monotones Hintergrundgeräusch, zu leise für Danes

Übersetzer, um es aufzunehmen. Das ging eine Weile so weiter; der Planet und sein halb verdunkelter Satellit zeigten sich auf dem Bildschirm größer und schärfer umrissen. Offensichtlich näherten sie sich irgendeinem Stern. Würden sie darauf landen, fragte sich Dane, und war es die Heimatwelt der Mekhar? Und was würde dort mit ihnen geschehen? Die extreme Vorsicht, mit der sie behandelt worden waren, schien ein gutes Zeichen zu sein – sie sollten anscheinend nicht sofort getötet werden –, aber würden sie für irgend etwas vor Gericht gestellt werden? Vielleicht weil sie einen Mekhar getötet hatten?

Abrupt hörte die monotone leise Stimme des Mekhar, der in das Schaltpult hineingesprochen hatte, auf – sie wurde durch ein Tuten von sanfter, aber hoher Tonlage, von Klicken und Murmeln unterbrochen. Der Mekhar betätigte verschiedene Wählscheiben und Hebel. Ein Lautsprecher an dem Schaltpult wurde aktiviert, und eine merkwürdig tiefe, gleichmäßige Stimme – fast eine *mechanische* Stimme, dachte Dane – bemerkte: „Zentralstation, Zweiter Kontinent. Ich spreche zu dem Mekharschiff. Wir bestätigen Ihre Botschaft und sind bereit, Ihr Angebot entgegenzunehmen."

Der Mekhar am Pult sagte, nun mit lauterer Stimme, denn er hatte offensichtlich einen Schalter betätigt, damit sie auch über den Lautsprecher zu hören war: „Wir haben fünf für euch, Jäger. Es sind besonders gefährliche Exemplare, und wir werden sie nicht billig verkaufen."

Die mechanische Stimme erwiderte in ihrem merkwürdig ausdruckslosen Ton: „Ihr Mekhar habt früher schon Geschäfte mit uns gemacht und kennt unsere Anforderungen. Sind diese hier auf die Probe gestellt worden?"

„Ja", sagte der Mekhar. „Es sind die vier Überlebenden von sechs Anführern des üblichen Testflucht-Mechanismus – diejenigen, die intelligent und erfinderisch genug waren, ein kleines Schlupfloch zu entdecken, das für die Flucht blieb, tapfer genug, es angesichts der Nervengewehre zu wagen, und stark genug weiterzukämpfen, nachdem wir ihnen gezeigt hatten, daß wir von dem

Ausbruch wußten. Ich werdet nicht von ihnen enttäuscht sein. Wir hatten gehofft, euch alle sechs bringen zu können, aber wir waren gezwungen, zwei zu töten, bevor sie überwältigt werden konnten."

Die mechanische Stimme sagte: „Ihr spracht von fünf Beutetieren für uns."

„Der fünfte ist einer aus unseren Reihen", antwortete der Mekharkapitän. „Er ließ es zu, daß die Gefangenen ihn entwaffneten und seine Waffe erbeuteten. Der andere Wächter, dem wir die übliche Wahl ließen, zog es vor, Selbstmord zu begehen, anstatt sich einem Gerichtsverfahren auf Mekhar zu stellen. Dieser hier wählte den anderen Ausweg – er verkaufte sich selbst als Beute für die Jäger. Der Preis für ihn wird seinen Hinterbliebenen auf Mekhar übergeben, so daß er frei von Verpflichtungen ist und seine einzige legale Chance wahrnehmen kann zu überleben."

„Wir nehmen jederzeit gerne einen Mekhar als Beutetier an", sagte die mechanische Stimme. „Wir wiederholen das Angebot, das wir schon früher unterbreitet haben, euch eure verzweifelten Verbrecher als Beute abzunehmen."

„Und wir wiederholen", sagte der Mekhar am Funkgerät, „daß die Ehre unseres Volkes es eigentlich nicht zuläßt, daß wir in der Jagd durch Kriminelle vertreten werden; aber der Wächter wurde in einem ehrlichen Kampf besiegt, da wir den Gefangenen absichtlich eine Möglichkeit ließen zu entkommen. Er hat das verbriefte Recht, seine Todesart auszusuchen, und er hat das Recht, den ehrenhaften Tod durch eure Hand zu wählen, wenn er das möchte."

„Wir beugen uns euren Ehrbegriffen", sagte die mechanische Stimme.

„Wir schlagen einen Bonus von zehn Prozent über unseren üblichen Preis hinaus vor; wenn das annehmbar für euch ist, könnt ihr die Gefangenen sofort landen."

„Das ist annehmbar für uns", bestätigte der Mekhar, aber Danes Aufmerksamkeit wurde auf Rianna gelenkt, die keuchend aufgestöhnt hatte.

„Die Jäger", flüsterte sie. „Dann sind sie keine bloße Legende!

Eine Chance zu entkommen – ja, eine Chance – aber, o Götter, was für eine Chance!"

Dane drehte sich in seinem Sitz, aber bevor er ein Wort der Erwiderung sagen konnte, näherte sich der Mekharkapitän.

„Gefangene", sagte er ruhig. „Es liegt bei euch, ob ihr entkommt oder ehrenhaft sterbt. Ihr habt bewiesen, daß ihr zu tapfer, zu mutig seid, um als Sklaven verkauft zu werden; wir haben daher die Ehre und das Vergnügen, euch diese Alternative zu bieten. Habt keine Angst. Ihr werdet jetzt eine kleine Dosis eines milden Betäubungsgases bekommen, das keinerlei bleibende Nebenwirkung hat, damit ihr euch während des Transfers zur Welt der Jäger nicht durch unnötiges Kämpfen verletzt. Laßt mich euch gratulieren und euch allen eine ehrenvolle Flucht oder einen blutigen und ehrenvollen Tod wünschen."

6

Als die Nebel des Betäubungsgases sich hoben und Danes Kopf wieder klar wurde, fand er sich auf einem niedrigen, weichen Bett liegend, zugedeckt mit einer seidenweichen Decke. Rianna lag bewußtlos neben ihm, Dallith auf einer ähnlichen Liege nahebei. Aratak war auf dem Fußboden ausgestreckt. Als Dane sich aufsetzte, reckte sich der große graue Echsenmann wie unter Schmerzen, stöhnte und setzte sich auch auf. Er sah sich um, und seine Augen trafen die von Dane.

„In einer Hinsicht sagten uns unsere Gegner wenigstens die Wahrheit", meinte er ruhig. „Wir sind nicht verletzt worden. Wie geht es den Frauen?"

Dane lehnte sich über Rianna; ihre Brust hob und senkte sich natürlich wie im Schlaf. Dallith begann, sich verschlafen zu strecken; sie setzte sich auf und blickte mit plötzlichem Schrecken um sich, erkannte die anderen und entspannte sich lächelnd.

„Da wären wir also alle wieder", sagte Dane.

Der Raum, in dem sie lagen, war sehr groß, besaß hohe Decken und Pfeiler und Säulen und war einmal mit einer Art Tonfarbe gestrichen worden; aber die Farbe wirkte verblaßt und alt, und in den Ecken hingen Spinnweben und Staub, obwohl der Raum sonst einigermaßen sauber aussah. Hohe Fenster ohne Scheiben, aber teilweise durch Rolläden aus schmalen, bambusartigen Leisten verdeckt, ließen ein seltsames rötliches Licht herein. Draußen vor den bogenförmigen Fenstern hörte man Stimmen und das plätschernde Geräusch von Wasser. Dane stand auf, ging zum Fenster und spähte durch die Ritzen.

Draußen sah er eine Gartenwildnis – blühende Büsche, lange Steinpfade, niedrige Bäume mit goldfarbenen Zapfen oder langen, roten Samenschoten; überall das überwältigende Grün, obwohl kein einziger Baum ihnen vertraut vorkam.

Unirdisch, dachte er, *und das ist eine sehr genaue Beschreibung.* Der Himmel senkte sich rötlich herab, bedeckt mit großen, grauen Wolkenmassen des Sonnenuntergangs, und am Horizont hing tief und rotglühend der riesige Mond, den er aus dem All gesehen hatte, und ergoß ein eigenartiges, feurig-rotes Licht über die Bäume, die Pfade, die Blumen und die Wasserfontänen, die überall in dem großen Garten zu fließen und zu murmeln schienen.

Auf den Pfaden bewegten sich Leute. Leute, so wie Dane sie seit seinen Tagen auf dem Sklavenschiff der Mekhar verstand; nicht ein Gemisch aus Leuten und seltsamen Tieren, sondern eben verschiedenartige Menschen. Sie alle trugen Tuniken vom gleichen Ziegelrot wie die Wände des Raumes, die menschlichen wie die nichtmenschlichen.

Es gab Wesen unter ihnen, die Dane alles andere als menschlich zu sein schienen, wenn er sich selbst als Maß nahm. Einige erinnerten ihn vage an die Mekhar; zumindest einer war mit feinem, wolligem Haar bedeckt und sah aus wie ein größerer und wachsamerer Gibbon oder Menschenaffe. Es waren zu viele, als daß er alle auf einmal sehen oder einordnen konnte. Doch ein Sklavenmarkt? Nein, der Mekhar hatte zuletzt gesagt, daß sie „zu tapfer und zu mutig für Sklaven" seien, was auch immer das heißen mochte. Aber die einheitlichen, ziegelroten Tuniken und die feste Einzäunung des Gartens verrieten ihm, daß sie die Freiheit noch nicht erlangt hatten.

Die Vielzahl der Wesen im Garten erinnerte ihn daran, daß sie fünf an der Zahl gewesen waren, als sie das Raumschiff verlassen hatten; und er schaute sich nach dem Mekhar um, der zuletzt mit ihnen eingeschlossen gewesen war. Er entdeckte ihn, zusammengekauert, den Kopf zwischen den Händen versteckt, auf einer der weichen, seidigen Liegen, offensichtlich noch schlafend.

„Die Wirkung des Gases läßt bei meiner Art am schnellsten nach", sagte Aratak von dem Fensterplatz, wo er kauerte. „Ich war schon wieder bei Bewußtsein, noch bevor die Landefähre hier aufsetzte. Ich vergalt es ihnen, indem ich keinen Widerstand leistete. Ich wollte nicht von euch getrennt werden, meine Gefährten. Jetzt seid ihr aufgewacht – und der Mekhar schläft noch. Offensichtlich unterscheidet sich ihr Stoffwechsel irgendwie von unserem. Ich hoffe, er ist nicht tot. Vielleicht sollten wir ihn untersuchen und sehen ..."

„Mir ist es egal, ob er tot ist oder nicht", sagte Rianna. „Aber sicher haben wir nicht soviel Glück; die Mekhar müssen wissen, welche Dosierung des Betäubungsmittels auf ihre eigene Art wirkt."

„Wie auch immer, er atmet", sagte Dallith. Dane ging einen oder zwei Schritte auf die schlafende Katzengestalt zu. Sie schlief nicht nur, sie schnurrte sogar im Schlaf. Wenn es nicht so widersinnig gewesen wäre, hätte Dane gelacht; der große wilde Mekhar, schnurrend wie das Schoßkätzchen eines Kindes.

„Nun, er wird entweder aufwachen oder nicht", sagte Dane. „Hoffentlich beginnt er seinen neuen Tag nicht damit, daß er versucht, sich an uns zu rächen, weil wir ihn hierhergebracht haben! Ich werde jedenfalls ein Auge auf ihn haben. Und sonst? Hier sind wir, aber wo ist hier? Rianna, bevor wir das Schiff verließen, hatte ich den Eindruck, du wüßtest etwas über die Jäger. Ich schlage vor, du erzählst es uns."

Rianna richtete sich auf, schwang ihre nackten Beine über den Rand der Liege und kam zum Fenster. Das rötliche Licht ließ ihr flammendrotes Haar und die erhitzte Haut glühen. Sie sagte: „Die meisten Leute halten sie für eine Legende. Als ich Nachforschungen anstellte, fand ich heraus, daß das nicht zutrifft. Sie bezeichnen sich selbst mit einem Namen, der einfach *Jäger* bedeutet, und offensichtlich denken sie auch in dieser Weise von sich. Sie haben sich geweigert, sich dem Galaktischen Bund anzuschließen – nicht daß der Bund sie so, wie sie sind, aufgenommen hätte – versteht sich –, aber sie zogen es vor, lieber dem Bund fernzubleiben, als ihre Lebensart zu ändern."

Dallith kam direkt zum Kern der Sache: „Warum werden sie Jäger genannt? Was jagen sie?"

Dumpf sagte Rianna: „Uns."

Aratak richtete sich zu voller Größe auf. „Dieser Verdacht war mir schon gekommen. Dann sind wir ihnen also zu ihrem Jagdvergnügen verkauft worden?"

Rianna nickte. „Nach allem, was ich gehört und in den Bibliotheken des Bundes gesehen habe — und das ist nicht viel, weil sie sich geweigert haben, irgendwelche Außenstehende hier landen zu lassen —, ist die Jagd zu ihrem einzigen Zeitvertreib, ihrer Freude, ihrer Religion geworden. Sie hören niemals auf, nach Beutetieren zu suchen, die ihnen einen fairen Kampf liefern können. Wie ich hörte, haben sie seit Hunderten von Jahren keine anderen Geschäfte mit fremden Welten gemacht als dieses: Sie pflegten Beutetiere für ihre Jagden zu kaufen."

Dane sagte, während er den schlafenden Mekhar aus den Augenwinkeln beobachtete: „Ich hatte das eigenartige Gefühl, daß es fast zu leicht war; daß sie aus irgendeinem Grund wollten, daß wir einen Fluchtversuch unternahmen. Und das ist offensichtlich die Methode, wie sie die Sklaven von denjenigen trennen, die sie an die Jäger verkaufen können!"

Rianna lachte ein freudloses, dünnes Lachen. „Dann funktioniert ihr Test nicht besonders gut. Wenn ich etwas nicht habe, dann ist das Tapferkeit."

Dallith sagte ruhig: „Wahrscheinlich ist ihnen die Tapferkeit nicht so wichtig wie die Verwegenheit."

„Das erklärt also, warum sie von einer Chance des Entkommens sprachen", sagte Dane. „Aber was für eine Chance ist das?"

Der schlafende Mekhar streckte sich plötzlich mit einem lauten Gähnen und sprang im selben Moment auf. Als er die vier beim Fenster zusammenstehen sah, duckte er sich vorsichtig. Dane straffte sich zum Angriff. Aber der Mekhar ging einen Schritt zurück.

„Man würde uns hier nicht kämpfen lassen." Seine Stimme war wie ein tiefes, schnurrendes Rollen. „Unsere Geschicklichkeit und Kraft gehört jetzt den Jägern. Nun gut, wir waren Feinde. Vielleicht werden wir wieder Feinde sein. Aber für den Augenblick bitte ich um Waffenstillstand."

Dane warf Aratak einen Blick zu. Der große Echsenmann entspannte sich zu einer Art Verbeugung. Er sagte: „Zumindest sind wir Gefährten im Unglück. Ich bin mit einem Waffenstillstand einverstanden. Wenn du dasselbe tust, schwöre ich beim Göttlichen

Ei, daß ich dir, solange dieser Zustand gilt, kein Leid zufügen werde, weder im Wachen noch im Schlafen. Wirst du denselben Schwur ablegen?"

Der Mekhar knurrte: „Schwüre sind für diejenigen gut, die einen Wortbruch in Erwägung ziehen. Ich sage, daß ich euch kein Leid zufügen werde, und ich werde mein Wort nicht zurücknehmen, noch wird das einer von euch tun, der mir eine gleichbedeutende Bürgschaft gibt. Aber wenn einer unter euch ist, der mir sein Wort nicht geben will, werde ich ihn – oder sie – hier und jetzt bekämpfen, mit oder ohne Waffen, bis zum Tod oder zur Unterwerfung."

Rianna und Dallith sahen Dane an. Er sagte: „Ich werde für uns alle sprechen. Wir sind alle in zu großen Schwierigkeiten, um uns untereinander zu bekämpfen. Ich liege nicht im Streit mit dir. Deine Leute hatten kein Recht, uns von unseren Heimatwelten zu entführen, aber wenn wir dich bekämpfen, würde das nichts wiedergutmachen. Deine eigenen Leute scheinen dir einen schlechten Streich gespielt zu haben – dich der gleichen Kategorie zuzuschreiben wie uns!"

„Wage es nicht, so etwas zu sagen", sagte der Mekhar. „Ich habe mir aus eigenem, freien Willen ausgesucht, auf diese Weise meine Ehre wiederherzustellen!" Seine langen, klauenartig gebogenen Fingernägel fuhren wütend aus und ein.

Dane sagte hastig: „Nun, wie auch immer, ich werde nicht mit dir über Ehrbegriffe diskutieren, da das Wort für uns sicherlich verschiedene Bedeutungen hat." Er sagte zu sich selbst, daß jemand, dessen Ehrenkodex es erlaubte, Sklaven zu fangen, jedenfalls keine sinnvolle Diskussion über dieses Thema mit ihm führen konnte, Übersetzungsapparat hin, Übersetzungsapparat her. „Trotzdem – wenn du uns in Ruhe läßt, werden wir dich in Ruhe lassen; und ich spreche auch für die Frauen."

Der Mekhar beäugte sie vorsichtig. Seine gelben Augen verengten sich zu Schlitzen; dann entspannte er sich und ließ sich auf den Boden gleiten. „So sei es; solange unser Wort gilt, halten wir Waffenstillstand. Da ihr nicht länger Sklaven seid, sondern euren Mut bewiesen habt, werde ich eurem Wort Glauben schenken."

Rianna sagte: „Ich weiß sehr wenig über die Jäger. Euer Volk handelt offensichtlich mit ihnen. Kannst du uns sagen, wie sie sind?"

Der Mekhar verzog seine Lippen aus Ärger oder Ironie. „Ihr wißt soviel wie ich; sie lassen sich niemals vor Außenstehenden blicken", sagte er. „Der Jäger wird nur von der Beute erblickt, die er im Begriff ist zu töten."

Rianna schauderte. Dallith trat dicht an Dane heran und ließ ihre Hand in seine gleiten. Sogar Aratak schien einen Augenblick lang erschrocken zu sein. „Heißt das, sie sind unsichtbar?"

„Sichtbar oder unsichtbar, ich weiß es nicht", sagte der Mekhar. „Ich weiß nur, daß noch niemals irgend jemand einen Jäger gesehen hat und überlebte, um es erzählen zu können."

Er schwieg einen Moment, und Dane dachte an Bratpfannen und Feuer. Er war glücklich, aus dem Sklavenschiff der Mekhar herausgekommen, aber es schien, daß er der Sklaverei nur entkommen war, um den sicheren Tod durch die Hand schrecklicher, unbekannter Jäger zu finden. Er dachte, daß sogar der Mann, der gesagt hatte: „Gebt mir die Freiheit, oder gebt mit den Tod", so freundlich gewesen war, dem die Erklärung vorauszuschicken, er wisse nicht, welchen Weg andere wählen mochten. Abgesehen davon hatte Dane nicht die Wahl zwischen Freiheit und Tod, sondern nur zwischen Sklaverei und etwas, was ohnehin wie der sichere Tod klang.

Dallith, mit ihrer jetzt vertrauten Methode, seine Stimmungen abzulesen, sagte ärgerlich: „Warum sprach der Mekharkapitän dann von einem ehrenvollen Entkommen als Alternative zum ehrenvollen und blutigen Tod?"

Der Mekhar blickte sie erstaunt an. „Ich dachte, ihr wüßtet das", sagte er. „Selbstverständlich würden wir kein tapferes Wesen zum sicheren Tode verurteilen! Die Jagd — wie alle wissen sollten, die Jäger kennen — dauert von Dunkelheit zu Dunkelheit des Roten Mondes. Diejenigen, die noch leben, wenn die Finsternis wieder heraufzieht, sind frei. Frei, und zwar mit einer großen Belohnung und großer Ehre. Warum wäre ich sonst hier?"

Der Mekhar drehte ihnen mit zuckenden Schnurrhaaren den

Rücken, und Dane stand da und beobachtete ihn und versuchte das Gesagte zu begreifen.

Eine Chance zu entkommen — aber einem wilden Volk, so wild, daß es keinen anderen Namen hatte, als den der Jäger, ein Volk, das sogar die Mekhar fürchteten. Ein Feind, den noch nie jemand gesehen hatte, außer in dem Moment, in dem er von ihm getötet wurde. Man mußte also kämpfen oder fliehen oder ihnen irgendwie entkommen, in der Zeitspanne zwischen zwei Dunkelheiten — wie lange das auch immer sein mochte — nicht wissend, welche Gestalt der Feind annehmen oder ob er unsichtbar aus der Luft kommen würde.

Für einen Augenblick wünschte er sich feige, wieder auf dem Sklavenschiff zu sein. Er hatte sein ganzes Leben lang nach Abenteuern Ausschau gehalten, aber eine Reise quer durch die Galaxis, selbst als Sklave, war genug Abenteuer für ein ganzes Leben.

Dann besserte sich seine Laune ohne rechten Grund. Wenn die Jäger ein quasi religiöses Ritual aus der Jagd machten, würde ein Teil ihres Vergnügens sicher schon in dem Risiko liegen. Jäger auf der Erde fanden es nicht gerade aufregend, hinauszugehen und Hasen zu schießen. Fuchsjäger machten ein großes Theater darum, den Fuchs *nicht* zu schießen. Das wahre Geheimnis der Jagd schien für die, die daran teilnahmen, auch auf der Erde, im Anschleichen, der Gefahr, dem Kitzel, dem Risiko zu liegen. Darum würden die Menschen, die daran teilnahmen — oder von welcher Rasse ihre Beute auch sein mochte — so etwas wie eine faire Chance bekommen.

Ich bin weichlich geworden, dachte Dane, *ich bin nicht in Form. Ich war in guter Kampfform — diese Unterrichtsstunden in Aikido und Karate in Japan, die rastlose Knochenarbeit des Einhandsegelns Tag und Nacht —, aber drei Wochen kompletter Untätigkeit haben mich verweichlicht. Aratak könnte es gelingen; er ist groß und stark. Die Frauen... nun, wenn es auf Körperkraft ankam, mußte zumindest Dallith beschützt werden — obwohl sie wild genug gewesen war, als sie gegen den Mekhar gekämpft und ihn erschreckt hatte!* Aber die Mekhar hatten nicht ihre Körperkraft getestet, erinnerte sich Dane. Was die Mekhar geprüft hatten, war ihre Verwegenheit, ihr Mut, ihre Bereitschaft, Risiken einzugehen, und die Fähigkeit, das für die Flucht offen gelassene Schlupfloch zu finden. Das mußten also die Qualitäten sein, die die Jäger an ihrer Beute schätzten, damit sie ihnen einen guten Kampf lieferte. Er sagte laut: „Vielleicht haben wir trotzdem eine Chance. Keine gute. Aber eine Chance."

Dallith schnappte nach Luft und faßte nach seinem Arm, denn die Tür am gegenüberliegenden Ende des Raumes glitt auf. Dane drehte sich um und fragte sich, ob sie jetzt den ersten der mysteriösen Jäger zu Gesicht bekommen würden. Statt dessen sah er eine große, schmale Metallsäule, die wie auf unsichtbaren Rädern vorwärts zu gleiten schien. Das Ding hatte schmale, von einem Metallgeflecht bedeckte Schlitze und kleine blinkende Lichter oder Linsen, und nach einer Weile, noch ehe es mit derselben mechanischen Stimme zu sprechen begann, die er aus dem Schaltpult des Mekhar-Raumschiffes gehört hatte, stellte Dane fest, daß es eine Art Roboter sein mußte.

„Willkommen in diesem Hause des Heiligen Beutewildes", sagte er mit leiser, metallischer Stimme. „Euch wird Essen gebracht von der Art, die Ihr wünscht, wenn Ihr Eure bevorzugten Nahrungsbedürfnisse äußert. Wir haben auch für Euch ..." — die Metallsäule surrte, drehte sich ein wenig und fuhr einen langen, metallenen Arm aus — „... Gewänder, die der Ehrbarkeit Eures Standes entsprechen. Bitte badet in einem der Becken oder Brunnen, ganz wie Ihr es wünscht und wie es Euren Bräuchen entspricht, und bekleidet Euch damit." Die von dem metallenen Arm gehaltene Kleidung war von derselben ziegelroten Farbe, die Dane an den anderen in dem großen Garten gesehen hatte. Dann gehörten sie also auch zum — wie lautete das Wort, das der Roboter benutzt hatte — Heiligen Beutewild? *Sie alle?* Dane fragte sich plötzlich, ob die Jäger jeden von ihnen einzeln jagen würden oder alle zusammen.

Der Mekhar wandte sich an den Roboter und knurrte: „Du metallenes Nichts, es ist nicht Brauch in meinem Volk, andere als unsere eigene Kleidung zu tragen."

Der Roboter sagte ohne Gemütsbewegung: „Es ist unmöglich, eine Kreatur, die aus Metall gebaut ist, zu beleidigen, indem man sie als solche beschreibt, aber wir folgern, daß dies Eure Absicht war, und die beabsichtigte Beleidigung ist registriert und als solche erkannt."

Der Mekhar blickte finster drein und sagte: „Du meinst, wenn ich dich beleidige, werden es deine Herren, die Jäger, als eine Beleidigung ihnen gegenüber betrachten?"

„O nein." Die Stimmlage des Roboter blieb unverändert. „Wir sind jedoch davon unterrichtet worden, daß es frustrierend für ein intelligentes Wesen ist, eine andere Kreatur zu beleidigen, wenn der Beleidigte sich der Beleidigung nicht bewußt ist. Wir möchten unbedingt vermeiden, irgendeinem aus der Schar des Heiligen Beutewildes Grund zur Frustration zu geben, darum haben wir Euch versichert, daß wir die Absicht der Beleidigung verstanden haben. Bitte, seid nicht frustriert."

Dane brach in ein glucksendes Gelächter aus. Er konnte nicht anders. Der Roboter glitt auf ihn zu und fragte besorgt: „Habt Ihr irgendwelche Schwierigkeiten?"

Dane gelang es, Gesicht und Stimme unter Kontrolle zu bringen, und er versicherte dem gesichtslosen Roboter, daß mit ihm alles in Ordnung sei. Der Roboter kehrte zu dem Mekhar zurück, der ihm den Rücken kehrte, und glitt ruhig um ihn herum, um ihm wieder ins Gesicht sehen zu können. Der Mekhar schwieg seufzend; und als ob er niemals unterbrochen worden wäre, fuhr der Roboter fort: „Was Eure Ablehnung betrifft, die Kleidung der Heiligen Beute anzulegen, so ist es Brauch, sie zu tragen. Bekleidet mit der Farbe, die das Heilige Wild ausweist, werdet Ihr in jedem Teil des Jagdreservates zugelassen, und Ihr werdet weder durch einen Unfall noch aufgrund einer disziplinarischen Maßnahme getötet werden."

„Du wirst nicht gewinnen, alter Freund", sagte Dane zu dem Mekhar und versuchte vergebens, sein Gelächter zu zügeln. „Landesbräuche und so weiter. Hör mal, du ..." Er wandte sich an den Roboter, und die ausdruckslose Stimme sagte: „Ihr könnt uns mit Diener anreden."

„Gib mir die gebräuchlichen Kleider oder was auch immer; ich werde sie tragen."

Aratak sagte mit leiser Stimme zu Dane: „Wenn ich gejagt werden soll, möchte ich in anständiger Verfassung sein. Mal sehen, ob das ... Ahem, ich habe ein Problem. Diener ..." sagte er zögernd.

Der Roboter, der sich selbst Diener nannte, rollte geräuschlos auf ihn zu. „Wir sind hier, um Euch zu bedienen."

„Diener, deine Anwesenheit stellt ein Problem für mich dar", sagte Aratak. „Bist du ein intelligentes Wesen?"

Diener stand regungslos vor dem gewaltigen Echsenmann. „Die Frage interessiert uns weder, noch ergibt sie einen Sinn für uns", sagte er.

Aratak sagte: „Dann laß mich die Frage noch einmal formulieren: Bist du Teilhaber der Allumfassenden Weisheit? Soll ich dich als unabhängig denkendes Wesen betrachten? Es ist offensichtlich, daß deine Antwort sich auch auf unvorhergesehene und unprogrammierte Ereignisse beziehen. Für was soll ich dich also halten?"

„Es ist nicht nötig, uns als irgend etwas Spezielles zu betrachten", sagte Diener. „Ihr seid Heiliges Wild und daher vergänglich, und wir stellen einen Dauerzustand dar. Aber verzeiht, Heiliges Wild, wenn wir vorschlagen, mögliche Diskussionen, Dispute und philosophische Fragen über das Wesen unserer Natur zurückzustellen, bis Eure materiellen Bedürfnisse befriedigt sind. Habt Ihr einen materiellen Wunsch, den wir Euch erfüllen können, oder sind wir frei, Eure Gefährten zu bedienen?"

„Ich habe einen materiellen Wunsch", sagte Aratak. „Du sprachst vom Baden. Auf der Reise badet man, wie man kann oder muß, um der Hygiene Genüge zu tun, aber kannst du mir zur Wiederherstellung meiner Außenhaut ein warmes Schlammbad besorgen?"

Dieners Antwort kam augenblicklich. „Wenn Ihr durch die Tür neben dem Torbogen geht und weiter den Pfad entlang in Richtung auf die Schatten, werdet Ihr ein Becken mit Schlamm zum Baden finden. Wenn sich die Temperatur als unpassend für Eure Haut erweist, berichtet es uns heute abend, dann werden wir die Bedingungen herstellen, die Euch am genehmsten sind." Er rollte zu den anderen hin und sagte: „Es gibt heiße und kalte Bäder, Eisbäder,

Dampfbäder und trockene Sandbäder, je nachdem, was Ihr bevorzugt; macht freien Gebrauch davon. Wenn Ihr jetzt Eure Nahrungswünsche äußern würdet."

Zufällig stand er in diesem Moment neben Rianna, und nach einem Augenblick des Nachdenkens sagte sie: „Ich wünsche eine bekömmliche Diät für Protosimianer, und ich bin eine Mischung gewöhnt, die ungefähr zu einem Drittel aus Proteinen, zur Hälfte aus gemischten Kohlehydraten und Pflanzenanteilen und ansonsten aus Fett besteht. Meine bevorzugten Geschmacksrichtungen sind entweder süß oder salzig, wobei ich nichts gegen leicht Saures habe. Ich mag kein stark saures oder bitteres Aroma. Ist das angemessen ausgedrückt?"

„Wir loben Eure Deutlichkeit", sagte Diener, „und wir werden unser Bestes tun, dem zu entsprechen. Wird diese Kombination auch Eure anderen protosimianischen Gefährten angemessen ernähren?"

Dane sagte: „Für mich ist es recht." Nach Riannas wissenschaftlicher Analyse der menschlichen Diät wäre es ihm dumm vorgekommen, ein Steak zum Mittagessen zu verlangen, obwohl es ihn interessiert hätte, wie Diener auf eine solche Bitte reagieren würde.

Dallith sagte: „Für mich ist es auch in Ordnung, mit der Einschränkung, daß ich keinen salzigen Geschmack mag, aber nichts gegen einen leicht bitteren habe. Außerdem ist es in meiner Rasse nicht üblich, tierisches Fleisch zu essen."

Diener nahm das mit einem leichten Augenblinzeln zur Kenntnis und wandte sich an den Mekhar, der barsch sagte: „Ich bin Fleischesser."

„Ihr zieht eine Diät vor, die fast ausschließlich aus tierischen Proteinen und Entsprechendem besteht?" fragte Diener. „Es wird Euch gebracht werden. Was Euch betrifft, verehrter Philosoph ..." Arataks Kehllappen glühten schwach bläulich, als er sich vor der metallenen Kreatur verbeugte. Er sagte höflich: „Der philosophische Mensch konsumiert, was die Natur ihm über den Weg schickt. Glücklicherweise ist unser Stoffwechsel so weitgehend angepaßt, daß ich fast alles verdauen kann, vorausgesetzt, es ist genug da.

Ein Vorteil in einer harten Welt, wo das Überleben von der Anpassungsfähigkeit abhängt."

„Wir werden versuchen, nicht nur Eure Verdauung, sondern auch Euren Gaumen zufriedenzustellen", sagte Diener und rollte davon, während Dane darüber staunte, daß ein metallener Roboter – fast – mit Aratak in höflichem Philosophieren konkurrieren konnte!

Aratak war offensichtlich verwirrt. „Ich muß nachdenken über diesen Ort in der Allumfassenden Weisheit, der von intelligenten Wesen bewohnt ist, die aber eher künstlich zu sein scheinen als durch die Gnade des Göttlichen Eis entwickelt. Wenn Ihr mich entschuldigt, werde ich die gebräuchlichen Kleider an mich nehmen und mich in ein Becken mit heißem Schlamm begeben, um meine Außenhaut wiederherzustellen."

Er ging schwerfällig auf die Tür zu, die Diener ihm gezeigt hatte.

Rianna sagte zu Dallith: „Ein heißes Bad klingt herrlich. Sollen wir gehen und eins suchen?"

Dallith drehte sich zögernd zu Dane um. „Sollten wir nicht besser zusammenbleiben?"

„Ich vermute, hier sind wir ziemlich sicher. Geht nur und nehmt euer Bad vor dem Essen." Er wußte nicht, ob gemischte Bäder in den Welten der Frauen gebräuchlich waren, aber das war kein Thema, über das er gerade jetzt reden wollte. Allein gelassen mit dem Mekhar, fragte er: „Was für ein Bad benutzt du für gewöhnlich? Du – ich kann dich nicht immer nur ‚du' nennen – wie heißt du?"

Der Mekhar brummte: „Ich bin als Klippen-Kletterer bekannt; du kannst mich der Einfachheit halber Cliff nennen. Und ich ziehe ein Bad mit kühlem Wasser vor, am liebsten in stehendem Wasser, wo Schwimmen möglich ist."

Nun, dachte Dane, *es gibt diesen einen Berührungspunkt der Natur, der die ganze Welt miteinander verwandt macht. Ich hätte nie geglaubt, daß ich irgend etwas mit einer großen intelligenten Katze gemein habe.* Laut sagte er: „Schwimmen würde mir auch gefallen. Laß uns dort draußen ein Becken suchen."

7

Draußen war die Welt der Jäger kalt; der riesige, rote Mond, der einen großen Teil des Himmels bedeckt, warf ein feuriges Licht herab, das Wärme zu suggerieren schien, aber Dane war froh über die wollene Beschaffenheit der Tunika, und Cliff zitterte, noch ehe sie hundert Meter vom Gebäude entfernt waren. Katzen lieben Wärme, dachte Dane; ursprünglich waren sie alle Dschungeltiere gewesen. In dem Mekharschiff war es dampfend heiß gewesen.

Der Pfad führte zwischen grünen Rasenflächen und Gärten hindurch; es war anscheinend ein riesiges Park-, Garten- oder Waldreservat. Noch bevor sie weit gegangen waren, kamen sie an einem großen Becken vorbei, dessen Inhalt wie gelber Schlamm aussah und das weithin nach Schwefel stank; kleine Blasen und Strudel auf der Oberfläche verrieten Vulkantätigkeit am Grund, und kleine, übelriechende Dampfschwaden wurden in Stößen herübergeweht. Die lange Schnauze eines Reptils ragte aus dem Schlamm, darüber waren zwei merkwürdig bekannte Augen zu sehen; dann schob sich die Kreatur hoch, und Dane erkannte Aratak.

„Sehr angenehm", rasselte er, „wollt ihr euch mir anschließen?" Dane machte die Geste des Nasezuhaltens. „Wenn das deine Vorstellung von einem angenehmen Bad ist, alter Junge, wünsche ich dir viel Spaß damit, aber ich werde mir etwas suchen, das ein bißchen besser riecht."

„Folgt eurem eigenen Geschmack, natürlich", sagte Aratak, indem er sich genüßlich wieder bis zum Hals in den stinkenden, gelben Schlamm zurückgleiten ließ. „Aber ich kann mir nicht vorstellen, daß dieser köstliche Duft euch mißfällt. Nun, ich erfreue mich mit euch der Vielfalt der Schöpfung."

Dane sah Cliff an: „Hab' keine Hemmungen, dich ihm anzuschließen, wenn dir danach ist!"

Der Mekhar verzog sein Gesicht mit deutlichem Ekel, und sie gingen weiter. Sie kamen an einer sprudelnden Quelle vorüber, deren Wasser so eisig war, daß Dane fröstelte, als er nur vorsichtig einen Zeh hineinstreckte, und gelangten dann zu einem Platz, wo eine natürliche heiße Quelle so umgeleitet worden war, daß das Wasser in ein großes Badebecken floß, das von einer Vielzahl kleiner, steingefaßter runder Becken und Wannen umgeben war. In einer davon lag die nackte Rianna. Ihr rotes Haar war vom Dampf gekräuselt und umgab ihren Körper in sanften Wellen. Sie hob eine Hand zum Gruß und schien kaum verlegen zu sein.

Sie ist wirklich schön. Ich hatte es nicht bemerkt; ich habe nie darüber nachgedacht. Aber sie ist eine wunderschöne Frau.

Im mittleren heißen Becken badeten oder schwammen eine Vielzahl Frauen und Männer; sieben oder acht, die ebenso menschlich aussahen wie er selbst, und fünf oder sechs andere von verschiedenen fremdartigen Spezies. Dane hatte sich auf dem Mekhar-Sklavenschiff daran gewöhnt und starrte nicht länger mit verwunderten Glotzaugen auf ihre Fremdheit.

Oh ja, ganz der blasierte, aufgeklärte galaktische Reisende ... sagte er säuerlich zu sich selbst. *Nur ein weiterer Spinnenmann, eine weitere Protokanine oder protofeline Spezies ... ich frage mich, wie zum Teufel die Jäger aussehen!*

Auf der gegenüberliegenden Seite des Beckens erkannte er zwei Wesen dicht beieinander, die ihn stark an den Mekhar an seiner Seite erinnerten. Cliff sah sie fast im selben Augenblick, und seine Klauen fuhren aufgeregt ein und aus.

„Ich muß hingehen und sehen, ob es Leute von meiner Welt sind", sagte er und entfernte sich um das Becken herum in seinem schnellen, springenden Gang.

Dane war nicht traurig, ihn gehen zu sehen. Die dichte Nähe des Mekhar war verwirrend gewesen — Versprechen hin, Versprechen her. Das heiße Wasser sah gut aus, und da die Luft zu kalt zum Herumwandern war, entschloß er sich, ebenfalls in dieses Becken zu gehen.

Er zögerte einen Augenblick, bevor er seine Kleidung abwarf, aber offensichtlich gab es hier keine Sittentabus. *Wenn du in Rom bist, mach es wie die Römer,* sagte er sich, streifte seine warme Tunika ab und ließ sie auf den Steinrand fallen. Er tauchte einen Fuß ein und stellte fest, daß das Wasser so angenehm war wie in einem geheizten Schwimmbad zu Hause. Es wurde zur Mitte hin zum Schwimmen tiefer, obwohl es an den Rändern nicht mehr als knöcheltief war. Er ging bis zur Mitte, schwamm eine Weile herum und genoß die Wärme nach der kalten Luft.

Das warme Wasser linderte die Verkrampfung der Muskeln, die durch die lange Untätigkeit schmerzten und steif waren. *Ich bin nicht in Form,* dachte er. *Ich hoffe, ich bekomme eine Chance, mich vor der Jagd aufzumöbeln!*

Er drehte sich auf den Rücken und ließ sich gleiten, als neben ihm jemand seinen Namen nannte.

„Dane?"

Er wandte sich um und sah Dallith, die neben ihm dahinglitt.

„Ich dachte, du würdest dich in einer heißen Wanne räkeln wie Rianna."

„Das habe ich auch eine Zeitlang gemacht", sagte sie. „Das Wasser in den kleinen Becken ist viel wärmer als dieses hier und sehr..." – sie suchte nach einem Wort – „...sehr behaglich. Dann fühlte ich dich kommen und schwamm hierher, um mit dir zu reden."

Sie schwammen eine Weile Seite an Seite nebeneinander her, und Dane schaute zu dem riesigen roten Mond am Himmel auf.

„Es einen Mond zu nennen, ist nicht ganz richtig", sagte Dallith. „Es muß ein anderer Planet sein, und zwar fast ein Zwilling von diesem hier."

„Er sieht größer aus als die Sonne dieses Planeten", bestätigte Dane. Die Sonne war ein verschwommener, gelblich-orangefarbener Ball von der scheinbaren Größe eines Tellers; der Mond dagegen bedeckte fast ein Sechstel des sichtbaren Himmels. „Hier muß der Mann im Mond ein Riese sein", scherzte Dane, während er die seltsamen Markierungen auf der vollen roten Scheibe betrachtete.

Dallith sagte düster: „Wir werden bald die Männer und Frauen im Mond sein."

„Was willst du damit sagen, Dallith?" „Es gibt hier zwei Männer von einer Welt des Bundes", sagte sie. „Sie kennen meine Welt und wissen von meinem Volk, obwohl sie nie dagewesen sind. Sie waren natürlich sehr überrascht, einen von meiner Rasse entfernt von unserer Heimatwelt zu sehen – wenn wir reisen müssen, tun wir es in Gruppen, weil wir, wie du ja weißt, nicht allein sein können. Sie stellten mir viele Fragen und erzählten mir dafür, was sie von der Jagd wissen." Sie deutete mit einer Hand zu der großen, roten Scheibe über ihnen. „Die Jagd findet auf dem Mond statt."

Sie erzählte weiter. Der Planet der Jäger und der Rote Mond umkreisten einander auf einer festen Bahn, so daß es regelmäßig zu einer Sonnenfinsternis und fast ebensooft zu einer Mondfinsternis auf der Welt der Jäger kam. Während der nächsten Sonnenfinsternis – vom Mond aus gesehen – würde das Jagdwild auf den Mond gebracht werden und dort, wenn das Licht zurückkam, gejagt werden. Die einzige Aufgabe des Wildes war es, bis zum Einbruch der nächsten Finsternis zu überleben. Zu diesem Zeitpunkt würde die Jagd enden. Die Jäger, die erfolgreich waren und ihre Beute getötet hatten, brachten die Körper zurück zur Welt der Jäger, wo ein großes Fest und eine feierliche Zeremonie stattfand; das Wild, dem es gelungen war zu überleben, würde Ehrungen erfahren, reich belohnt werden und eine sichere Rückreise zu einem Ort seiner Wahl gewährt bekommen.

Dane fragte: „Wissen Sie, wie die Jäger aussehen?"

Dallith sagte: „Nein. Mir ist gesagt worden, keiner wisse dies. Sie sagten dasselbe wie der Mekhar: Der Jäger wird nur von der Beute gesehen, die er tötet."

„Das ist lächerlich", sagte Dane. „Einige Leute müssen doch gegen die Jäger gekämpft und so lange überlebt haben, daß sie etwas erzählen konnten."

„Vielleicht sind sie unverwundbar", vermutete Dallith, und sie meinte das ganz ernst. „Man sagt, daß manche Rassen es seien.

Wenn sie verwundet werden, regenerieren sich einfach ihre eigenen Körperteile."

„Das glaube ich nicht", sagte Dane langsam. „Wenn die Jagd praktisch ein religiöses Ritual ist für diese Leute, die Jäger, muß sie mit irgendeiner echten Gefahr und einem Risiko für sie verbunden sein. Die meisten Religionen messen – auf die eine oder andere Weise – dem Sieg über den Tod besondere Bedeutung zu. Ein Volk, das eine Religion aus der Jagd gemacht hat und solche Mühen auf sich nimmt, um wirklich gefährliches Wild zu bekommen, muß verwundbar sein. Wenn sie sich nur einen Spaß daraus machen würden, Wesen zu töten, könnten sie unter allen Sklavenrassen auswählen, aber sie zahlen enorme Summen und nehmen ungeheure Mühen auf sich, um tapfere und verwegene Leute als Beute zu bekommen. Es ergibt also kaum einen Sinn, wenn es ihnen um ein Massaker geht. Wir müssen irgendeine Chance haben – vielleicht keine gute Chance, aber eine Chance irgendeiner Art, sie zu töten."

Dallith antwortete nicht. Sie schwamm auf das Ufer zu; Dane folgte ihr. Nahe am Beckenrand überholte er sie. Sie stand bis zu den Knien im Wasser, und er sah sie zum ersten Mal völlig nackt, ohne das alles umhüllende, weite weiße Gewand ihres Heimatplaneten.

Sie ist ebenfalls schön, dachte er. *Als ich sie das erste Mal sah, schien sie für mich die vollkommene Schönheit, unvergleichlich, zu sein.* Aber er reagierte auf ihr Nacktheit nicht mit der direkten sinnlichen Zuwendung, die er bei Rianna gefühlt hatte. *Liegt das nur an der Gewohnheit, sie zu beschützen, für sie zu sorgen und ihr alle Ängste und Sorgen aus dem Weg zu räumen?* Er unterdrückte schnell die automatisch erfolgende Antwort, weil er wußte, daß sie sie – mit dieser wißbegierigen, empathischen Sensitivität – aus seinen Gedanken und Gefühlen ablesen würde.

Ich liebe sie. Und doch zieht sie mich – sexuell – nicht halb so sehr an wie Rianna. Ich schaue Rianna an, wie sie nackt in ihrem Bad liegt, und werde zum Barbaren – ich könnte auf der Stelle auf sie springen, genau wie alle Protosimianer es angeblich tun. Und dabei habe ich sie nicht einmal besonders gern!

Die Luft schlug ihm eiskalt entgegen nach dem warmen Wasser, und Dane beeilte sich, in seine warme Tunika zu kommen und sie um sich zu wickeln. Er sah auf seine nackten Beine hinunter und dachte: *Es ist lustig, wie sehr unser Selbstgefühl von unserer Kleidung abhängig ist. Wenn man mich, sagen wir, vor einem Jahr danach gefragt hätte, wäre meine Antwort gewesen, daß ich mich um Kleidung nicht im geringsten schere, daß sie nur dazu da sei, die Kälte abzuhalten und die Polizisten daran zu hindern, mir wegen Erregung öffentlichen Ärgernisses nachzurennen. Aber ohne Hosen zu sein ist eine merkwürdige Sache für einen Mann aus dem Westen. Wir definieren sogar unsere Männlichkeit auf diese Weise – wir sagen, daß der Mann die Hosen in der Familie anhat.*

Am Rande des Beckens gesellte er sich zu Dallith. Das Licht wurde schwächer, und die anderen Schwimmer verließen das Bad. In der langen, weiten, terrakottafarbenen Tunika, mit ihrem hellen, glatten Haar, das wie ein Vorhang über ihre Schultern und fast bis zur Taille fiel, sah sie schüchtern und wunderhübsch aus.

„Es ist eigenartig ... zu fühlen, daß Leute mich anschauen."

„Mir geht es genauso", sagte Dane. „In dem Teil der Welt, von wo ich komme, badet man gewöhnlich nicht nackt, obwohl ich natürlich schon in Länder gereist bin, wo es üblich ist, und es stört mich nicht. Wir haben ein Sprichwort, das heißt: ‚Wenn du in Rom bist' – Rom ist eine Stadt in meiner Welt, eine große Stadt – ‚mach es wie die Römer'."

Dallith sagte: „Wir haben ein ähnliches Sprichwort: ‚Wenn du nach Lughar reist, iß Fisch'."

„Sicher könnte Aratak einen Spruch von der Weisheit des Göttlichen Eis finden, um es abzurunden", sagte Dane trocken. „Die menschliche Natur scheint dieselben Wege zu gehen ... menschliche Natur?"

„Allumfassende Weisheit", korrigierte ihn Dallith freundlich. „Aber du hast recht; die meisten intelligenten Wesen entdecken dieselben Wahrheiten und halten sie in ihren Sprichwörtern fest..."

Danes Mund verzog sich: „Wie passen die Mekhar da hinein?" fragte er.

Dallith sagte langsam: „Sie sind gewiß intelligente Wesen. Sie scheinen ihre eigenen strengen ethischen Vorstellungen zu haben. Aber sie haben sich dem Galaktischen Bund noch nicht angeschlossen ..."

Ihre Worte erstarben, wie durch die Schwere ihrer Bedeutung, und sie schwieg. Dann sagte sie: „Bevor wir über Sprichwörter und Weisheit redeten, sagte ich, daß ich das Gefühl seltsam finde, wenn Leute mich anschauen."

„Dann bist du es also nicht gewohnt, nackt zu baden?"

„Aber nein. Das ist üblich bei uns — tatsächlich tragen wir überhaupt nur sehr selten Kleider in unserer Welt, außer es schneit, oder wir müssen in sehr nasse, dornige Wälder reisen — aber wir sehen uns nur selten gegenseitig an. Es ist leichter, auf Leute meiner eigenen Art zu reagieren, wenn ich darauf achte, wie sie auf meine Gefühle wirken. Es war seltsam zu fühlen, daß Leute über meinen Körper, meine äußere Erscheinung nachdenken, anstatt darüber, wie es in mir aussieht ... bin ich sehr häßlich, Dane?" Das klang ziemlich pathetisch, und Dane gab überrascht zurück: „Nein, nein. Ich finde dich wunderschön."

„Und — beurteilen die Männer auf deiner Welt die Frauen nach ihrer Schönheit?"

„Ich fürchte, ja. Manchmal. Die Vernünftigen versuchen natürlich, die Frauen nach ihren anderen Qualitäten zu beurteilen — Intelligenz, gutes Benehmen, Freundlichkeit, Sanftheit, guter Charakter —, aber ich fürchte, daß zu viele Männer die Frauen danach beurteilen, ob sie gut aussehen oder nicht."

„Und beurteilen Frauen die Männer auf die gleiche Weise?" Plötzlich errötete Dallith und wandte sich ab, aber Dane konnte sehen, daß sie fast ebenso rot war wie ihre Tunika. Sie sagte, immer noch ohne ihn anzusehen: „Laß uns gehen und Rianna suchen. Schau, die anderen kommen aus dem Wasser."

Dane folgte ihr. Er fühlte sich merkwürdig verwirrt und fragte sich, wieviel von seiner Unentschlossenheit und seinen sexuellen Gefühlen sie wahrgenommen hatte. Nach ein oder zwei Minuten gesellte sich Rianna zu ihnen. Ihr Haar trocknete in einer krausen, kupferfarbenen Wolke um ihren Kopf, und sie hatte ihre Tunika bis zu den Knien hochgerafft. „Aratak ist gegangen, um sich diesen scheußlichen gelben Schleim abzuwaschen", sagte sie. „Ich glaube, er hält es für ein wertvolles Parfüm und wollte es zum Abendessen auf der Haut behalten, aber es ist mir gelungen, ihn davon zu überzeugen, daß wahrscheinlich keiner von uns viel essen könnte, wenn er den Schwefelgestank nicht ablegt. Wo ist der Mekhar?"

„Er hat ein paar Landsmänner getroffen und ist zu ihnen hingegangen."

„Ich hoffe, er bleibt bei ihnen", sagte Rianna nachdrücklich. „Ich traue ihm nicht. Ich konnte diese Protofelinen nie leiden. Sie sind heimtückische Schlangen, und man kann keinem von ihnen trauen, nicht mehr als man einem Mäusefänger als Haustier vertrauen kann."

„Das ist eine sehr voreingenommene Haltung für eine Wissenschaftlerin", sagte Dallith in ihrer ernsten Art. „Es ist genauso, als wenn du einem Protosimianer Vorwürfe machen würdest, weil er neugierig ist. Es ist ein Überlebensmechanismus. Protofelinen entwickelten sich aus jagenden Fleischfressern; Hinterhältigkeit ist für sie ebenfalls ein Überlebensmechanismus. Würde dein Hausmäusefänger zur Jagd taugen, wenn er sein Essen nicht ruhig fangen würde?"

Rianna zuckte die Schulter. „Nun ja, unser Mekhar scheint der Gesellschaft seiner eigenen Art willkommen zu sein – aber wir haben nicht soviel Glück, denn da kommt er schon."

Als sie das Gebäude, in dem sie untergebracht waren, erreichten, gesellte sich Cliff zu ihnen. Aratak rumpelte schwerfällig hinterher. Der riesige Saurier sagte: „Ich habe den Gestank abgelegt, der so schädlich für deinen Stoffwechsel war, Rianna." Es gelang ihm, bemitleidenswert zu klingen.

Sie kicherte. „Danke, Aratak. Mir sind die Opfer bewußt, die ihr Philosophen auf euch nehmen müßt, wenn ihr mit uns hypersensiblen simianischen Typen reist."

Cliff sah glatt und glänzend unter seiner ziegelroten Tunika aus; seine löwenähnliche Mähne und der Bart waren in weiche, vollkommen geformte Locken gekämmt. Dane sagte: „Ich hatte erwartet, daß du bei deiner Verwandtschaft bleiben würdest, Cliff."

„Meine Verwandtschaft?" Cliff ließ ein zischendes, spuckendes Geräusch höre, halb Hohn, halb Ärger. „Gewöhnliche Verbrecher! Gewöhnliche Diebe, die um eine Krallenlänge vor den Verfolgern von Mekharvin entkommen sind, hierher flohen und sich selbst verkauft haben, um den Preis für ihre Verbrechen nicht zahlen zu müssen! Das sind die Leute, die unseren Namen in der ganzen Galaxis in Verruf bringen!"

„Natürlich", sagte Rianna mit beißender Ironie, „werden Sklavenfänger nicht mit gewöhnlichen Dieben in einen Topf geworfen!"

Cliff nahm sie wörtlich. „Natürlich nicht. Ich könnte mich unmöglich mit solchen Leuten zusammentun. Erstens habe ich euch mein Wort gegeben, euch kein Leid zuzufügen, da ihr meine Gefährten seid. Und zweistens erlaubt mir meine Ehre nicht, mich mit solchen Wesen zusammenzutun. Ich ziehe es vor, meinen Zorn und meine Kampfeslust für die Jäger aufzuheben."

Ohne Sarkasmus, denn es interessierte ihn wirklich, fragte Dane: „Erlaubt deine Ehre es dir, dich mit Protosimianern und Sklaven zusammenzutun?"

„Normalerweise nicht", antwortete Cliff, als sie das Gebäude betraten, das ihr augenblickliches Quartier war. „Aber ihr seid Wesen mit bewiesener Tapferkeit, und darüber hinaus werdet ihr, wie es scheint, meine Kameraden in der Jagd sein. Darum ist es notwendig, daß ich ein Gefühl der Freundschaft zu euch entwickle, damit wir gegen unseren gemeinsamen Feind zusammenhalten können."

Dane murmelte: „Wir müssen zusammenhalten, sonst werden wir todsicher alle einzeln hängen."

„Laßt uns hoffen, daß uns nicht ein derart ehrloses Schicksal erwartet", meinte Cliff.

„Ist es euch gelungen, etwas darüber herauszufinden, welches Schicksal genau uns erwartet – und warum?" fragte Aratak.

„Ich habe etwas herausgefunden", sagte Dallith und wiederholte, was sie über die häufige Finsternis erfahren hatte und daß die

Jagd auf dem Satelliten dieses Planeten, dem Roten Mond, stattfinden würde. Cliff fügte hinzu: „Wir wurden zu spät am Tag hierhergebracht, um das andere Jagdwild in der Waffenkammer zu treffen. Aber mir wurde gesagt, daß wir morgen früh dorthin transportiert werden."

Sie wurden unterbrochen, als der Roboter, Diener, durch die hohe Tür am Ende der Halle zurückkam. Seine ausfahrbaren Arme – es waren diesmal fünf oder sechs – hielten mehrere bedeckte Tabletts mit Essen.

„Wenn Ihr es Euch bequem machen würdet, so wie Ihr es bevorzugt zu speisen", informierte sie Dieners mechanische Stimme, „wird es uns ein Vergnügen sein, Euch zu bedienen."

Der Mekhar holte ein Kissen von seiner Liege und legte es auf den Boden; nach einer Minute des Nachdenkens machte Dane es ihm nach, und alle anderen außer Aratak taten dasselbe. Der große Saurier streckte sich einfach, halb aufgestützt, auf dem Boden aus. „Es tut gut, wieder in zivilisierter Umgebung zu speisen", sagte er.

Diener rollte geräuschlos zu Dallith hinüber. „Verehrtes Wild, Ihr wart es, die eine Speise pflanzlicher Herkunft verlangt hat. Es ist uns ein Vergnügen, Euch mitzuteilen, daß die Proteine in diesem Mahl ausschließlich vegetarischer Herkunft sind, gebacken oder gekocht, und daß die Fette aus den Samen eines Baumes gewonnen wurden." Er streckte Dallith ein Tablett entgegen.

Dane und Rianna gab er ähnliche Tabletts, deren Inhalt ein Gemisch aus tierischer und pflanzlicher Nahrung war, wie er ihnen mitteilte. Als Dane es probierte, fand er, daß es nicht gerade das Steak war, an das er gedacht hatte, aber es war auch nicht schlecht. Es gab etwas Pilzähnliches, einen gemischten grünen Salat und eine Art Hackbraten. Außerdem einige gemischte Früchte, sehr süß. Dallith hatte dieselbe Art Früchte und Salat, aber anstelle des Hackbratens dunkelrote gebackene Körner. Cliffs Tablett roch seltsam und unangenehm, aber der Mekhar ließ ein weiches, schnurrendes Brummen der Anerkennung hören und begann, es mit den Klauen zu zerreißen. Aratak aß säuberlich mit den Spitzen seiner Klauen; sein Essen sah aus und roch für Dane fast ebenso schlimm wie der parfümierte Schlamm, der sein Entzücken war, aber Aratak glühte tatsächlich blau um die Kiemen und sagte zu Diener: „Du hast dein Versprechen gehalten, meinen Gaumen ebenso wie meinen Stoffwechsel zu erfreuen. Meinen innigsten Dank. Seit hundert Lichtjahren habe ich nicht so gut gegessen."

Dane murmelte: „Der Todeskandidat bekommt immer eine herzhafte Henkersmahlzeit."

Cliff zupfte an seinen Schnurrhaaren und sagte leise: „Was dem einen ein herzhaftes Mahl ist, ist Abfall für seinen Bruder." Dane lachte und sagte, als Rianna ihn fragend anblickte: „Des einen Mahl ist des anderen Gift. Wir redeten vorhin über Sprichwörter."

Aratak fragte Diener: „Bist du dieselbe Kreatur, die uns vorhin bedient hat?"

„Die Frage ist für uns weder von Interesse noch von Bedeutung."

Dallith — Dane saß auf Kissen zwischen ihr und Rianna — murmelte: „Er spricht von sich selbst immer im Plural."

„Ich hab es bemerkt", flüsterte Dane. „Benutzt er jetzt den Pluralis majestatis, den Pluralis modestiae oder das Wir von Leuten mit Bandwürmern?"

Dallith kicherte. „Kann ein Roboter einen Bandwurm haben?"

„Natürlich", sagte Rianna grinsend, „einen Parasiten, der Computerbänder frißt."

Aratak war nachdenklich, als Diener geräuschlos davonrollte. „Ich muß darüber nachdenken. Ich habe ihn gefragt, ob er Allumfassende Weisheit hat, und er konnte oder wollte nicht antworten. Es gibt viele von diesen Dienerkreaturen, denn ich habe mindestens vier im Parkbereich gesehen. Nun ist die Frage, die sich uns im Moment stellt, diese ..." Er hielt einen Moment inne, als wende er sich an ein philosophisches Seminar. „Kann ein Wesen ohne individuellen Sinn für seine Identität an der Allumfassenden Weisheit teilhaben?"

Dane war froh, über etwas anderes nachdenken zu können als über die bevorstehende Jagd. „Hängt die Weisheit notwendigerweise von einem Sinn für Identität ab?"

„Mir scheint, ja", sagte Aratak. „Denn Weisheit entfaltet sich, wie ich glaube, wenn eine Kreatur in sich selbst das Individuum sieht und nicht mehr nur den Gruppeninstinkten seines Spezies folgt. Kurz gesagt, wenn jemand aufhört, nur Teil der Allgemeinheit zu sein, und beginnt, sich als besonderes Einzelwesen zu betrachten."

„Ich bin nicht sicher, ob es darauf ankommt", sagte Rianna. „Wenn Diener nur Teil einer zentralen Intelligenz ist – würde dann nicht die zentrale Intelligenz, von der Diener ein Teil ist, an der Allumfassenden Weisheit teilhaben? Und wenn er für alle sprechen kann, ist dann nicht jeder beliebige von Dieners Teilen oder Körpern Teil einer solchen Weisheit?"

Aratak sah betrübt aus. „Ich habe Intelligenz immer als einen Sinn für die eigene, einzigartige Individualität definiert. Wie definierst du sie, Rianna?"

„Als die Fähigkeit zur Zeitbindung", antwortete sie prompt. „Wenn irgendeine Spezies den Punkt erreicht, an dem sie akkumuliertes Wissen an ihre Nachkommenschaft weitergeben kann, so daß nicht jede Generation die Erfahrung der ganzen Rasse wiederholen muß, sondern in der Geschichte fortschreiten kann, dann glaube ich, daß eine Rasse ab diesem Punkt intelligent ist."

„Hm, vielleicht", murmelte Aratak und stocherte an seinen enormen Zähnen herum. „Cliff, wie definiert deine Rasse Intelligenz?"

Der Mekhar zögerte nicht. „Als ein Gefühl für den ethischen Ehrbegriff. Wir betrachten jede Rasse ohne einen solchen Ehrbegriff als Tiere und jede Rasse, die ihn entfaltet, als intelligent." Er verneigte sich vor ihnen und sagte: „Natürlich betrachten wir euch alle so."

Aratak sagte: „Und ihr, Dallith? Wie definiert deine Rasse Intelligenz?"

„Als Einfühlungsvermögen, würde ich sagen. Ich meine nicht das entwickelte Psi-Talent, sondern die Fähigkeit, sich an die Stelle eines anderen zu versetzen. Vielleicht meine ich einfach Vorstellungskraft. Kein nichtintelligentes Tier hat sie, und jede intelligente Spezies verfügt darüber."

„Das sind alles sehr gute Antworten", sagte Aratak. „Dane, von dir haben wir noch nichts gehört, und da du von einem Planeten mit nur einer bekannten intelligenten Spezies kommst: Hat deine Rasse überhaupt ein Konzept dessen entwickelt, was die Intelligenz ausmacht?"

Dane sagte langsam: „Das ist ein ziemlich alltäglicher Gegenstand philosophischer Spekulation. Wir haben zwei oder drei Spezies – Delphine, große Menschenaffen –, die einige, wenn nicht alle Merkmale von Intelligenz besitzen, und manche haben darüber nachgedacht. Einige haben vorgeschlagen, daß die Fähigkeit, Kunst zu erschaffen, der Sinn für Ästhetik, als Kennzeichen der Intelligenz zu werten sei." In seinen kühnsten Träumen wäre ihm nicht eingefallen, daß er einmal mit einem Echsenmann, zwei Mädchen von fremden Sternen und einem Löwenmenschen beim Essen sitzen und die mögliche Intelligenz eines Roboters diskutieren würde.

Plötzlich war ihm spaßhaft und heiter zumute. „Wahrscheinlich ist das Kennzeichen der Intelligenz", sagte er, „nicht mehr und nicht weniger als die Fähigkeit, sich zu fragen, was das ist; kurz, die Fähigkeit, an Diskussionen über die Weisheit teilzunehmen. Das würde alles einschließen." Er hob sein Glas, das mit einem schwach bitteren alkoholischen Getränk gefüllt war.

„Ich werde darauf trinken!"

Als die Sonne untergegangen war, wurde der Himmel schnell dunkel, und da es keine künstlichen Beleuchtungen in den Quartieren gab, nur das rötliche Mondlicht, begaben sich die fünf Gefangenen zu ihren Betten. Eine Zeitlang konnte Dane nicht schlafen. Einmal ging er geräuschlos zur Tür und probierte sie aus, nur um sich eine Theorie zu bestätigen. Sie war nicht verschlossen. Aber wohin konnten sie gehen? In jedem Fall würde eine Flucht zum jetzigen Zeitpunkt nur bedeuten, daß die Jäger sie sofort hetzten, nicht erst später. Und später würden sie Waffen haben, das hatte jedenfalls Cliff angedeutet, als er von Waffenkammern sprach.

Auf dem Weg zu seinem Bett kam er an den beiden schlafenden Frauen vorbei. Rianna lag ausgestreckt auf dem Rücken, nackt, nur mit einer dünnen Decke zugedeckt. Dane wandte sich schnell ab. *Genau wie alle anderen Protosimianer. Ich habe wirklich genug andere Sorgen, gerade jetzt.*

Dallith schlief ruhig, ihr Gesicht halb in dem langen, fließenden Haar versteckt, und Dane blieb neben ihr stehen und schaute mit einem aus Liebe und Bedauern gemischten Gefühl auf sie nieder.

Ich habe dein Leben gerettet, Dallith — aber nur, um dich hierher zu bringen. Rianna hatte ganz recht. Er wandte sich hastig ab und stolperte zu seinem Bett. Aber es dauerte lange, bis er endlich einschlafen konnte.

8

Am nächsten Morgen, nach einem Frühstück, das dem Abendessen – was die Menge betraf – sehr ähnlich, aber völlig anders im Geschmack und der Zusammensetzung war, wurden die fünf Gefangenen von dem mechanischen Diener durch den großen Park oder das Reservat geführt, bis sie ein großes, fensterloses Gebäude erreichten. Es war aus denselben tonfarbenen Ziegeln gebaut wie alles andere in diesem Teil des Planeten.

„Dies ist die Waffenkammer", erklärte ihnen Diener, indem er sie über die Türschwelle führte. „Hier könnt Ihr jeden Tag mit der Waffe Eurer persönlichen Wahl üben."

Dieser Gedanke munterte Dane für kurze Zeit auf. Waffen, Waffenkammer. Ihm wurde bewußt, daß er, ungeachtet seiner mutigen Worte gestern abend, mehr oder weniger in Begriffen einer Großwildjagd oder einer Safari auf der Erde gedacht hatte, wo dem Wild keine andere Verteidigungsmöglichkeit blieb, als wegzulaufen und sich zu verstecken oder mit den natürlichen Waffen anzugreifen, die Klauen, Zähne oder Stoßzähne oder auch nur Größe und Gewicht ihnen verliehen. Während die Jäger auf der anderen Seite mit den modernsten und gefährlichsten Waffen ausgestattet waren, die die Wissenschaft ihnen in die Hand gab – Gewehre, Pfeile und Schießfahrzeuge mit Spezialfenstern. Wenn er von einem echten Risiko für die Jäger hier gesprochen hatte, so hatte er an die Wildgesetze der Erde gedacht, die mehr darauf abzielten, den Abschuß zu beschränken und die Fortpflanzung des Wildes zu gewährleisten, als den Tieren eine bessere Überlebenschance zu sichern. Solche Dinge wie die Gesetze gegen das Abschießen von Jungtieren oder säugenden weiblichen Tieren; Gesetze gegen Wilddieberei oder den Gebrauch von explosiven Kugeln zum Töten von Großwild.

Aber es war möglich, daß das, was er gesagt hatte, wortwörtlich stimmte; in diesem Fall würden die Jagdgesetze mehr dem formalisierten, quasi religiösen Sport des Stierkampfes entsprechen; eine Verherrlichung des Todes, die einen ernsthaften Kampf, ein Duell auf Leben und Tod voraussetzte ...

Er folgte Diener in das große Gebäude.

Innen war es gleichmäßig erleuchtet. Es hatte einen weichen Fußboden und war in sehr große Flächen eingeteilt. Es erinnerte Dane entfernt an eine große Turnhalle oder einen Übungsplatz auf der Erde. Vier oder fünf olympische Mannschaften hätten sich hier verausgaben können, ohne einander so nahe zu kommen, um den Stil des anderen studieren zu können.

Und entlang den Wänden waren überall, auf einer Fläche, die wie Hektar um Hektar von Raum wirkte, Waffen aufgereiht.

Waffen. Dane hatte nie so viele Waffen gesehen.

Da gab es Schwerter jeder Art, Form und Größe, darunter solche, von deren Existenz er sich nie etwas hätte träumen lassen – von großen zweihändigen Kreuzfahrer- und Wikingerschwertern über kurze, dünne Rapiere bis zu gebogenen persischen Säbeln. Einige waren so winzig und schmal, daß sie ein vierjähriges Kind hätte führen könnten, und Dane stellte neugierig Vermutungen darüber an, was für eine Rasse das sein mochte, die ihre kleinen Griffe fassen und halten konnte. Andere dagegen waren so riesig, daß er bezweifelte, daß Aratak sie mit beiden Händen hochheben konnte.

Neben den Schwertern gab es Dolche und Messer, auch sie in jeder nur denkbaren Form und Machart. Da gab es riesige Speere sowie kleinere und schmalere. Da gab es Schilde, große, viereckige, runde und dreieckige, kleine, runde, leichte aus Leder und Weidenzweigen, merkwürdig geformte, die offensichtlich nicht für die menschliche Anatomie bestimmt waren, da sie mindestens drei Griffe hatten und mit weniger Händen nicht bequem hochgehoben werden konnten. Da gab es Keulen und Schläger. Da gab es Waffen, die Dane noch nie zuvor gesehen hatte, und von denen er nicht wußte, wie er sie beschreiben sollte.

Aratak fragte Diener: „Wie lauten die Regeln der Jagd, was diese Waffen betrifft?"

„Ihr könnt Euch die Waffen aussuchen, die Euch gefallen, und mit ihnen von nun an bis zum Tage der Jagd trainieren", sagte Diener. „Dann könnt Ihr so viele Waffen mit Euch nehmen, wie Ihr tragen könnt."

Dallith legte ihre Hand in Danes. Sie stellte die Frage, an die er dachte.

„Welche Waffen tragen die Jäger?"

Dieners Stimme war ausdruckslos wie immer: „Einige haben die eine Waffe, andere haben die andere. Jeder Jäger hat seine Lieblingswaffe."

Rianna sagte: „Haben sie irgendwelche anderen Waffen? Nervengewehre zum Beispiel oder Waffen mit Explosiv-Antrieb?"

„Nein", sagte Diener. „Die Regeln der Jäger, die älter sein sollen als ihre Rasse selbst, verbieten es, Waffen zu tragen, die dem Heiligen Wild verwehrt sind."

Das, dachte Dane, ist eine großer Erleichterung. „Du willst damit sagen, daß keine andere Waffen gegen uns verwendet werden als jene, die hier vorrätig sind?"

„Keine einzige. Die Waffenkammer enthält eine komplette Sammlung aller erlaubten Waffen."

Er rollte auf eine andere Gruppe von Leuten in ziegelfarbenen Tuniken zu, die am anderen Ende der Waffenkammer trainierten. Dane glaubte, zwei Mekhar unter ihnen zu erkennen; er fragte sich, ob es dieselben waren, deren Gesellschaft Cliff am Tag zuvor arrogant abgelehnt hatte. Sie arbeiteten mit etwas, das aus dieser Entfernung wie Kendostäbe oder wie kurze, stumpfe Viertelstöcke aussah.

Er ging auf die Wände der Waffenkammer zu, um sich die stattliche Reihe von Waffen von Nahem anzusehen, die da ausgestellt waren. *Ein Waffensammler würde hier drinnen verrückt werden,* dachte er. *Ganz zu schweigen vom Kurator eines Waffenmuseums!*

„Ich frage mich, ob alle diese Waffen von den Jägern für ihre

Beute hergestellt worden sind", sagte Rianna an seiner Seite, „oder ob sie aus allen Ecken der Galaxis zusammengesucht wurden."

„Die Frage ist mir auch durch den Kopf gegangen", rasselte Aratak, „aber ich nehme nicht an, daß wir das jemals erfahren werden."

Dane lächelte grimmig. „Wie es der Zufall will – ich glaube, diese Frage kann ich beantworten", sagte er, während er mit gebannter Aufmerksamkeit ein langes, gebogenes Schwert anstarrte, das in einer Scheide aus schwarzem, lackiertem Holz an der Wand hing. „Es ist anzunehmen, daß zumindest einige gesammelt oder hierbehalten worden sind in Erinnerung an ungewöhnlich gefährliches oder wagemutiges Jagdwild." Er griff hinauf und holte die Scheide herunter.

„Schaut her", sagte er. „Dieses sonderbare Schwert zum Beispiel."

„Es ist nicht einzigartig", meinte Rianna. „Ich kann dir die Namen von vier Planeten nennen, wo diese Art Schwert verwendet wird – derselbe Typ jedenfalls; ich bin kein Waffenspezialist."

„Aber was dieses betrifft, bin ich es", sagte Dane, während er die Klinge mit anscheinend übertriebener Vorsicht aus ihrer Umhüllung zog und auf Armeslänge von sich hielt. Er folgte der glänzenden, hochpolierten Klinge mit den Augen. „Beachtet, daß die Kurve über die ganze Länge des Schwertes verläuft – es ist tatsächlich bogenförmig. Das mag in der ganzen Galaxis gebräuchlich sein – es ist sogar wahrscheinlich. Die Konstruktion ist ziemlich wirksam. Gekrümmte Schwerter sind sogar auf meinem Planeten üblich. Aber diese besondere Klinge – nun, schaut her. Sie ist aus zwei verschiedenen Metallen gefertigt; der Kern aus weichem Eisen, das sich biegen kann, ohne zu brechen, die Außenfläche aus gehärtetem Stahl. Seht ihr diese Wellenlinie?" Vorsichtig deutete er auf die Linie, an der das Metall die Farbe wechselte. „Hier wurde der Stahl besonders gehärtet, so daß man ihn schärfen konnte wie die Schneide eines Rasiermessers – obwohl, um genau zu sein, ein gewöhnliches Rasiermesser stumpf dagegen ist. Ich habe einen Experten gesehen, der einen seidenen Kimono von einem menschli-

chen Körper geschnitten hat, ohne den Träger zu verletzen. Beachtet den spiegelglatten Schliff. Wie glänzend es poliert ist! Und selbstverständlich schmückt und vollendet jede Kultur ihre Schwerter in charakteristischer Weise, und diese eine ist unverwechselbar. Schaut euch das Heft an – den Griff aus Haifischhaut mit Seidenband in diesem besonderen Muster umwickelt. Dieses Schwert wurde auf der Erde gemacht", schloß er. „Das kann kein Zufall sein. Aber wenn ihr einen absolut sicheren Beweis haben wollt ..."
Vorsichtig ließ er einen kleinen hölzernen Zapfen aus dem Knauf gleiten, und mit wenigen geschickten Griffen löste er den ganzen Griff und untersuchte den freigelegten Dorn. Er drehte die Klinge um, so daß sie die Zeichen sehen konnten. „Dies ist ein japanisches Samuraischwert, 1572 von Mataguchi hergestellt – und sicher eines der herrlichsten, die je gemacht wurden; ich habe schon andere Schwerter von Mataguchi gesehen, aber keines war so perfekt."

Dalliths Atem stockte. „Auf deiner Welt gemacht?"

„Auf meiner Welt", antwortete Dane grimmig, „vor vierhundert Jahren. Die Samurai waren der Stamm mit den wildesten Schwertkämpfern, die es je gab. Und irgend jemand – oder irgend etwas – muß auf der Erde gelandet sein und zumindest einen von ihnen hierhergebracht haben, um ihn mit den Jägern kämpfen zu lassen."

Er ließ seinen Blick liebkosend über die ganze Länge der Klinge gleiten, bevor er den Griff wieder befestigte; Rianna streckte ihre Hand aus, als wolle sie die Klinge berühren, und er faßte nach ihr, um sie daran zu hindern. „Tu das, und du kannst deinen Finger vom Boden aufheben", sagte er. „Ich habe es euch gesagt: Ein Rasiermesser ist stumpf dagegen. Dieses hier hat sicher lange hier gehangen. Es ist ein bißchen angelaufen ... aber trotzdem ... Diese Roboter – oder sonst jemand – haben gut darauf aufgepaßt."

Er ließ es vorsichtig in die lackierte Scheide gleiten.

„Ich beneide keinen Jäger – und es ist mir ganz gleichgültig, was für Wesen es sind –, der gegen einen Samurai mit diesem besonderen Schwert in der Hand anrennt. Mag sein, daß er getötet worden ist – wahrscheinlich *wurde* er getötet –, aber er verkaufte sein Leben sicher nicht billig."

„Vielleicht war er einer von denen, die entkamen", vermutete Rianna, „und sie haben das Schwert zu seiner Ehre in der Waffenkammer aufgehängt."

„Nicht, wenn das, was ich über die Samurai weiß, richtig ist", entgegnete Dane ruhig. „Wenn er am Leben geblieben wäre, hätte er sein Schwert mit sich genommen, wo immer er auch anschließend hinging. ‚Das Schwert des Samurai ist die Seele des Samurai'. Sie müssen ihn getötet haben, um es zu bekommen."

Er stand einen Moment lang mit der Scheide in der Hand da. Das Mataguchi-Schwert — es wäre auf der Erde ein unbezahlbares Museumsstück oder das gehütete Erbstück einer alten japanischen Familie gewesen — war etwas länger und schwerer als alle Schwerter, mit denen er je geübt hatte. Und es war Jahre her, daß er den japanischen Fechtstil studiert hatte. Er müßte vermutlich ein halbes Dutzend Schwerter desselben Typs ausprobieren, bis er das eine fand, welches das perfekte Gewicht für seinen Arm hatte.

Aber er fühlte sich auf seltsame Weise zu dem namenlosen, unbekannten japanischen Schwertkämpfer aus dem sechzehnten Jahrhundert hingezogen, der in einem unvorstellbaren Augenblick in der Geschichte gekidnappt worden war, wie er selbst und wie er quer durch das bekannte Universum geschleppt wurde, um unglaubliche Gegner zu bekämpfen. „Ich glaube, ich habe meine Waffe gefunden", sagte er. „Vielleicht ist es ein gutes Omen."

Er drehte sich zu Cliff um und sagte: „Gibt es hier Waffen, die deinem Volk zusagen?"

Er gewöhnte sich langsam an das arrogante Kräuseln der Oberlippe des Mekhar. „Waffen? Ich benötige nur diese", sagte der Löwenmann, indem er seine großen Pranken bog und die langen, gebogenen, messerscharfen Krallen herausschnellen ließ, die glitzerten, als ob ... nein — sie trugen künstliche Spitzen aus glänzendem Metall!

Wie eine Zahnkrone, dachte Dane, *nur viel gefährlicher.*

„Ich kann jeder lebenden Kreatur damit entgegentreten. Es wäre unter meiner Würde, geringere Waffen zu benutzen."

Dane hob eine Augenbraue. „Euer Motto scheint zu sein: *Allzeit bereit.* Aber an Bord des Raumschiffes trugst du ein Nervengewehr, wenn ich mich richtig erinnere."

„Zum Tierehüten", sagte der Mekhar voller Verachtung. „Aber ich bin ein Mitglied der kämpfenden Kaste, und ich habe das Blut meiner Feinde in hundert Duellen vergossen. Diese hier ..." Mit einem einzigen spöttischen Nicken umfaßte er die gewaltige Sammlung von Waffen, die an den Wänden aufgereiht waren, „... sind für die Rassen, die keine eigenen Waffen von der Natur bekommen haben. Eure schwachen Klauen und Zähne entwickelten sich zurück, als ihr auf die Waffen der Natur verzichtet habt, und du siehst, eure Rasse muß dafür bezahlen."

Dane zuckte die Schulter.

„Jedem seine eigenen Waffen."

„Da wir gerade von Geschichte sprechen", sagte Rianna beißend, „Protosimianer waren nie, wie du es ausdrückst, mit den Waffen der Natur ausgestattet. Wir haben Gehirne bekommen, um unsere Verteidigung zu organisieren."

„Das ist natürlich eure eigene Version", entgegnete Cliff einigermaßen ungerührt.

„Nun, es geht mich ja nichts an", meinte Dane ernsthaft zu ihm, „aber angenommen, sie treten dir mit einem langen Speer oder etwas Ähnlichem entgegen?"

Cliff dachte einen Augenblick darüber nach. Er sagte: „Ich werde ihrem Ehrgefühl vertrauen – und ihrem Wunsch nach Sportlichkeit."

„Ich wollte, ich hätte dein Vertrauen", murmelte Dane. Aratak studierte die lange Reihe der Waffen und sah unzufrieden aus. „Wir sind ein friedliebendes Volk", sagte er. „Ich weiß nicht viel über Waffen. Ein Messer ist dazu da, Obst zu schälen oder Stachelfische zu schuppen. Ich muß darüber nachdenken." Er schaute den langen Raum hinunter zu der Stelle, wo die Fremden, die dem Mekhar entfernt ähnelten, ihre Stöcke aufgehängt hatten,, bevor sie gegangen waren. „Vielleicht sollte ich mich auf die schwerste Keule beschränken, die ich noch bequem heben kann. Mit meinem Gewicht dahinter müßte sie fast jeden greifbaren Angreifer zerschmettern. Wenn nicht, weiß ich, daß ich vom Kosmischen Ei dazu ausersehen worden bin, dieses Leben aufzugeben und mich mit seiner eigenen, unendlichen Weisheit zu vereinigen, und es wird sinnlos sein, mich damit abzumühen, fremde Waffen zu beherrschen."

Dane vermutete, daß er recht hatte. Der Gedanke an Aratak, wie er „die schwerste Keule, die er heben konnte", schwang, war wirklich furchterregend. Er vermutete, daß der große, kraftvolle Echsenmann ein Rhinozeros mit einem einzigen Schlag niederschmettern könnte, wenn es ihm gelänge, es genau auf der Stirn zwischen den Augenbrauen zu treffen. Und alles, was Aratak auf diese Weise nicht töten konnte, konnte wahrscheinlich nicht getötet werden.

Während er das Samuraischwert in den Armen wiegte, drehte sich Dane zu den Mädchen um. Er sagte: „Es erscheint mir unwirklich. Schwertkampf ist ein Sport, ein Spiel in unserer Welt. Niemand erwartet, daß er mit einem Schwert um sein Leben kämpfen muß in diesen Tagen."

„Ich dachte, deine Welt sei voller Kriege", gab Rianna zurück.

„Es gibt genug Kriege. Aber die meisten werden heute mit Bomben oder zumindest mit Gewehren ausgetragen. Sogar Bajonette sind aus der Mode gekommen. Und Polizisten tragen Gewehre, wenn ihre Polizeiknüppel nicht ausreichen, um den Frieden zu erhalten." Er runzelte unwillig die Stirn. „Darin bin ich sicher besser qualifiziert als der durchschnittliche Erdenmann, der nie mit etwas Tödlicherem umgegangen ist als mit dem *Wall Street Journal*."

Rianna schüttelte mißbilligend den Kopf und sagte: „In meiner Welt haben die Frauen nie viel gekämpft, auch nicht, bevor die Kriege abgeschafft wurden. Ich pflegte ein Messer bei mir zu haben für den Fall, daß ich bei einer archäologischen Ausgrabung angegriffen würde – in den wilderen Gebieten tauchen noch ab und zu Diebe und Vergewaltiger auf –, und ein oder zweimal mußte ich Gebrauch davon machen. Aber für gewöhnlich genügte es zu zeigen, daß ich es hatte; der durchschnittliche Vergewaltiger ist ein Feigling. Ich frage mich, ob ich eines finden kann, das leicht genug für mich ist."

Dane grinste ein bißchen. „Wenn nicht, dann existiert es sicher nicht. Sie haben Messer von sechs bis sechsunddreißig Zoll Länge und von jedem Gewicht zwischen fünfzig Gramm und zehn Pfund."

Rianna wählte schließlich einen langen, dünnen, blattförmigen Dolch und eine kleine zweite Klinge, die sie in ihrer Rocktasche verstecken konnte. Sie blinzelte, als sie den längeren Dolch an ihrer Taille befestigte und sagte: „Es braucht einige Zeit, sich daran zu gewöhnen. Der Gedanke, es gegen ein ... ein intelligentes Wesen anwenden zu müssen oder es gegen mich angewendet zu sehen..." Sie rieb sich heftig die Augen, aber Dane bemerkte, daß sie hinter ihrer stolzen Tapferkeit vor Angst zitterte.

„Wir wollen hoffen, daß es nicht dazu kommt, Rianna", sagte er. „Ich habe es so verstanden, daß wir einfach überleben müssen, und wenn wir das tun können, indem wir rennen, werde ich rennen und mich verstecken, so gut ich kann. Ich bin auch nicht versessen darauf, mit diesen Jägern zu kämpfen."

Er dachte, daß es gut war, wenn man ihnen einige Zeit ließ, um sich mit dem Gedanken an einen Kampf auf Leben und Tod vertraut zu machen. Das war keine Sache, die eine zivilisierte Person leicht verdauen konnte. Und obwohl manche Leute sagten, daß Zivilisation eine bloße Äußerlichkeit sei, war diese Äußerlichkeit bei manchen Leuten stabiler als bei anderen. Er hatte es während seines kurzen Armeedienstes gesehen – in Vietnam. Einige Rekruten gewöhnten sich leicht an den Gedanken zu töten. Die Zivilisation fiel augenblicklich von ihnen ab, wenn der Ausbilder ihnen ein Gewehr in die Hand gab und ihnen befahl anzugreifen. Zu viele von dieser Art in einer Division, und man hatte ein My-Lai-Massaker, bei dem das Töten sich verselbstständigte und nicht aufgehalten werden konnte, bevor Männer, Frauen, alte Menschen und kleine Kinder alle tot am Boden lagen. Anderen Rekruten konnte das Töten nicht beigebracht werden. Sie gingen in den Kampf und feuerten in die Luft oder drückten den Auslöser blindlings, weil sie zwar nicht sterben wollten, aber den Gedanken an ein tatsächliches menschliches Ziel nicht ertragen konnten.

Einer seiner Freunde, der bei der Polizei gewesen war, hatte ihm erzählt, daß es dort genauso war. Einige Männer töteten bereitwillig — vielleicht zu bereitwillig. Andere entdeckten ihre Fähigkeit zu töten erst, wenn ihr eigenes Leben davon abhing. Und manche konnten sich niemals überwinden, überhaupt zu schießen, und wenn sie nicht das Glück hatten, einen Schreibtischjob zugeteilt zu bekommen oder als Verkehrspolizist an einem Spielplatz eingesetzt zu werden, war es wahrscheinlich, daß sie während des Dienstes erschossen wurden, bevor sie sich überwinden konnten, ihre eigene Waffe zu ziehen.

Er hatte nie bewußt jemanden getötet. Er hatte die kriegerischen Künste — Kendo, Karate, Aikido — aus derselben geistigen Haltung heraus studiert, aus der heraus er Berge bestiegen und an Einhand-Segelregatten teilgenommen hatte: Um des Sports und der geforderten Geschicklichkeit willen. *Konnte* er töten? Er war nicht sicher. *Aber ich werde einen verdammt ernsten Vorstoß in diese Richtung machen müssen — es wird kein Spaß werden!*

Es blieben ihm jedenfalls ein paar Tage, sich selbst davon zu überzeugen. Er erinnerte sich an das eine Mal, als er — als Reserveteilnehmer, ohne Chance, in der Arena zu erscheinen — mit der olympischen Fechtmannschaft gereist war. Er hatte einen Langstreckenmeister kennengelernt, einen Goldmedaillengewinner aus England, der ihm gesagt hatte, daß alles — gewinnen, verlieren, teilnehmen — im Kopf stattfand. „Deine Psyche bestimmt das Gewinnen oder Verlieren", hatte er gesagt, „du kannst dich selbst in das Gefühl versetzen, gleich tot umfallen zu müssen, oder du kannst tatsächlich tot umfallen. Einige Menschen haben das getan."

Also konnte man seine Psyche sicherlich auch aufs Töten einstellen. Cliff brauchte das wahrscheinlich nicht, dachte er. Seine Rasse schien aus Killern zu bestehen. Er hatte davon gesprochen, daß sie Duelle ausfochten. Aratak? Ein friedfertiges Volk, aber wenn er gereizt wurde, konnte er fürchterlich werden. Er hatte Aratak gegen die Mekhar kämpfen sehen. Was Rianna betraf — ihr Volk war ziemlich zivilisiert, aber wenn sie das Messer gegen einen Dieb oder einen möglichen Vergewaltiger benutzen konnte, war sie sicher auch in der Lage, einen Angreifer zu töten, wenn es darauf ankam.

Aber Dallith?

Ihr Volk war friedliebend. Sie war sogar Vegetarierin. Sie würde vor Angst umkommen ...

Aber sie war wilder als irgendeiner von uns gegen die Mekhar. Aratak hatte Dallith mit seiner ganzen Körperkraft von einem Mekhar wegziehen müssen, um sie daran zu hindern, ihn an Ort und Stelle umzubringen ...

Er sah sich nach ihr um, aber sie untersuchte eine Reihe seltsam aussehender, offensichtlich nichtmenschlicher Waffen weit hinten im Raum, und etwas an der entschlossenen Art, wie sie ihm den Rücken zukehrte, hielt ihn davon ab, sich zu ihr zu gesellen.

Ich möchte sie beschützen, dachte er. *Und ich kann es nicht. Ich werde alle Hände voll zu tun haben, mich selbst am Leben zu erhalten.*

Er bot alle Selbstdisziplin auf, die er hatte, und strich diesen Gedanken streng aus seinem Kopf. Seine Ängste konnten bei Dallith nur eines bewirken, nämlich ihre eigenen zu verstärken. Cliff hatte die Hälfte des langen Raumes durchquert und führte eine vollendete Form des Schattenboxens gegen die Wand vor.

Er verschmäht Waffen. Aber diese anderen Mekhar haben etwas ähnliches wie Kendostäbe benutzt.

Dane fragte sich, ob die Jäger wie die Mekhar waren. Cliff schien sie ziemlich gut zu verstehen.

Es schien, daß es verschiedene Gruppen gab, die mit unterschiedlichen Waffen übten. Er fragte sich, ob es erlaubt war, andere zu beobachten, und als er Diener – oder einen anderen mechanischen Roboter, der ihm „aufs Haar" glich – auf ihre Gruppe zurollen sah, stellte er ihm diese Frage. Er erfuhr, daß das verehrte Heilige Wild innerhalb der Grenzen des Jagdreservats überall hingehen konnte. Er fragte sich, was passieren würde, wenn er hinausginge, aber er war nicht gerade versessen darauf, das herauszufinden. Sobald er seine Waffe endgültig ausgewählt hatte, erfuhr er weiter, würde sie für die Dauer der Jagd für ihn reserviert werden und durfte dann von keinem anderen mehr benutzt werden.

Dane zögerte nur einen Augenblick, bevor er sagte, daß er sich entschieden habe. Vielleicht war es Torheit, vielleicht gab es eine Waffe, die besser für seine Hand geeignet war, aber die Verlockung eines Schwertes von seiner eigenen Welt war etwas, dem er nicht widerstehen konnte. Wenn es aus reiner Sentimentalität geschah, mußte er damit rechnen, daß er sein Leben dafür riskierte.

Er verbrachte den Rest des kurzen Tages damit, sich an das Gefühl des Heftes und des Schwertes in seiner Hand zu gewöhnen, an die Art, wie es in der Hand lag und wie es sich anfühlte. Als die Sonne unterging, kam Diener, um sie vor dem Abendessen wieder zu den Bädern zu führen.

Immer noch beschäftigt mit der Entdeckung des Samuraischwertes, trennte er sich von den anderen, ohne mit ihnen ein Wort zu wechseln, und streckte sich ungefähr eine halbe Stunde lang in einem der vulkanischen Becken aus, um nachzudenken. Seit undenkbaren Zeiten hatten Geschichten die Runde gemacht – Charles Fort hatte Tausende gesammelt –, die von mysteriösem Verschwinden berichteten. Leute, die mit „fliegenden Untertassen" in Berührung gekommen waren, erzählten alle möglichen Geschichten über Schiffe aus dem fernen Raum. Da war die alte Geschichte der *Mary Celeste*. Das Schiff wurde im Atlantik treibend gefunden, alle Rettungsboote in Ordnung, das Schiff in perfekter seetüchtiger Verfassung, das Frühstück der Mannschaft fertig in der Kombüse und der Kaffee noch warm – aber keine Seele an Bord, weder lebend noch tot. Nun hatte Dane Marsh den Beweis in seiner Hand gehalten, wo einige dieser auf geheimnisvolle Weise verschwundenen Menschen gelandet waren.

War das von Bedeutung? Niemand auf der Erde würde es je erfahren. Selbst wenn er die Jagd überlebte und die Jäger ihr Versprechen hielten, die Überlebenden freizulassen, war es jenseits aller Wahrscheinlichkeit, daß man ihn zur Erde zurückbringen würde oder könnte. Und wenn er tatsächlich irgendwie zurückkehren würde und versuchte, diese Geschichte zu erzählen – nun, kein

Mensch würde ihm glauben. Vielleicht war der Knabe, der behauptet hatte, an Bord eines Raumschiffes zur Venus gebracht worden zu sein, doch nicht so verrückt – aber vielleicht war es nicht die Venus gewesen.

Vor ihm lag, wie ein großes Tor, das jeden Blick in die Zukunft verbaute, die Jagd. In das kochendheiße Becken getaucht, zu dem großen, roten Mond aufblickend, der heute mehr als ein Viertel des Himmels bedeckte, wurde ihm klar, daß er nicht anfangen konnte, sich vorzustellen, wie das Leben sein würde, bevor dies nicht vorbei und bewältigt war. *Und wenn ich getötet werde, wird es egal sein,* dachte er grimmig. *Warum für eine Zukunft planen, die wahrscheinlich gar nicht kommen wird?*

Nein. Dieser Weg führte in die Verzweiflung und den sicheren Tod. Der einzige Weg, sich zu vergewissern, daß es eine Zukunft geben würde, für die er planen konnte, lag hinter der Barriere der Jagd, und er hatte die Absicht, sie zu überleben, wenn er konnte. Der unbekannte Samurai, dessen Schwert er trug, hatte sicher geglaubt, er sei hinter das Ende der Welt gebracht worden, um gegen Dämonen zu kämpfen. Aber was auch immer sie waren, die Jäger waren keine Dämonen, und sie würden ihm nicht mit irgendwelchen monströsen, unbekannten Waffen entgegentreten. Sie mußten schlagbar sein. Alle Ungleichheiten mochten zu ihrem Vorteil ausgerichtet sein – aber in einem Stierkampf lag der Vorteil auch auf der Seite des Torero, und trotzdem tötete der Stier manchmal den Mann.

Das heiße Wasser war in jede Pore seines Körpers gedrungen, und Dane fühlte sich geschmeidig, behaglich und entspannt. Er schnitt eine Grimasse zum Roten Mond hinauf und verließ das heiße Becken. Dann tauchte er schnell in das kältere Schwimmbecken, bevor die kalte Luft ihn abkühlen konnte.

Er schwamm eine Zeitlang umher, bis sein ganzer Körper sich lebendig anfühlte und prickelte. Dann zog er sich hinauf, trocknete sich flüchtig mit der ziegelfarbenen Tunika ab und begann, nackt auf dem Beckenrand, die Kata-Übungen durchzugehen.

„Du machst das schon den ganzen Tag", sagte Rianna an seiner

Seite. „Es sieht aus wie ein heiliger Tanz. Ich wußte nicht, daß du einer Religion mit Ritualen anhängst."

Dane lachte, ohne seinen Rhythmus zu unterbrechen, und fuhr in seinen schnellen, tanzähnlichen Bewegungen fort, die Angriffs- und Verteidigungspositionen nachahmten; rhythmisch ging er von einer zur anderen über. „Ich lockere mich nur ein bißchen auf", sagte er. „Nach dem heutigen Training und einem langen heißen Bad könnte ich leicht steif werden."

Er beendete die Übung, bückte sich und zog seine Tunika an, bewußt, daß Rianna ihn beobachtete, als er sie festband. „Du scheinst ein paar unerwartete Fähigkeiten zu besitzen, die du nie erwähnt hast", sagte sie.

„Ich haben nie gedacht, daß es mir das geringste nützen würde. Ich habe die kriegerischen Künste in derselben Art studiert, wie ein Mädchen den Tanz studieren könnte, auch wenn sie nicht die Absicht hat, zur Bühne zu gehen."

„Es ist sehr schön anzusehen", sagte Rianna mit einem Lächeln. „Ist es eine Kunst an sich?"

Dane schüttelte den Kopf. „Nein. Die Übungen stammen vom Karatesport – einer Form des waffenlosen Zweikampfs; ich habe sie auf dem Mekharschiff angewendet." Er trat näher an sie heran, erheitert und erregt. Er war sich der Art sehr bewußt, wie sie ihn anschaute, gerötet, die Augen geweitet, das Haar eine schäumende Kupferwolke um ihr Gesicht, die eine Schulter von der Tunika entblößt. Ohne irgendeine Vorwarnung griff er nach ihr und zog sie fest in seine Arme, und er spürte, wie sie seine Umarmung erwiderte und sich dicht an ihn schmiegte.

Er dachte, der bloße Hauch eines Gedanken in der hintersten Ecke seines Gehirns: *Dies ist keine Liebe, es ist keine Zärtlichkeit, es ist nur Triebverhalten. Es ist Instinkt, sich angesichts des drohenden Todes ... zu vermehren, um etwas von sich selbst zu hinterlassen ...* Aber in diesem Augenblick hätte Dane die Stimme seiner Vernunft nicht gleichgültiger sein können. Er schaute schnell am Becken entlang (*Habe ich das im Unterbewußtsein schon vorher bemerkt? Habe ich es geplant?*), wo kleine, eingezäunte Gehölze und Baumdickichte fast bis zum Erdboden herunterhingen und den Einblick verwehrten.

„Hier entlang", sagte er zu Rianna. Seine Stimme klang rauh und drängend, und er zog sie in ein Gehölz. Er ergriff sie und drückte sie mit seinem Gewicht ins Gras.

Es war reiner Instinkt, und ebenso war ihre Erwiderung. Irgendwann, irgendwo, hörte er sich selbst zu ihr stammeln: „Ich sollte nicht ... nicht so ..."

Sie zog ihn näher zu sich heran und flüsterte an seinem Mund: „Was macht es schon aus? Was haben wir zu verlieren?"

Es schien geraume Zeit vergangen zu sein. Das Licht des Roten Mondes war beträchtlich stärker geworden, so daß Rianna wie in einem karmesinroten Leuchten gebadet dalag, als sie sich mit einem sanften Lachen tief in ihrer Kehle bewegte.

„Wie unser lieber Aratak sagen würde – ohne Zweifel sein geliebtes Kosmisches Ei zitierend: Was kann man von einem protosimianischen Paar schon erwarten? Sie hängen so fest in den Klauen ihrer Geschlechtstriebe." Sie beugte sich über ihn und küßte ihn flüchtig. „Dane, Dane, schau nicht so jämmerlich verteidigend drein! Es ist eine normale Reaktion – selbstverständlich ist es das. Warum sollten wir, du und ich, davon ausgenommen sein?"

Er setzte sich auf, drapierte seine Tunika und lächelte die Frau an.

„Ich glaube es ist besser, wir gehen zurück zum Abendessen. Sonst kommt noch dieser verdammte Roboter – oder einer seiner computergelenkten Brüder – und schaut nach uns, und ich würde es hassen, irgendeinem verfluchten Servomechanikus erklären zu müssen, was uns zurückgehalten hat!"

Sie entgegnete heiter: „Ich bin sicher, er ist es gewöhnt."

Es war jetzt so dunkel, daß die Lichter aus dem Inneren des Hauses leuchteten, das ihr augenblickliches Heim war, und als Rianna und Dane eintraten, hatten die anderen schon mit dem Essen begonnen. Cliff schaute mit einem satirischen Kräuseln seiner bärtigen Lippen kurz auf und wandte sich dann wieder seinem Essen zu. Dallith, sehr klein und zerbrechlich, saß über ihren Teller gebeugt. Als sie hereinkamen, hob sie den Kopf und lächelte Dane an (Erleichterung über sein Zurückkommen — hatte sie ihn vermißt?), und es traf Dane wie ein Fuder Backsteine.

Dallith! O Gott! Sie wird es wissen. Ich liebe sie, ich liebe sie und treibe mich mit Rianna in den Büschen herum ... Verflucht seien alle protosimianischen Instinkte ...

Das Lächeln gefror plötzlich auf Dalliths Gesicht; sie errötete tief und beugte sich wieder über ihren Teller, und Riannas Lächeln verzerrte sich, aber sie ergriff Danes Hand fast schmerzhaft, und Dane konnte vor Scham seine Hand nicht wegziehen. Statt dessen legte er seinen Arm um ihre Taille und zog sie beruhigend an sich.

Sie verdient nichts als Freundlichkeit! Aber, o Gott, Dallith ... Habe ich sie verletzt? Tief unglücklich sah er ihren gesenkten Kopf.

Aratak, der die Spannung im Raum spürte, schaute mit freundlich fragenden Augen auf, und Rianna sagte herb, verteidigend: „Nun, hat das Göttliche Ei keine Weisheit für diesen Augenblick?"

Aratak grummelte: „Es gibt Zeiten, in denen Weisheit fehl am Platz scheint, Kind. Die einzige Weisheit, der ich im Moment meine Zunge leihen kann, ist die, daß es gut ist, wenn alles andere versagt, den Magen zu beruhigen. Iß dein Abendessen, Rianna, bevor es kalt wird."

„Das klingt wie eine verdammt gute Idee", sagte Dane. Er wollte zu seinem gewohnten Platz neben Dallith gehen, aber Rianna hielt immer noch seine Hand, und er konnte es nicht über sich bringen, sich von ihr zu lösen. Er bückte sich, um sein Tablett aufzunehmen und ließ sich neben Rianna auf der Erde nieder.

Während sie aßen, hob er immer wieder die Augen und schaute hinüber durch den Kreis, den sie bildeten, um Dalliths Blick aufzufangen, aber jedesmal, wenn er sie anschaute, saß sie über ihren Teller gebeugt und aß verbissen irgend etwas, was wie Reis mit Soße aussah, oder sie schälte eine große hellgelbe Frucht, das Gesicht in den lockeren Wellen ihrer blonden Haare halb versteckt. Bevor Dane halb aufgegessen hatte, legte sie ihr Tablett beiseite und ging zu ihrem Bett, wo sie ihnen allen den Rücken zukehrte und bewegungslos dalag, schlafend oder es nur vortäuschend. Einmal während des Abends ging Rianna zu ihr hin und beugte sich über sie, wie um mit ihr zu sprechen, aber Dallith lag mit geschlossenen Augen da. Weder bewegte sie sich, noch nahm sie sonst irgendwie Notiz von ihr.

Sie hatten, halb unbewußt, die Schlafordnung beibehalten, in der sie sich befunden hatten, als sie das erste Mal hierhergebracht worden waren: Dane schlief an Riannas Seite auf einem breiten Bett, Dallith ihnen gegenüber. Aratak hatte es sich auf den Steinen bequem gemacht, der Mekhar hatte sich wie eine Katze auf dem weichsten Bett zusammengerollt. Dane hatte am Abend zuvor daran gedacht, die Frauen zu fragen, ob sie es vorziehen würden, sich das breite Bett zu teilen und ihm das andere zu lassen, aber die Ruhe, mit der sie die Anordnung akzeptiert hatten, hatte ihn davon zurückgehalten. Jetzt kam ihm der Gedanke, daß vielleicht der Geschlechtsunterschied zwischen männlichen Menschen und weiblichen Menschen für die Jäger völlig ohne Bedeutung war.

Als sie sich zum Schlafen niederlegten, legte Rianna ihren Kopf in seine Armbeuge. Sie sagte weich: „Dane, Dallith ist so unglücklich. Kann sie eifersüchtig sein?"

Dane hatte verbissen versucht, gerade diesen Schluß zu vermeiden. Welches Recht hatte er zu denken, daß es Dallith etwas ausmachte? „Ich weiß es nicht, Rianna. Vielleicht ist sie einfach ... verlegen, weil ich es war. Ich habe dir ein bißchen über die ... nun, die sexuellen Gebräuche meiner Welt erzählt. Sie fühlte meine Verlegenheit, als du und Roxon ... auf dem Mekharschiff ..."

„Aber damals wußte sie, daß Roxon und ich nur so taten", sagte sie klug. „Dane, tut es dir leid?"

„Wie könnte es?" Er legte seine Arme um sie und hielt sie fest an sich gedrückt. Sie war großzügig seinen Bedürfnissen gegenüber gewesen — hatte sie geteilt —, und wie auch immer er ihr gegenüber fühlte, es knüpfte ein Band. Und er hatte kein Recht, es ihr vorzuwerfen. Sie rückte näher zu ihm heran, und nach einigen Minuten fiel sie in tiefen Schlaf.

Aber Dane lag wach und wußte, ohne es zu sehen oder zu hören, von Dalliths unglücklicher Stille und Zurückgezogenheit. Es erinnerte ihn nur zu lebhaft daran, wie sie ausgesehen und gehandelt hatte, als sie auf dem Sklavenschiff der Mekhar sterben wollte.

Denkt sie, ich habe mich von ihr zurückgezogen? Fühlt sie sich zu allein?

Hör auf, dir selbst zu schmeicheln, Marsh. Es gibt kein einziges Mädchen, das hingeht und stirbt, weil du mit einer anderen Frau schläfst. Nicht einmal Dallith, so anders sie auch ist.

Aber sie hat sonst niemanden. Und das ist der Grund, warum sie schon einmal sterben wollte. O Himmel, ich wünschte, sie würde sich im Schlaf umdrehen oder irgend etwas ...

Schließlich konnte er die Stille nicht länger ertragen. Er erhob sich und ging leise durch den Raum. Aratak, blauglühend wie immer, wenn er schlief, bewegte sich, öffnete ein Auge und nickte, als würde er zustimmen, und Dane merkte, wie er wieder vor Verlegenheit errötete, aber er zögerte nicht.

Das rötliche Licht warf farbige Muster durch die geschlossenen Jalousien und fiel in Streifen über Dalliths ausgebreitetes blondes Haar. Dane ließ sich an ihrer Seite nieder und beugte sich über das Mädchen.

„Dallith", sagte er sanft. „Schau mich an. Bitte, Liebling, schau mich an."

Einen Augenblick lang war sie still, und Danes Herz wurde schwer — hatte sie sich wieder jenseits seiner Reichweite zurückgezogen? — aber dann, als hätte sie seine Angst gespürt und wollte sie beantworten, rollte sie sich herum, die Augen groß und unergründlich, und sah entschlossen zu ihm auf.

„Schmeichle dir nicht", sagte sie ruhig. „Es ist nicht so wichtig, oder?"

Er fühlte eine Welle unvernünftigen Ärgers in sich aufsteigen, halb auf Rianna gerichtet, halb auf Dallith und auf Grund einer unbegreiflichen Arithmetik auch auf sich selbst, seine eigene Ungeschicklichkeit. Er sagte: „Vielleicht nicht. Ich dachte, *du* würdest es denken, und ich wollte sicher sein ..." Seine Stimme stockte plötzlich. Er war das Produkt einer Gesellschaft, in der Männer nicht weinten; aber plötzlich stiegen ihm Tränen in die Augen und fluteten über, und er wußte, in hilfloser Wut, daß er anfangen würde zu schluchzen. Er beugte sich dicht zu dem Mädchen herab, zog sie an sich und preßte sein Gesicht in ihre weiche Tunika.

Für einen Augenblick wurde sie weich und hielt ihn umschlungen; dann löste sie die Hände und sagte mit freundlichem Spott: „Ich auch?"

Es war wie eine kalte Dusche. (Er hörte nicht auf zu glauben, daß sie schließlich doch auf schmerzhafte Weise lernen würde, ihre eigene Verletzbarkeit zu beschützen.) Er sagte ungeschickt: „Dallith, ich ... ich hatte Angst ... oh, was soll ich dir sagen? Du scheinst alles zu wissen. Du bist dir jetzt deiner selbst so verdammt sicher."

„Ist es das, was du denkst?" Sie lehnte sich zurück, ihre großen Augen hoben sich wie die eines verwundeten Rehs dunkel ab gegen die Helligkeit ihrer Wangen und Haare.

Dane stammelte: „Ich liebe dich. Ich begehre dich. Du weißt, was ich fühle, du weißt, daß du es weißt. Und doch – was kann ich dir sagen? Du darfst Rianna keinen Vorwurf machen, nicht wahr? Es ist nicht ihre Schuld, und du hast sie auch geängstigt."

„Es tut mir leid wegen Rianna", sagte Dallith sanft. „Sie war auch freundlich zu mir. Ich habe mich sehr schlecht benommen. Ich weiß das. Dane, es ..." Zum ersten Mal klang sie ein bißchen unsicher. „... es macht mir nichts aus – nicht *das*. Ich wußte es. Ich ... ich glaube, ich habe es sogar erwartet."

Er legte seinen Arm um sie und sagte unglücklich, indem er das Gesicht an sie drückte: „Ich ... ich wollte, du wärest es gewesen ..."

Sie hob sein Gesicht hoch, so daß ihre Augen sich trafen und sagte sehr ruhig: „Nein. Es war ein Reflex, Dane. Du weißt das, ich weiß das – Rianna weiß es. Der Unterschied ist, daß ich es auch spürte und dagegen ankämpfte, weil ich meinem Volk ... ich hätte es nicht so gewollt, ein gedankenloses Umklammern im Angesicht des Todes, blind, instinktiv ..."

Dann brach die Verzweiflung hervor, und Dallith begann leise zu weinen.

„Aber wenn du nicht dagegen ankamst ... wenn du nicht anders konntest ... kann ich es doch nicht ertragen, daß du nicht zu mir gekommen bist ..."

Er hielt sie fest, hilflos gegenüber der Heftigkeit ihres Kummers, und wußte, daß jede Bewegung, die er jetzt machte, falsch sein mußte. Nach einer langen Zeit beruhigte sie sich. Sie lachte sogar und tröstete ihn, sagte ihm, daß es ihr nichts ausmache und schickte ihn zurück an Riannas Seite. „Ich will sie nicht wieder verletzen; ich will nicht, daß du sie verletzt." Sie küßte ihn, bevor sie ihn gehen ließ, warm und liebevoll. Aber da war immer noch irgend etwas falsch, und sie wußten es beide.

9

"Dieser Ort", sagte Dane halb zu den anderen gerichtet, "ist unglaublich."

"Glaubwürdigkeit ist kein Begriff, den man auf irgendwelche tatsächlichen Ereignisse anwenden kann, sondern nur auf spekulative", rasselte Aratak ihm zu. Sie standen in der Waffenkammer im düsteren rötlichen Vormittagslicht; der Rote Mond schien jetzt ein gutes Viertel des Himmels zu verdunkeln. "Wenn ein Ereignis tatsächlich eingetreten ist, so ist es durch sein Eintreten allein schon glaubwürdig."

Dane kicherte. Er fragte sich nicht zum ersten Mal, wie genau seine Frage durch die Translatorscheibe bei Aratak angekommen war. Er sagte: "Ich glaube, es wäre schwer, dir vorzuschlagen, man solle versuchen, vor dem Frühstück an sechs unmögliche Dinge auf einmal zu glauben?"

"Selbstverständlich ist es das Wesen einer unmöglichen Sache, daß sie sich nicht zum Glauben eignet", begann Aratak. Dann brach er in ein rasselndes Gelächter aus. "Welches Ereignis hat deine Gläubigkeit denn jetzt auf die Probe gestellt, Marsh?"

Dane deutete auf den Rücken des Dienerroboters, der zur Tür der Waffenkammer hinrollte, und zeigte, was er in den Händen hielt. "Vor ein paar Minuten", sagte er, "kam mir der Gedanke, ich müßte die geeigneten Dinge haben, um die Schneide des Schwertes zu pflegen. Ich sagte Diener, daß ich nicht annähme, er habe genau die Dinge, die ich benötigte, aber daß ich dankbar wäre, wenn er etwas ungefähr Vergleichbares finden würde. Kurzum, ich wollte etwas fein zerstoßenen Kalkstein – nur ein paar Unzen –, einen weichen Lappen, einen locker gewebten Lappen, einen kurzen Stock und ein Stück Seil haben. Ich erwartete, er käme mit irgendwelchem merkwürdigen Notbehelf an, aber er rollte einfach davon und kehrte mit genau diesen Dingen zurück. Mit allem, Stück für Stück." Dane schüttelte den Kopf. „Man sollte meinen, er würde solche Wünsche jeden Tag oder zumindest jeden zweiten hören."

„Vielleicht tut er das", sagte Cliff. „Es kann nicht mehr als ein paar Metoden geben, etwas zu pflegen, was im großen und ganzen lediglich aus einem Stück Stahl besteht, das zufällig eine Schneidkante hat. Das Hirn der Barbaren sucht selten eigene Wege und ist nicht besonders erfinderisch."

Dane beachtete den Mekhar nicht. Darin bekam er immer mehr Übung. Er setzte sich mit gekreuzten Beinen nieder und begann einen der Lappen zu etwas zusammenzuwickeln, was wie eine Puderquaste auf einer Stockspitze aussah. Cliff schaute ihm einen Augenblick zu, dann ging er davon und begann, seinen Schattentanz vor einem schmalen Spiegelstreifen zu üben. (Als er nach dem Sinn gefragt worden war, erzählte er ihnen, es habe einen legendären Mekharkämpfer gegeben, der so beweglich geworden war, daß er sein Spiegelbild erdrosseln konnte, noch ehe es den Arm heben konnte.)

„Wenn du fertig bist" sagte Aratak, „wäre ich dir dankbar, wenn du mir ein bißchen von deinen Fähigkeiten im unbewaffneten Zweikampf zeigen würdest. Nachdem, was du mir erzählt hast, bist du ein Experte auf dem Gebiet."

„Weit davon entfernt", sagte Dane. „Ich habe nie den Schwarzen Gürtel beim Karate erreicht – was bedeutet, daß ich ein gutes Stück von einem Experten entfernt bin. Aber ich kann dir einige der Grundlagen zeigen. Wir werden keine Zeit für allzuviel haben, aber ich kann einen Anfang machen." *Schon ein paar Karate-Grundlagen,* dachte er, *werden unseren schuppigen Freund hier zu einem furchterregenden Gegner machen.*

„Rianna hat mir etwas beigebracht", sagte Aratak. „Ich glaube, daß Frauen auf ihrer Welt, um gegen mögliche Diebe und Vergewaltiger gewappnet zu sein, routinemäßig etwas lernen, das sie bei einem Namen nennt, der soviel bedeutet wie ‚Die Kunst einen Angreifer dazu zu bringen, sich selbst zu schlagen'. Nach dem, was sie mir gezeigt hat, ist es sehr nützlich und basiert auf einer Philosophie, die ich höchst moralisch finde: daß die Kraft eines gewalttätigen Angreifers gegen ihn selbst gewendet wird." Er fuhr fort, die wesentlichen Züge des Judo in seiner eigenen unnachahmlichen Art zu erklären, während Dane dachte: *Natürlich ist es eine normale Entdeckung. Aber es ist ein verdammtes Glück, daß Rianna dieses Training hat. Ich würde zum Himmel flehen, daß Dallith es könnte.*

Durch diesen Gedanken beunruhigt, beendete er die Pflege seines Schwertes, hängte es an seinen Platz an der Wand zurück und ging Dallith zu suchen. Er fand sie damit beschäftigt, lustlos eine Sammlung unbegreiflicher und sicherlich nicht menschlicher Waffen zu betrachten. Sie nahm keine Notiz von ihm, und Dane fühlte wieder die Mischung aus Ärger und unerklärlichen Schuldgefühlen.

Irgend etwas war falsch. Etwas war von Grund auf falsch zwischen ihnen ...

„Dallith", sagte er, „hast du deine Waffe gewählt? Du mußt etwas haben, um dich zu beschützen ..."

Sie drehte sich fast wütend zu ihm um und sagte: „Glaubst du, ich erwarte, daß du mich beschützt?"

Ich wünschte nur, ich könnte glauben, daß ich dazu in der Lage bin, dachte Dane, und Angst stieg in ihm hoch. Er sagte düster: „Ob du es nun erwartest oder nicht, Dallith, ich werde es tun, so gut ich kann. Aber ich bin nicht sicher. Nach allem, was ich weiß, werden sie kommen und uns, einen nach dem anderen, holen, und jeder von uns wird den Jägern allein gegenüberstehen." Bis zu diesem Augenblick war ihm nicht klargewesen, wie sehr die Analogie des Stierkampfes seine Gedanken beherrschte – das Bild der Arena, die Vorstellung von schreienden Zuschauern, die die Kämpfenden anfeuerten, gesichtslose Kreaturen, deren evolutionäre Abstammung er nicht einmal erraten konnte ...

Als ob das Bild in seinen Gedanken sie erreicht hätte, wurde Dallith blaß. „Werden wir wirklich allein hinausgehen?"

„Ich weiß es nicht. Ich flehe zu Gott, daß wir zusammenbleiben können", sagte er. *Ich könnte aus uns vieren — nein, aus uns fünfen — eine einigermaßen schlagkräftige Kampfeinheit machen.* „Wir müssen das Beste hoffen, aber auch auf das Schlimmste vorbereitet sein."

Diese Narren, Dallith als Jagdwild auszuwählen, nur weil sie in wilder Panik wie ein Tiger kämpfte... aber wenn sie allein kämpfen müßte, würden sie sie in Stücke reißen. Schmerzerfüllt schaute er den zerbrechlichen, mädchenhaften Körper an, die blassen Wangen, die schmalen Gelenke, den Nacken, so zart, daß ihr ebenmäßiger Kopf wie eine Blume auf einem dünnen Stengel aussah. Wie konnte er sie beschützen? *Sie sieht aus wie eine der Christinnen, die den Löwen vorgeworfen wurden,* dachte er, doch dann schob er diese Gedanken streng beiseite — das konnte ihre Hilflosigkeit nur verstärken.

„Über die meisten dieser Waffen weiß ich nur sehr wenig", sagte sie mit einer müden Geste zu den ausgestellten Stücken an der Wand, den Schwertern und Schildern, Messern und Speeren. „Meine Leute kämpfen nicht miteinander, außer hier und da bei sportlichen Wettkämpfen oder Kraftproben. Aber sogar dann sind wir... vorsichtig. Weißt du, derjenige, der einen anderen getötet hat — oder auch nur eine Verletzung in einer Kraftprobe verursacht hat —, würde die Erfahrung des Todes oder des Schmerzes mit seinem Opfer teilen..."

Die Gabe — oder der Fluch — des Einfühlens mußte natürlich verschiedene Nebeneffekte haben, und das war sicher der wichtigste. Sie hatte eine furchtsame Kultur geschaffen, zumindest was das Verursachen selbst der geringsten Schmerzen oder Leiden betraf, da der Schmerz eines jeden anderen ebenso wichtig und greifbar wie der eigene wurde ...

Sie nahm eine Schleuder von der Wand und drehte sie leicht um ihren Kopf. „Ich dachte", sagte sie zögernd, „daß ich die hier benutzen könnte. Mein Volk wendet sie manchmal an, um Schädlinge aus den Feldern und Blumengärten zu vertreiben. Manchmal schießen wir damit auch in Wettkämpfen um Preise auf bestimmte Ziele. Es ist nicht wichtig, jetzt, da meine Welt weit weg ist..." Ihre Augen füllten sich mit Tränen.

Dane legte seine Arme um sie und sagte leise: „Was ist los, Dallith?"

Die Schleuder hing locker in ihrer Hand. Sie sagte: „Es ist nur gerecht; ich nehme an, es ist mein Schicksal ... wegen einer Waffe wie dieser bin ich hier ...

Er sah sie mit fragender Verwunderung an.

Dallith sagte mit erstickter Stimme: „Ich galt als guter Schütze; zweimal hatte ich in Wettkämpfen einen seidenen Schal gewonnen. Ich war stolz auf meine Geschicklichkeit und wollte meinen ... meinen Namen nicht verlieren. Einige Tage vorher übte ich mit meiner Schleuder in einem abgelegenen Teil des Gartens und war so in meine Übung vertieft, daß ich nicht merkte, wie jemand näher gekommen war. Dann hörte ich einen Schrei und fühlte ... oh, solch ein Schmerz ... Ich sah meine beste Freundin bewußtlos am Boden liegen." Sie zitterte und weinte. „Ich wußte ... ich wußte, daß die Schleuder töten konnte; ich war nicht vorsichtig genug gewesen. Nein, sie starb nicht, aber sie erlitt einen Schock und eine Gehirnerschütterung und war tagelang bewußtlos, und wir dachten alle, sie würde sterben. Ich liebte sie. Ich hätte mich lieber selbst getötet als sie. Sie war meines eigenen Vaters Tochter ... und darum wurde ich, als sie außer Gefahr war, dazu verurteilt, für ein Jahr ins Exil zu gehen, weit weg von allen Plätzen, wo Menschen lebten."

„Mir scheint", sagte Dane, indem er sie liebevoll an sich drückte, „daß du schon genug bestraft worden bist."

„Man kann nie *genug* bestraft werden für einen derartigen Fehltritt", sagte Dallith zurechtweisend. „Aber da sie nicht starb und für mich sprach – sie sagte, sie sei ebenfalls unvorsichtig gewesen, da sie nicht bemerkte, daß ich mir ihrer Anwesenheit nicht bewußt war –, wurde ich nur für die Dauer einer Jahreszeit und nicht ein volles Jahr verbannt. Und während ich mich alleine am Ort meines Exils befand ... kam das Sklavenschiff der Mekhar und nahm mich mit. Den Rest kennst du."

Entschlossen trocknete sie ihre Tränen. „Und darum scheint mir", sagte sie, „wenn eine Schleuder fast meine liebe Freundin und Schwester töten konnte, sie auch gegen die Jäger nützlich sein sollte. Da ich mich entschlossen habe zu leben, ergibt es keinen Sinn, wenn ich mich jetzt von ihnen umbringen lasse."

„Es müßte gehen", sagte Dane nachdenklich. War nicht die Attraktion in der römischen Arena der Anblick eines Schleuderwerfers von den Balearischen Inseln gewesen, der einem Mann mit Netz und Dreizack gegenüberstand? Natürlich hatten sich die Römer, die die Gladiatorenkämpfe ausrichteten, nicht immer Mühe gegeben, besonders gerecht zu sein – die Hauptsache schien das Blutvergießen zu sein – aber die meisten von ihnen wollten auch keine Massaker. Es waren Leute, denen es mehr Spaß machte, einen Kampf zu sehen, in dem die Teilnehmer einigermaßen zusammenpaßten, wenn auch nur, damit das Spiel länger dauerte und man mehr Blut fließen sehen konnte. Und dann gab es noch die Geschichte von David und Goliath. „Aber wie genau *kann* man mit einer Schleuder schießen? Ich bin nicht sehr vertraut damit."

Dallith hob die Schleuder auf und paßte eine kleine, runde Kugel ein. Sie sah aus wie ein gewöhnlicher Kieselstein. „Schau her", sagte sie und zeigte auf eine kleine, blasse Markierung an der Wand der Waffenkammer, ein vorspringendes Stück Mauerwerk. Es war nur acht oder zehn Quadratzentimeter groß und ungefähr hundertzwanzig Meter entfernt. Sie wirbelte die Schleuder um ihren Kopf und ließ sie los; fast gleichzeitig traf etwas die helle Markierung mit einem Laut wie ein Gewehrschuß, und das vorstehende Stück Stein brach ab und bröckelte zu Boden.

„Wenn das der Kopf eines Mekhar gewesen wäre", meinte Dallith, „hätte er, glaube ich, nicht mehr viel herumzuschnurren gehabt."

Dane wußte, daß sie recht hatte. Sie konnte sich besser verteidigen, als er es für möglich gehalten hätte. Natürlich wußten sie nicht, wie die Jäger aussahen; wenn es große, stumpfsinnige Kreaturen wie manche Saurier waren, würde ihr Kügelchen nicht viel nützen, aber das war nur einer der Zufälle, mit denen sie alle rechnen mußten, und Dallith wußte das wahrscheinlich genauso gut wie er.

„Trotzdem", sagte er grimmig, „glaube ich, daß du etwas über die Anwendung eines Messers lernen solltest. Für den Fall ... nun, für den Fall, daß du etwas für den Nahkampf benötigst."

Eine Grimasse der Abwehr glitt über ihr Gesicht, aber sie sagte düster: „Ich vermute, du hast recht. Rianna hat sich entschlossen, Messer zu benutzen, und vielleicht passen solche Techniken besser zu einer Frau."

„Wahrscheinlich. Und sie hat ernsthaft trainiert", sagte Dane. In jedem Fall würde es Riannas Technik verbessern, wenn sie Dallith unterrichtete, und er würde ein verdammt sorgsames Auge auf beide haben.

Wenn sie nur zusammenbleiben konnten ...

Er verbrachte den größten Teil dieses Tages damit, zu beobachten, wie Rianna Dallith die Art der Ausbildung demonstrierte, die sie im Nahkampf mit dem Messer genossen hatte. (Dallith war ein bißchen erschrocken bei dem Gedanken an einen Vergewaltiger, und Dane überlegte, daß dies für eine Frau auf einer Welt von Empathen kein Problem war.)

Er erinnerte sich daran, was Aratak über Riannas Fertigkeit im unbewaffneten Kampf gesagt hatte. Dane hatte sich nie recht dafür interessiert, obwohl er einiges darüber wußte, wie die meisten Leute, die Karate ausübten, und er fragte sich, wie gut sie darin war. Aber als er sie danach fragte, zeigte sie ihm ihr hinterhältiges Grinsen und sagte: „Versuch es, wenn du willst."

Er hob einen der Kendostäbe auf – er hatte Diener gebeten, ihm einen von ungefähr dem gleichen Gewicht wie das Samuraischwert zu bringen, und Diener hatte ihn so sehr beim Wort genommen, daß wahrscheinlich weniger als eine Unze Gewichtsunterschied zwischen dem Stab und dem Schwert bestand – und sagte: „Jeder, der dich angreift, wird mit Sicherheit bewaffnet sein, Rianna. Du glaubst doch nicht, daß du es mit mir aufnehmen kannst, wenn ich ein Schwert habe, oder?"

„Wahrscheinlich nicht", entgegnete sie. „Dein großes Rasiermesser da könnte mir die Hand abhauen, noch ehe ich mein Messer herausgezogen hätte. Aber mit einem Stab werde ich sicherlich fertig. Oder mit einer Keule. Oder einem kurzen Messer. Komm her. Versuch es."

Er sagte: „Ich möchte dir nicht weh tun. Aber du hast darum gebeten." *Nimm ihr jetzt ein bißchen von ihrer Selbstgefälligkeit und erspare ihr späteren schlimmeren Ärger,* dachte er und war überrascht über seine eigene Empfindlichkeit. Er hob den Stab – er war aus einem leichten Holz gemacht, nicht unähnlich dem Bambus – und griff sie an.

Er fand nie genau heraus, was passierte, aber er wurde abrupt zurückgestoßen. Der Stab wurde fest genug in seinen Magen gerammt, um alle Luft aus ihm herauszupressen. Er erholte sich sofort, zog den Stock mit einem Ruck frei – und fand sich schon wieder dabei, ihn Riannas Händen zu entwinden. Ihr Fuß traf seinen Knöchel, und er ging fast zu Boden.

Sie trat schnell einen Schritt zurück und sagte: „Ich will *dir* nicht weh tun, Dane. Aber wie du sehen kannst, bin ich nicht wirklich besorgt, außer sie greifen mich mit etwas Ähnlichem wie deiner Rasiermesserschneide an."

Dane schüttelte reumütig den Kopf; aber durch das Experiment hatte er in einer kurzen Unterrichtsstunde eine Menge gelernt. Dennoch konnte er sich nicht darauf verlassen, daß die Jäger eine bekannte Waffe oder Technik anwendeten. Es war buchstäblich notwendig, auf *alles* vorbereitet zu sein. Nach einigem Nachdenken fügte er seinem Schwert ein kurzes gebogenes Messer hinzu. Es war dem Dolch nicht sehr ähnlich, den ein Samurai als normale Begleitausrüstung zu seinem Schwert mit sich tragen würde – er fragte sich flüchtig, was mit dem Messer und der übrigen Ausrüstung des Samurai geschehen war –, aber im Nahkampf würde es sehr nützlich sein.

Als Dane an diesem Abend das Schwert putzte, bevor er es weglegte – er betupfte es entlang der ganzen Schneide leicht mit seiner Puderquaste mit Kalksteinstaub und rieb es vorsichtig mit dem Lappen ab –, betrachtete er die Blutflecken am gebogenen Ende der Klinge und überlegte. War es auf der Erde dazu gekommen? Oder hier ...? Und das Blut welcher seltsamen Kreatur hatte dann wohl den Stahl verfärbt?

Während der nächsten paar Tage konzentrierte Dane sich darauf, alte Geschicklichkeiten und Reflexe zurückzugewinnen, und verbrachte einige Zeit damit, darüber nachzudenken, wie er sie zu einer homogenen Gruppe zusammenschweißen könnte. Natürlich war es nicht sehr sinnvoll, sich darauf zu konzentrieren, solange er nicht sicher wußte, ob man ihnen erlauben würde, zusammen hinauszugehen. Jeder von ihnen mußte zuerst die optimale Grundlage zum individuellen Überleben erreichen.

Die Aufgabe, Dallith im Nahkampf zu unterrichten, war alles andere als einfach. Sie hatte furchtbare Angst davor, einem von ihnen weh zu tun und zog sich einen Sekundenbruchteil, bevor sie einen Stoß machte, zurück, sogar mit dem zerbrechlichen Bambusstock, den sie gesucht hatten, um ihr das Kämpfen mit dem Messer beizubringen. Aber als er sich daran erinnerte, wie sie plötzlich wild geworden war, als sie dem Mekhar gegenübergestanden hatte, nahm er an, sie würde wieder genauso wie damals reagieren, wenn jemand sie mit Mordgedanken angreifen würde — indem sie die Mordlust des Angreifers übernahm. Und so konzentrierte er sich darauf, ihr die Grundlagen des Angriffs einzutrichtern.

Ich kann ihr nicht die verwundbaren Punkte zeigen. Wir wissen nicht, welche verbundbaren Punkte die Jäger haben — oder ob sie überhaupt welche haben!

Während all dieser Zeit berührte es ihn seltsam, daß sie niemals nahe genug an andere Gruppen des „Heiligen Wildes" herankamen, um mit ihnen üben zu können. Ob es nun ein ungeschriebenes Gesetz der Jäger war, das dies verhinderte, oder purer Zufall, darüber war Dane sich nicht im klaren. Er vermutete jedoch, daß die Jäger jeden solchen Zusammenschluß von Überlebensfähigkeiten entmutigten, und das weckte in ihm die Hoffnung, daß ihre Fünfergruppe zusammen hinausgeschickt würde, da man sie nicht getrennt und gezwungen hatte, einzeln auf die Jagd zu warten.

Manchmal hatte er den Verdacht, daß Diener — oder die Gesamtheit des Robotermechanismus, der unter diesem Namen lief — sie aus der Ferne beobachteten, daß sie zu neugierig auf andere Gefangene waren. Nach fünf oder sechs Tagen dieser unauffälligen

Überwachung stellte er fest, daß er nicht einmal eine Ahnung hatte, wie viele andere Gefangene in dem riesigen Parkkomplex weilten. Er konnte nur schätzen, wie er es am ersten Tag getan hatte, indem er die anderen aus der Ferne beobachtete oder aufgrund von kurzen, unterbrochenen Begegnungen in der Waffenkammer oder den Bädern Rückschlüsse anstellte. Er kam zu dem Ergebnis, daß es zwischen einem Dutzend und dreißig menschliche Wesen sein mochten und ungefähr genauso viele zusammengewürfelte Fremde anderer biologischer Gattungen.

Es war ein paar Tage später in der Waffenkammer, als er wieder zwei Protofelinen bemerkte, die dem Mekhar sehr ähnelten (zumindest aus der Ferne und für Dane), die wieder mit einem Paar kendostabähnlichen Stöcken übten. Er fragte Cliff nach ihnen.

„Sind das die beiden, die du gewöhnliche Kriminelle genannt hast? Du sagtest doch, es sei unter der Würde deiner Art, Waffen zu benutzen. Machen diese beiden davon Gebrauch, weil sie deine Grundsätze nicht teilen?"

Cliff schaute neugierig zu ihnen hinüber. „Das sind nicht dieselben", sagte er. „Ich glaube, ich werde hingehen und nachsehen. Wenn Mitglieder meiner eigenen Sippe hier sein sollten ..."

Er sprang in seinen merkwürdig großen Schritten davon, kam aber kurze Zeit später zurück und sah erstaunt aus. Auf Danes Frage hin antwortete er: „Ich habe sie weder getroffen noch mit ihnen gesprochen." Er schaute rasch zum anderen Ende der Waffenkammer, mit einer dieser Bewegungen, die Dane an einen gefangenen Tiger erinnerten, und sagte ärgerlich: „Dieser Raum macht mich verrückt. Spiegel, Reflexionen und Leute, die verschwinden und durch Wände gehen, wenn man versucht, sich ihnen zu nähern!" Er stolzierte davon und vermittelte Dane den Eindruck, daß er, wenn er einen Schwanz hätte (er hatte keinen), ihn ärgerlich von einer Seite zur anderen peitschen würde.

Nicht viel später jedoch kam er zu Dane und trug einen der Kendostäbe. Er sagte: „Ich habe bemerkt, daß du sie nicht ernsthaft als Waffen benutzt. Aber für die Fußarbeit und die Geschmeidigkeit scheinen sie eine sinnvolle Übungshilfe zu sein." Mehr sagte er nicht, und Dane, der plötzlich und ziemlich unerwartet eine seltsame Art der Zuneigung für die Fremdheit des Mekhar empfand, sagte: „Willst du versuchen, mit ihnen zu arbeiten?"

„Es scheint eine sinnvolle Vorsichtsmaßnahme zu sein", entgegnete Cliff steif, „mich emotional an den Gedanken zu gewöhnen, daß ich einem Gegner gegenüberstehen werde, der von anderer biologischer Abstammung ist als ich. Darum wärest du sicher die geeignetste Person als Gegner, um mich selbst zu testen." „Verdammt richtig", stimmte Dane zu. „Für mich gilt das gleiche." Nach allem, was er wußte, war es möglich, daß er bald einem Wesen gegenüberstand, gegen das sich zu schützen es schwerer sein würde als gegen Cliff mit seinen künstlichen Stahlspitzen auf den Klauen! Es war ein wichtiger Teil der Aufgabe, sich selbst psychologisch zu wappnen, sich selbst zum Töten zu bringen.

Dane fand die Beinarbeit Cliffs erschreckend schnell, aber dadurch kamen seine alten Karatereflexe bald wieder zurück. Es machte ihm auch klar, daß Aratak – oder ein anderer von seiner protosaurischen Spezies – ein furchterregender Gegner sein würde, und an diesem Abend überredete er zusammen mit Cliff den riesigen Saurier, abwechselnd mit ihnen beiden zu trainieren. Am Ende dieser Übungen hatte Dane Schrammen und Kratzer, die lange in den heißen vulkanischen Becken eingeweicht werden mußten – er nahm sogar Arataks Angebot an, einen Breiumschlag aus heißem, nach Schwefel riechendem Schlamm zu machen, und entdeckte, daß die Masse trotz ihres Gestanks bemerkenswerte Heilqualitäten hatte –, aber er fühlte sich wesentlich besser auf das Treffen mit den unsichtbaren Gegnern vorbereitet.

Sie regten dann eine ganze Serie von Übungskämpfen an; Rianna begrüßte die Gelegenheit, ihre Fähigkeiten im unbewaffneten Zweikampf gegen den Mekhar auszuprobieren, und der folgende Kampf erinnerte Dane an nichts so sehr wie an eine alte Abenteuerserie auf der Erde, in der die furchterregende Emma Peel mit einer Vielzahl von Gegnern, von Tigerkatzen bis zu Robotern, gekämpft hatte. Als beide eine Verschnaufpause brauchten, entschuldigte sich Cliff bei Rianna (die er mit Verwunderung und Respekt ansah) für die blutigen Kratzer an ihrem Arm. „Ich habe mich vergessen", sagte er, indem er die Klauen mit den scharfen Stahlspitzen dehnte. „Aber ich glaube, du hast mir den Fuß verrenkt – wir sind also quitt."

Rianna und Aratak zuzusehen, war ebenfalls eine Art Offenbarung. Obwohl der riesige Protosaurier allein durch sein Gewicht und seine Größe im Vorteil war und gelegentlich demonstrierte, daß er Rianna ein Bein stellen und sich auf sie setzen konnte, wenn alles andere versagte, war sie doch keineswegs hilflos.

Dallith war nicht zu überreden teilzunehmen, und schließlich, als er sich daran erinnerte, wie instinktiv Gewalttätigkeiten in ihr durchgebrochen waren, wurde ihm klar, daß es das war, was sie fürchtete; dies oder einen von denen zu verletzen, die sie jetzt für ihre Freunde und Verbündete hielt.

Schließlich nahm Dane Arataks Rat an, sie in Ruhe zu lassen. „Sie weiß am besten, was für sie gut ist", sagte er. Dane befürchtete, daß es aufs neue ein Rückzug in den Wunsch zu sterben sei; aber wenn es so war, so konnte er nichts daran ändern.

10

Sogar während des Tages war das rote Licht des Mondes heller als das der Sonne. Der Rote Mond schien jetzt die Hälfte des Himmels zu bedecken, als Rianna eines Abends nahe den Bädern zu Dane sagte: „Es gibt Männer hier, ich meine menschliche, Protosimianer, die nicht zum Galaktischen Bund gehören."

„Natürlich. Hier bin ich. Warum glaubst du, daß die Jäger sich darauf beschränken würden, gerade eure Gruppe von Welten im Bund zu plündern?"

„Das meine ich nicht. Ich ging hin und begrüßte sie, und sie wollten nicht – oder konnten nicht – antworten. Sie hatten offensichtlich keine Translatorscheiben."

„Arme Teufel", sagte Dane. „Sie müssen ganz schön verwirrt sein." „Falls sie es sind, haben sie sich auf keinen Fall so verhalten. Ich ging hin, um mit ihnen zu sprechen", erzählte Rianna. „Ich bin in nichtverbalen Kommunikationstechniken unterrichtet worden. Aber sie verschwanden, bevor ich ihnen zu nahe kommen konnte. Ich weiß nicht, wohin sie gingen – natürlich ist dieser Ort verwirrend – aber trotzdem ... es war, als hätte es etwas mit Spiegeln zu tun gehabt." Cliff hatte etwas Ähnliches erfahren.

„Ich frage mich, ob dir je die Vermutung gekommen ist", meinte Dane düster, „daß es Jäger gewesen sein könnten – oder ihre Diener." „Sicher keine Diener, solange Diener und seine Kumpane hier sind. Dane! Glaubst du, daß die Jäger – menschlich sein könnten?" Er nickte. „Es erscheint zumindest sinnvoll", sagte er. „Hier scheint es ebenso viele Menschen zu geben wie alle anderen biologischen Typen zusamengenommen."

„Würden Menschen Menschen jagen?" „Sie tun es", gab er mit einem Schulterzucken zurück und erklärte seine Theorie, daß die

Jäger wahrscheinlich Jagdwild bevorzugen würden, welches ihnen einen guten, gleichwertigen Kampf liefern konnte. „Und es wäre eine gute Methode, uns abzuschätzen, uns bei den Vorbereitungen auf die Jagd zu überwachen, zu erraten, welche Waffen wir tragen werden. Vielleicht greifen sie sogar hier und da einen von uns für einen Übungskampf heraus, obwohl dazu noch keiner von uns nah genug herangekommen ist."

Oder suchen diejenigen von uns heraus, die die besten Trophäen abgeben ... Sein Verstand weigerte sich, ein schauerliches Bild zu unterdrücken, das ihm eines Nachts in einem Alptraum erschienen war: der Kopf eines japanischen Samurai, noch in seiner Rüstung, durch irgendeine unvorstellbare Technik vierhundert Jahre lang konserviert, an der Wohnzimmerwand eines Jägers aufgehängt ... Ungewollt schauderte Dane, und Rianna faßte nach ihm und hielt ihn ganz fest. Er zog sie in seine Arme und spürte ihre Wärme und Nähe als einzigen Trost in dieser seltsamen, kalten, roten, geheimnisvollen Welt.

Es war ein Band. Ungewollt. Unerwünscht. Aber ein Band. Wenn er überlebte, würden er und Rianna immer zueinander gehören ...

An diesem Abend brachte Rianna während des Essens das Thema noch einmal zur Sprache und sah dabei zu Aratak hinüber.

„Wenn die Jäger menschlich sind, würden sie es wirklich mit jemandem von der Größe und ... Wildheit von Aratak aufnehmen wollen?" „Sogar auf meiner Welt wird die Großwildjagd mehr als Sport betrachtet als das Hasenschießen", meinte Dane. „Ein Mann, der einen Tiger tötet, wird für mutiger gehalten als einer, der ein Reh tötet." Wieder einmal fragte er sich, wie die Worte durch die Übersetzungsplatte bei den anderen ankamen.

Neugierig fragte er Rianna, und sie entgegnete mit einem Schulterzucken: „Auf meiner Welt gibt es, wie auf den meisten anderen auch, große, wilde Raubtiere und kleine, zahme Tiere, die hauptsächlich als Nahrungsquelle betrachtet werden. Wenn du den wissenschaftlichen Namen der Kreaturen genannt hättest, wäre er wahrscheinlich als ein seltsamer Laut angekommen, und du hättest ihn erklären müssen. Aber normalerweise gibt der Übersetzer das genaueste Äquivalent in der jeweiligen Sprache wieder."

Dane akzeptierte das so, wie sie es sagte. Ihm blieb nichts anderes übrig. Die Technologie, die in der Lage war, solche Erfindungen zu entwickeln, war der irdischen Technologie so weit überlegen wie ein Microcomputer einem Spinnrad. Cliff sagte rauh: „Ich glaube nicht, daß eine Rasse einen solch legendären Ruf in bezug auf Grausamkeit haben könnte, wenn sie protosimianisch wäre. Es ist wahrscheinlicher, daß sie Protofelinen sind, den Mekhar nicht sehr unähnlich. Es gibt auch eine ganze Menge Mitglieder meiner eigenen Art hier – oder von biologischen Typen, die sich nicht völlig von meiner Art unterscheiden, würde ich sagen."

„Das beweist gar nichts", brauste Rianna auf, „außer daß wir beide Mitglieder einer gefährlichen Spezies sind!"

Aratak grübelte: „Was du gesagt hast, ist interessant. Meine eigene Spezies hat friedliche Bräuche, und es würde mich überraschen, wenn einer von uns Protosauriern für seine Wildheit bekannt wäre, aber dennoch ..."

Dane unterbrach ihn: „Ich finde das nicht so schwer zu glauben. Das schrecklichste Raubtier in der Geschichte meines Planeten – der Tyrannosaurus Rex – war von saurischer Herkunft."

Aratak hatte keine Augenbrauen, vermittelte aber den Eindruck, sie trotzdem zu heben. „Aber war es intelligent?"

„Nein", gab Dane zu, „es hatte kein nennenswertes Hirn."

„Nun gut. Tierische Spezies des protosimianischen Typs sind oft wild", meinte Aratak, „und die wilden Arten sind ausgestorben, was die Weisheit des Göttlichen Eis beweist, weil nämlich die, die blutrünstig sind, auch eines blutigen Todes sterben. Aber wenn Saurier Intelligenz entwickeln, entfalten sie für gewöhnlich eine friedfertige Lebensweise. Ich kann dir nur philosophische Gründe nennen, warum das so ist, aber ich versichere dir, ich kenne zumindest innerhalb des Galaktischen Bundes keine Ausnahmen."

„Er hat recht, Dane", sagte Rianna. „Soweit man weiß, gibt es keine, außer in alten Legenden."

Aratak verbeugte sich. „Um es zusammenzufassen: Wie ich

schon erwähnte, sind wir friedfertige Naturen; ich bin fast durch Zufall hier, wie man sagen könnte, und doch – als ich bei den Übungen zuschaute, sah ich jemanden von meiner Art, und als ich hinging, um ihn im Namen des Göttlichen Eis zu begrüßen, verschwand er ziemlich plötzlich, und ich konnte ihn nicht wiederfinden. Für einen Augenblick kam es mir so vor, als sei ich das Opfer irgendeiner optischen Täuschung geworden, aber jetzt habe ich eine andere Theorie."

„Laß hören", sagte Dane. Er hielt die größten Stücke auf die Intelligenz des riesigen Sauriers.

„Folgendes: Daß die Jäger keine einzelne Rasse sind, sondern eine Sippe oder ein Konglomerat; daß sie die Renegaten, die Geächteten, die Ausgestoßenen, die gewalttätigen Einzelgänger aller Völker um sich sammeln. Ein Verrückter aus meinem Volk oder ein Geächteter könnte sich hier wiederfinden, auf die eine oder andere Art. Die meisten von uns sind friedliche Leute, und einer, der es nicht ist, würde sich überall ausgestoßen fühlen. Wie ich schon sagte, ich habe mindestens einen gesehen, der vermutlich wie wir auf Verwegenheit und Mut getestet worden ist, aber wenn es ein Mitgefangener gewesen wäre, hätte er nicht versucht, mir aus dem Weg zu gehen."

„Das ist keine notwendige Folgerung", erwiderte Dallith unerwartet. „Er könnte ... beschämt sein, hier gesehen zu werden. Eine friedliche Kreatur, die, als sie getestet wurde, eine seltsame und beängstigende Wildheit in sich entdeckte. Sie würde kaum jemandem gegenübertreten wollen, der weiß, wie sie sein sollte..."

Dane wurde klar, daß Dallith von sich selbst sprach; ihm kam zum ersten Mal in den Sinn, daß sie vielleicht ihren Ausbruch wilder Raserei auf dem Raumschiff der Mekhar zutiefst bedauerte.

Aratak zog Dalliths Theorie einen Augenblick lang höflich in Betracht, dann schüttelte er den Kopf. „Nein", sagte er, „denn er würde wissen, daß ich in derselben Lage bin und kommen, um mir sein Beileid auszusprechen. Daher komme ich zu dem Schluß, daß es einer der Jäger war, der mich beobachtete, und daß die Jäger nicht einer Spezies angehören, sondern mehreren. Das würde auch erklären, warum sie Wild von so unterschiedlichen Formen auswählen."

Es war eine gute Thcrorie, dachte Dane. Sie verdiente es, in Erwägung gezogen zu werden. Es würde erkären, warum die Jäger in den Legenden keine erkennbare Form hatten; es würde auch erklären, warum sie sich ihrer Beute nicht zeigten, sondern alle Kontakte, sogar jene mit den Sklavenschiffen, die ihre Jagdbeute brachten, durch die Roboter erledigen ließen. Auf diese Weise konnten sie sicher sein, daß kein Hinweis auf ihr Geheimnis sich verbreitete.

Und doch ... er war nicht völlig überzeugt. Konnte ein Konglomerat von Renegaten eine so formalisierte, so ritualisierte Einstellung zur Jagd entwickeln? Und darüber hinaus: Würde nicht irgendein Hinweis auf ihre Abstammung unbemerkt in die Galaxis gelangen? Sie diskutierten noch bis tief in die Nacht, gingen dann aber schlafen, ohne zu einer Überzeugung gekommen zu sein.

Die Gestalt und Form der Jäger! Das quälte ihn jetzt Tag und Nacht. Als der Mond am Himmel zu seiner vollen Größe anwuchs, nahmen sie Gestalt um Gestalt an, erschreckend und formlos. In verwirrten Momenten wiederholte sich ein Nonsensgedicht von der Erde wieder und wieder in seinen Gedanken:

Ich treffe den Snark nachts in jedem Park in einem traumhaften, irrsinnigen Kampf...

Aber anstatt daß *er* den Snark jagte, jagte dieser *ihn* ... und die Wahrscheinlichkeit war groß, daß er tatsächlich sanft und leise verschwand, und nie wieder ward von ihm noch etwas gehört. In solchen Momenten pflegte Dane das Samuraischwert zu ziehen und seine Schneide grimmig zu betrachten, bevor er es wieder weglegte. *Nicht so sanft und nicht so leise,* versprach er sich selbst.

Später dachte er, wenn diese Phase der Unsicherheit noch länger angedauert hätte, wäre er wahrscheinlich verrückt geworden. Tatsächlich rüttelte Rianna ihn jede Nacht ein- oder zweimal aus Alpträumen auf. Aber sie litten alle unter Alpträumen. Einmal weckte Dallith sie alle, als sie mit einem lauten Schrei aufwachte; und einmal taumelte Cliff im Schlaf auf, brüllte und schlug um sich, und als es ihnen endlich gelungen war, ihn aufzuwecken, hatten beide, Aratak und Dane, lange, blutige Schrammen von seinen geschärften Klauen davongetragen.

Die Wartezeit wurde abrupt beendet.

Der Rote Mond war jeden Tag größer geworden; als er fast voll war, hing er tief und mit einem blutigen Licht über ihnen und schnitt sie fast völlig vom normalen Sonnenschein ab, geisterhaft und glühend und so groß, daß Dane es haßte, zu ihm hinaufzuschauen. Es war, als lebe man unter einer großen, schwebenden Scheibe, die an unsichtbaren Fäden aufgehängt war. Es verursachte Dane Klaustrophobie; und obwohl er wußte, daß es lächerlich war, konnte er doch das Bild des Mondes nicht aus seinen Gedanken verbannen ... wie er rutschte, herunterstürzte und sie alle unter sich begrub ... Dane hatte sich gefragt, was geschehen würde, wenn Vollmond wäre, und in dieser Nacht, als sie von den Bädern zurückkehrten, schaute er auf und sah, wie der Schatten anfing, über die große rote Scheibe zu kriechen. Natürlich, der Mond war halb so groß wie der Mutterplanet; wenn die Welt der Jäger zwischen Mond und Sonne trat, würde der Rote Mond völlig verfinstert, dunkel sein...

Mit überraschender Geschwindigkeit kroch der Schatten über die Scheibe, wischte die rote, leuchtende Kugel aus, indem er mehr und mehr von dem riesigen roten Gesicht abdeckte. Um sie herum veränderte sich die Farbe der gesamten Landschaft, wurde dunkler und merkwürdiger; seltsame Schatten tauchten auf, und von irgendwoher kam ein stürmischer Wind auf.

Die fünf Gefangenen standen dicht beieinander, Dane, zwischen Dallith und Rianna, wußte, daß beide sich an ihn klammerten in der gespenstischen Dunkelheit, als der Mond langsam zum Halbmond, zu einer schmalen Sichel, zu einem bleichen roten Schimmer an einer Seite schwand. Und dann war es zum ersten Mal auf dieser Welt völlig dunkel. Hinter dem großen Fleck am Himmel tauchten blasse Sterne auf.

„Die Jagd ist vorbei", flüsterte Dallith. „Mit der Mondfinsternis ist die Jagd vorbei."

In der Dunkelheit murmelte Cliffs rauhe Stimme: „Es gibt dort tote Jäger und totes Wild. Und bald ist die Reihe an uns."

„Aber wann?" fragte Rianna in der Dunkelheit. Niemand antwortete ihr. Sie standen stundenlang so da und beobachteten, wie der Mond langsam aus der Dunkelheit auftauchte und die Sterne wieder vor dem Hintergrund des karmesinroten Lichts verblaßten. Schließlich, als er wieder von seiner gewohnten Position aus herabschien, gingen sie still in ihr Quartier, aber keiner von ihnen aß viel, und Dane zumindest schlief wenig.

Waren sie als nächste an der Reihe?

Am nächsten Morgen, als Diener ihr Frühstück brachten, sagte er zu ihnen: „Die letzte Nacht war die Nacht der Mondfinsternis; letzte Nacht endete die Jagd. Heute wird das Heilige Wild, das die Jagd überlebt hat – sofern es welches gibt – belohnt und freigelassen. Und ihr seid zu der Feier eingeladen."

Keiner von ihnen hatte danach viel Appetit auf das Frühstück. Als die Sonne höher am Himmel stand – eine merkwürdig helle Sonne, der Rote Mond dagegen unsichtbar, weit weg auf der anderen Seite des Planeten – gingen sie kurz zu der Waffenkammer und zu den Bädern. Keiner von ihnen trainierte aber viel.

Irgendwann sagte Dane: „Manchmal stelle ich mir eine Frage. Die Überlebenden der Jagd – wir werden sehen, wie sie gefeiert und belohnt und angeblich freigelassen werden. Aber ich frage mich, ob sie *wirklich* freigelassen werden oder ob die Feiern und Belohnungen nur zu unserer moralischen Aufrüstung stattfinden. Vielleicht werden die Gefeierten hinterher unauffällig aus dem Weg geräumt."

„Das ist ja etwas Nettes, was du da zur Sprache bringst", sagte Rianna mit Abscheu. „Was hast du mit uns vor, Dane?"

Aratak sagte düster: „Die Möglichkeit ist mir auch schon in den Sinn gekommen."

Cliff wandte sich von seinem Schattentanz vor dem Spiegel ab. Er sagte: „Nein, sie werden freigelassen, das ist wirklich wahr. Es gibt einen Mann auf meiner Welt – er ist ein entfernter Verwandter meiner Sippe –, der von der Welt der Jäger reich und erfolgreich zurückkehrte. Er gründete ein Waffenmuseum mit dem Geld, das er gewonnen hatte. Ich habe das Museum gesehen, obwohl der Mann starb, als ich noch jung war."

„Aber erzählte er nichts über die Jäger? Hinterließ er kein Wort über sie?" fragte Rianna ungläubig. „Wissenschaftler haben jahrhundertelang nach verläßlichem Wissen über die Jäger gesucht; die meisten Leute halten sie für eine Legende! Er hätte einen Bericht über seine Erfahrungen niederschreiben sollen!"

Cliff entgegnete gleichgültig: „Warum? Warum sollte das irgend jemanden interessieren?"

Rianna schaute ihn aufgebracht an, aber Dane nickte. Er gewöhnte sich langsam an Cliffs Mangel an dem, was die meisten Leute wissenschaftliche Neugier nennen würden. Er sagte zu Rianna: „In einem alten Sprichwort meiner Welt heißt es: *Die Neugier tötet die Katze.* Cliffs Leute scheinen sich das zu Herzen genommen zu haben. Wir müssen uns damit abfinden: Wissenschaftliche Forschung ist ein protosimianisches Charakteristikum — oder wenigstens die Neugier um ihrer selbst willen. Selbst gewöhnliche Katzen zeigen selten viel Neugier für irgend etwas, außer sie können es essen, damit spielen, oder sie halten es für eine Gefahr."

Dallith sagte friedfertig: „Die Hauptsache ist, daß die Überlebenden freigelassen *werden*." Sie suchte sich eine Sammlung kleiner, runder, völlig glatter Steine für ihr Schleuder aus und verstaute sie in einem Beutel an ihrer Taille. Sie überprüften alle ihre Waffen, denn sie wußten, daß die Stunde nahe war. Rianna hatte das eine Messer so geschärft, daß es eine scharfe Schnittfläche hatte, das andere zum Stechen mit einer Spitze versehen, Dane hob einen langen Speer von der Wand und gab ihn ihr. Er sagte: „Nimm das. Es ist nicht so sicher, daß *du* ihn benutzen mußt, aber wir brauchen wenigstens eine Waffe, die nicht nur im Nahkampf zu verwenden ist." Sie hob ihn, wog ihn in der Hand und sagte: „Dieser ist zu lang für mich." Sie wählte einen kürzeren. Dane, der sie beobachtete, wie sie völlig in die Waffe vertieft war, spürte keine besondere Besorgnis um sie. Seine Anstrengungen, aus ihr eine Kampfmaschine zu machen, waren erfolgreicher gewesen, als er zu hoffen gewagt hatte.

Kurz erklärte er ihnen seinen Plan für den Fall, wenn sich herausstellte, daß sie zusammenbleiben und zusammen kämpfen konnten anstatt einzeln. Rianna mit ihrem langen Speer in der Mitte eines Keiles würde einem Angreifer eine furchterregende Front bieten. Sie hatte die Messer für den Nahkampf, und dann kam Cliff mit seinen geschärften Krallen. Dane und Aratak besetzten je eine Seite, Dane mit dem Samuraischwert, Aratak mit seiner großen Keule und der kurzen Axt, die er an seinem Gürtel befestigt hatte. Dallith sollte mit ihrer Schleuder die Nachhut bilden und jeden abschießen, der versuchte, sie von hinten anzugreifen.

Cliff runzelte die Stirn, und Dane wußte, daß der Mekhar das schwächste Glied war. Der Mekhar zog es vor, die Jagd als eine Reihe von Duellen gegen individuelle Angreifer zu sehen.

„Begreifst du denn nicht", sagte Dallith geduldig, „daß es genau das ist, was die Jäger erwarten – daß wir einzeln kämpfen? Wenn wir als Einheit zusammenbleiben und uns gegenseitig Rückendeckung geben, könnten wir alle eine bessere Chance haben."

Cliff runzelte wieder die Stirn, als ahne er etwas Böses, und Dane wünschte, Dallith hätte Rianna sprechen lassen.

Der Mekhar hatte Rianna als Kämpferin akzeptieren gelernt, bei der man sich ernsthaft in acht nehmen mußte; Dallith war dagegen ein Nichts für ihn. Der Katzenmann sah jetzt zu Rianna hinüber, als würde er von ihr Unterstützung erwarten, aber sie sagte fest: „Dallith hat recht", und er zuckte die Schultern.

„Ich habe euch mein Wort gegeben; keiner von euch hat mir Grund geboten, es zu brechen, darum werde ich es jetzt nicht zurückziehen. Ich warne euch jedoch, weil ich es ablehne, meine Ehre zu kompromittieren."

Damit mußten sie sich zufrieden geben.

Dane hielt das Samuraischwert einige Zeit auf seinen Knien und dachte über den unbekannten, schon lange verblichenen Erdenmann nach. Er wußte nicht, wie der Samuraikrieger gestorben war, aber er wußte, daß er tapfer dabei gewesen sein mußte. Aber Dane stammte aus einem anderen Jahrhundert und einem anderen Leben, und er wollte hauptsächlich überleben. Der Samurai hätte

Cliff sicherlich besser verstanden als Dane. Dem Mekhar kam es darauf an, ehrenvoll zu sterben. Dane hatte die Absicht, wenn er schon sterben mußte, sein Leben so teuer wie möglich zu verkaufen, aber in erster Linie hatte er die Absicht, am Leben zu bleiben – er wollte, daß alle von ihnen lebten!

Der freundliche Tag neigte sich dem Abend zu, und die Sonne sank tiefer, als Rianna nach Danes Arm faßte und mit gespannter, leiser Stimme sagte: „Schau!"

Am gegenüberliegenden Ende der Waffenkammer traf eine kleine Prozession ein, und zwar eine höchst seltsame. Eine ganze Armee von mechanischen Dienern umringte ein einziges lebendiges Wesen. Es trug die ziegelfarbene Tunika des Heiligen Wildes und war üppig mit Girlanden aus grünen Blättern und Blumen behängt. Diener trugen Waffen – einen langen Speer und einen runden, nagelbesetzten Schild – feierlich auf Tabletts aus wertvollem Metall, und während die Gefangenen noch zuschauten, hängten sie die Waffen an einen besonderen Platz an der Wand der Waffenkammer.

Cliff sagte mit leiser Stimme: „Er muß der Überlebende der Jagd sein."

„Ein einziger Überlebender", brummte Aratak grimmig, und seine Kehllappen glühten blau.

Dane rief überrascht: „Ein Spinnenmensch." Es hatte einen dieser Art an Bord des Sklavenschiffes der Mekhar gegeben, und er hatte die ganze Zeit zusammengekauert und zischend in einer Ecke gesessen. Die Spinnenwesen waren mit Sicherheit die letzte Rasse, die Dane für wild genug gehalten hätte, die Jagd zu überleben! Und doch hatte einer von ihnen es geschafft, denn hier war er und wurde geehrt...

Er sagte halb zu sich selbst: „Er hat die Jäger gesehen und es überlebt. Ich würde gerne ein Wort mit ihm wechseln..." Aber als die Waffen aufgehängt waren, wurde der siegreiche Überlebende sorgsam wieder aus der Waffenkammer geleitet, eingekreist von seiner Wache von aufmerksamen und besorgten Roboterdienern.

Ja, ja, dachte Dane. *Man kann nie wissen. Wenn dieses Ding elf*

Tage der Jagd überleben konnte, dann gibt es eine Menge Chancen für uns.

„Das ist überhaupt nicht sicher", flüsterte Dallith dicht an seinem Ohr; und Dane bemerkte, daß sie seine Gedanken wieder aufnahm. „Vielleicht hatte er Glück oder vielleicht gelang es ihm, alle elf Tage in einem Versteck zu verbringen."

Dane nickte. „Vielleicht." Aber das würde heißen, daß es keine Arena war, es würde bedeuten, daß es Deckung gab und Plätze, an denen man sich, wenn nötig, verstecken konnte.

Es bedeutete, daß es Dane auf die eine oder andere Weise gelingen mußte, unbeobachtet ein Wort mit dem Sieger zu wechseln...

Die Sonne sank bereits, als Diener zurück kam, um sie zu den Bädern zu begleiten. Er brachte frische Kleider für sie alle – dieselben ziegelfarbenen, die für das Heilige Wild bestimmt waren, aber dies war ohne Zweifel die Kampfausrüstung. Die Tuniken für die Frauen waren kurz und könnten sogar noch höher gerafft werden. Für Dane, Dallith und Rianna gab es neue Sandalen mit starken Sohlen, während weder Cliff noch Aratak einen Schutz für ihre Füße benötigten.

„Ihr sollt Euch für die Belohnungs- und Siegesfeier schmücken, damit Ihr sehen könnt, was Euch vielleicht erwartet", sagte Diener. „Legt Eure gewählten Waffen an, denn Ihr werdet direkt von der Feier zum Ort der Jagd gebracht."

Dane sagte zu dem Roboter, indem er einen Gedanken aussprach, der ihm schon mehr als eimal als schwacher Verdacht gekommen war: „Du scheinst an all dem ein starkes Interesse zu haben, Diener. Beantworte mir eine Frage, ja?"

„Ein Dutzend, wenn es nötig ist", sagte der Servomechanismus mit seiner flachen, mechanischen Stimme. „Wir sind hier, um Euch zu bedienen, Euch Anweisungen zu geben und Euch beizustehen."

„Seid ihr Leute – ihr Roboter –, seid ihr selbst die Jäger?"

Es würde so vieles erklären. Es würde die Tatsache erklären, daß sie die einzigen waren, die Kontakt zu dem Raumschiff der Mekhar aufgenommen hatten. Es würde die Art und Weise erklären, wie sie für ihr Wild sorgten. Es würde die Art erklären, wie sie herumschwärmten, um den Sieger zu beschützen und zu ehren.

Aber die Idee, einer Gruppe abnormal programmierter Servomechanismen gegenüberzustehen, war entsetzlich... Diese Gedanken jagten Dane durch den Kopf, während er auf Dieners Antwort wartete. Es schien tatsächlich, falls ein gesichtsloser, metallener Mechanismus ohne Gesichtszüge, abgesehen von kleinen, metallbespannten Öffnungen, überhaupt etwas ausdrücken konnte, als ob Diener jede andere Frage erwartet hätte, nur nicht diese, und daß Dane vielleicht sogar endlich eine Frage gefunden hatte, die zu beantworten der Roboter nicht programmiert worden war!

Schließlich sagte Diener jedoch mit derselben gleichmäßigen ausdruckslos mechanischen Stimme: „Wie wir Euch gesagt haben, sind wir Diener. Ihr werdet die Jäger zur angekündigten Zeit treffen. Dürfen wir Euch jetzt zum Bad begleiten?"

Dane folgte ihm. Ihm blieb nichts anderes übrig. *Er hat nicht wirklich geantwortet,* dachte er grimmig. *Er sagte, ,wir sind Diener', er sagte nicht, ,wir sind keine Jäger'.*

Er holte Dallith und Rianna ein, als sie sich von Cliff und Aratak trennten, und sagte hastig: „Gebt mir Deckung, falls das metallene Monster kommt, um herzumzuschnüffeln. Ich gehe nachsehen, ob ich eine Spur finden kann, wo sie den Sieger bis zu seiner Triumphfeier versteckt halten. Wenn ich zehn Minuten hätte, in denen er nicht umzingelt ist, würden sich unsere Überlebenschancen schätzungsweise verdoppeln."

Rianna nickte. „Wenn sie kommen und hier nach dir suchen, werde ich ihnen sagen, daß du mit Aratak ein Schlammbad nimmst. Und du Aratak, erzählst ihnen, wenn sie dort nach ihm suchen, er sei Schwimmen gegangen."

Dane eilte durch die Gartenanlage davon. Er hatte sich die Richtung gemerkt, in der die Prozession von Dienern mit dem girlandenbehangenen Spinnenmann verschwunden war.

Ich bete zum Himmel, daß er eine Übersetzungsplatte hat; Rianna sagte, daß einige von ihnen keine haben, dachte Dane, als er vorsichtig an den Beeten und dichtgedrängten blühenden Büschen vorbeischlich. Die Sonne ging schnell unter, und am Horizont erschien ein seltsames blutrotes Licht, das ihm zeigte, wo der volle Rote Mond wieder aufging.

Am Morgen werde ich dort oben sein, dachte er. *Das ist die Belohnung.* Seine Kehle war wie zugeschnürt, und er griff in der Dämmerung nach dem Heft des Samuraischwertes, das an seiner Seite angegürtet war.

Neben der hohen Zierhecke, die die äußersten Grenzen des Wildreservates oder Parks bezeichnete, der für die Heilige Jagdbeute bestimmt war, hatte er bei einer früheren Gelegenheit ein Gebäude bemerkt, das kleiner war als die meisten anderen, und nachdem er den Überlebenden mit den Blumengirlanden gesehen hatte, ahnte er nun, was es war, denn die Tür dieses kleinen Gebäudes war mit denselben Blumen geschmückt. Vorsichtig glitt Dane zu einem der mit Bambusläden verschlossenen Fenster und blickte hinein.

Der Spinnenmann saß geduckt auf dem Boden und sah besorgt und entmutigt aus. Er war in lange Gewänder gekleidet und noch immer mit Girlanden behängt. Dane pfiff leise und hoffte, damit seine Aufmerksamkeit erregen zu können. Er mußte den Laut zweimal wiederholen, ehe der Spinnenmann den Kopf drehte und sich umschaute.

„Hier drüben", flüsterte Dane heiser. „Ich bin auch ein Gefangener. Komm herüber zum Fenster; ich kann nicht hineinkommen."
Der Spinnenmann erhob sich auf die Füße. Er bewegte sich mit einer quirligen Agilität, warf schnelle Blicke von einer Seite zur anderen, und Dane, der seine phantastische Lebhaftigkeit beobachtete, dachte: *Es sind ein paar Jäger notwendig, nur um ihm nahe zu kommen! Vielleicht ist es nicht so erstaunlich, daß er überlebte...*

Seine Stimme klang rostig und zischend. „Wer issst da? Wer sssspricht da?"

Dane preßte sich in die Schatten des Gebäudes.

„Ich bin morgen gegen die Jäger an der Reihe, Freund. Wie sehen sie aus? Welche Waffen haben sie?"

Aber bevor er die Frage noch ganz ausgesprochen hatte, wurde er mit hartem Griff von hinten gefaßt und zurückgestoßen. Dane griff nach seinem Schwert und riß es zur Hälfte aus der Scheide. Sein Handgelenk wurde mit stählernem Griff gefaßt – ganz wortwörtlich; Metall umklammerte es, und Dieners ausdruckslose Stimme sagte: „Es wäre ein Jammer, Euere exzellente Klinge zerbrechen zu müssen. Es ist dem Wild untersagt, hierherzukommen. Bitte erlaubt uns, Euch zum Fest zurückzubegleiten, Ehrwürdiges Jagdwild. Ihr werdet dort erwartet."

„Später", sagte Dane zu Rianna und Dallith, als er zwischen den beiden an einem langen Tisch saß, während eine große Zahl von Robotern – alle genau wie Diener, und jeder einzelne von ihnen beantwortete jede Frage und erfüllte jeden Wunsch, als sei er persönlich es gewesen, der zuletzt mit dem Fragenden gesprochen hätte – das Essen herumreichten: „Ich hatte halbwegs erwartet, daß sie mich nicht in die Nähe des Siegers lassen würden. Es ist etwas verdammt Komisches an diesen Jägern – verdammt komisch."

„Ich finde es alles andere als amüsant", rasselte Aratak. Dane wiederholte seine Theorie, daß die Diener in Wahrheit die Jäger waren.

„In diesem Fall", sagte Cliff rauh und drehte den Kopf zu ihnen um, „bin ich auf eurer Seite, und ich bleibe auf eurer Seite für die Dauer der Jagd! Ich habe mich der Jagd verkauft, gewillt, jeder Kreatur aus Fleisch und Blut im Zweikampf gegenüberzutreten! Aber ich habe mich nicht freiwillig gemeldet, um gegen NichtMänner zu kämpfen, die sich hinter einem Metallschutz verbergen!"

Das ist auch ein Gedanke, schoß es Dane durch den Kopf. *Vielleicht sind es riesige Amöben oder so etwas, die sich hinter all dem Metall verstecken; vielleicht sind es überhaupt keine Roboter. Ich habe nie an diese Möglichkeit gedacht.* Aber wenigstens hatte es Cliff wieder in ihre Reihen zurückgebracht.

Er schaute sich um und fragte sich, ob sich die vermeintlichen Jäger – wie in der Waffenkammer – unter die Beute gemischt hatten. Es war schwer zu sagen; der Festsaal war nicht besonders hell erleuchtet.

„Es sieht fast so aus", sagte Dallith, „als wollten sie nicht, daß wir uns unsere Mitkämpfer zu genau anschauen." „Oder als ob sie befürchteten, wir könnten uns mit ihnen verbünden", vermutete Rianna. „Ich frage mich, ob das schon einmal vorgekommen ist. In dem Falle wollen sie uns nun keine Gelegenheit mehr dazu geben."

Er sah eine oder zwei Gestalten, die wie Mekhar aussahen, dazu eine riesige bärenartige Kreatur mit einem haarigen und zottigen Pelz. Wenn es überhaupt weitere Protosaurier von Arataks Art gab, dann waren sie in der Dunkelheit versteckt. Wieder befanden sich Menschen seines eigenen Typs – Menschen, wie sie fast auf der Erde hätten auftauchen können – etwa im Verhältnis zwei zu eins in der Mehrzahl gegenüber allen anderen Arten. Sie waren bei dem Dämmerlicht in einiger Entfernung untergebracht – während sie alle fünf an einen Tisch gesetzt worden waren –, aber er bemerkte, daß ihre Typen vom hochgewachsenen Hellhäutigen bis zum riesigen Negroiden reichten, während einige von ethnischer Herkunft waren, zu der ihm auf der Erde nichts Vergleichbares bekannt war: zwei große, dünne Männer mit roter Haut, nicht vom rötlichen Braun der amerikanischen Indianer, sondern genau der Farbe eines Sonnenbrandes, ferner ein kleines Wesen mit bläulichgrauer Haut und langen, weißen, flaumigen Haaren, dessen Geschlecht unbestimmbar war. Sie trugen alle Arten von Waffen, von denen er je gehört hatte, und einige, von denen er noch nie gehört hatte.

Das Essen war unglaublich gut, und es gab eine Unmenge davon. Dane aß viel, stopfte sich aber nicht voll; er wußte weder, welche Anordnungen getroffen waren, um sie während der Jagd zu ernähren, noch woher seine nächste anständige Mahlzeit kommen würde, aber auf der anderen Seite wollte er sich nicht überfressen und benommen sein, wenn es losging – und es hatte den Anschein, als würde das ziemlich bald sein. Er riet den anderen, es genauso zu machen.

Sie waren zum Ende der Mahlzeit gekommen – das allem Anschein noch mit etwas wie einer süßen Suppe und Bergen von Früchten, Nüssen und verschiedenem Konfekt begangen wurde –, als eine der vielen Inkarnationen von ‚Diener' zur Mitte des Bankettsaales rollte und das mit Girlanden und Gewändern behängte Spinnenwesen hereinführte. „Erweist den Herren der Jagd die Ehre!" rief Diener aus, und zum ersten Mal schien so etwas wie Rührung in seiner Stimme zu beben.

Dane sagte nichts. Erwarteten sie, daß man applaudiert? Die andern Gefangenen – Heiliges Wild – in der Halle reagierten offensichtlich mit einer ähnlichen Haltung, denn obwohl es ein leises Scharren und Rascheln rundherum gab, war keine besondere Reaktion zu bemerken.

„Erweist den Jägern die Ehre! Während der neunhundertvierundsechzigsten Jagd unserer glanzvollen Geschichte jagten siebenundvierzig Individuen kühn von Finsternis zu Finsternis, und neunzehn sind heimgegangen zu ihren berühmten Vorfahren!"

„Dem würde ich gerne Beifall spenden", flüsterte Dallith zornig. Dane hielt ihre Hand. „Aber sie würden die Pointe sowieso nicht begreifen."

„Erweist der Heiligen Beute die Ehre! Vierundsiebzig bekämpften uns tapfer und lieferten uns eine glänzende Jagd, und zum dreihundertachtundneunzigsten Mal gab es zumindest einen Überlebenden, der hierhergebracht wurde, damit Ihr die Belohnungen sehen könnt, die das erfolgreiche Wild erwarten!"

Der Spinnenmann trat vor. Er sah immer noch unbeholfen aus in seinen langen herabfallenden Gewändern, und seine Erscheinung war demütig und furchtsam.

Wie zum Teufel hat dieses Ding all dies überlebt? Danes Gedanken griffen die statistischen Zahlen auf: Vierundsiebzig kämpften tapfer (und einige, die es vielleicht nicht getan hatten), einer hatte überlebt. Es gab siebenundvierzig Jäger – grob geschätzt zwei Gejagte auf einen Jäger. Und es gab *einen* Überlebenden. *Was für eine Art von Wesen sind sie überhaupt?*

Er schenkte den Dienern wenig Beachtung, als sie das Spinnending mit Edelsteinen und wertvollen Metallen überhäuften und verkündeten, er werde von einem Mekharraumschiff an Bord genommen, das die Auflage habe, ihn in einem Umkreis von hundert Lichtjahren dorthin zu bringen, wo er wollte.

Rianna sagte grimmg: „Das bringt ihn innerhalb des Bundes überallhin. Ich weiß zufällig, von welchem Planet er kommt." Dallith murmelte: „Das bedeutet, daß ich – wenn wir leben – zu meiner eigenen Welt zurückkehren kann..."

Sie bebte vor Erregung. Dane faßte nach ihrer Hand. Es gab viele Wenn und Aber, doch der Anreiz war da. Sie konnte nach Hause gehen... ebenso Rianna, Aratak und Cliff.

Konnte Dane es auch? Wollte er es überhaupt?

Er schob den Gedanken beiseite. Es war ein langer Weg, und der Weg nach Hause, wenn es einen gab, lag jenseits der Jagd... jenseits der Jagd, der Finsternis und des Roten Mondes.

11

Die Vielzahl der Diener hatte Dane auf einen hohen Stand der Technologie vorbereitet; als sie in die Nacht hinausgingen, war er daher auf das kleine Raumschiff gefaßt, das bereitstand, um sie an Bord zu nehmen. Wie die Dinge auch lagen, sogar der Erdenmond war schon vor langer Zeit erreicht worden. Dieser Mond war jedoch offensichtlich kein atmosphäreloser Brocken, sondern ein Planet, auf dem Lebensbedingungen für dieses buntgemischte Wild herrschten.

Dane konnte nicht sehen, wer am Steuer des kleinen Raumschiffes saß. Aber er hatte sehr stark den Eindruck, als ob es Diener – oder einer von seiner Art – war. Er saß zwischen Dallith und Rianna und hielt von jeder eine Hand, aber sie sprachen nicht. Es war entweder zu spät oder zu früh dazu. Er versuchte, zumindest teilweise um Dalliths willen, Ruhe und Zuversicht zu bewahren; sie würde seine Verfassung übernehmen. Auf der anderen Seite war es sinnlos, eine völlige Ruhe vorzutäuschen, die er nicht besaß. Sie würde merken, daß es nicht echt war.

Aratak faßte seine Gedanken in Worte, wie es manchmal seine Gewohnheit war. „Der Mann, der sich ohne Grund fürchtet, ist ein Narr; aber ein doppelter Narr ist, wer sich nicht fürchtet, wenn es Grund dazu gibt."

„Das mag alles wahr sein", murmelte Cliff, „aber oft gibt das Sprechen von der Angst ihr erst Gestalt und Inhalt." Rianna sagte verbissen: „Es sieht so aus, als hätte diese hier schon jede Menge Gestalt und Inhalt."

Dane fragte sich, ob die Jäger sich in dem Schiff befanden; er sah Dallith fragend an, aber sie schüttelte den Kopf. „Ich spüre so oder so nichts. Aber ... es sind so viele Fremdartige anwesend, und die meisten sind uns feindlich gesinnt — es wäre schwer zu sagen."

Dane sah sich in der halbdunklen Kabine um und fragte sich ein bißchen grimmig, ob dies alles Gefangene waren oder ob einige von ihnen, unter sie gemischt, Jäger waren, die ihre Beute von nahem beobachteten; aber er mochte den Gedanken nicht noch einmal aussprechen.

Es schien eine lange Zeit des Wartens vergangen zu sein — obwohl er vermutete, daß es nicht mehr als eine Stunde war —, bevor der Bildschirm mit einem Bild des Roten Mondes zum Leben erwachte. Der Mond wurde größer und größer und prallte scheinbar genau auf sie. Etwa zur selben Zeit ertönten ein paar metallische, einleitend kratzende Töne aus dem Lautsprecher am vorderen Ende der Kabine. Dallith umklammerte Danes Hand schmerzhaft in der Dunkelheit.

„Ehrenwertes und Heiliges Wild." Die Stimme war der Dieners nicht unähnlich, hatte aber eine andere Qualität ... vielleicht das Original, nach der die Stimme der Diener entwickelt worden war? Dane fühlte eine verrückte, atavistische Erregung in sich aufsteigen und wußte, daß die Haare an seinen Armen sich aufrichteten. Cliff fuhr wachsam auf. Seine Schnurrhaare und der vollendet gelockte Bart, den er sich für das Fest gebürstet hatte, sträubten sich.

„Ehrenwertes und Heiliges Wild! Wir begrüßen Euch zu dem neunhundertfünfundsiebzigsten Jagdzyklus dieser überlieferten Ära", sagte die seltsame Stimme. „Ihr werdet nun sehr bald in den Jagdgründen freigelassen, die seit Anbeginn der überlieferten Zeit der Jagd geweiht sind. Euch wird die Zeitspanne bis zur Dämmerung bleiben, um Euch zu zerstreuen und Euch die vorteilhafteste Stellung zu suchen. Ihr habt unser Wort, das seit siebenhundertdreizehn Jagdzyklen nicht gebrochen worden ist, daß ihr nicht verfolgt werdet, bis die Sonne vollkommen über dem Horizont steht."

Dane flüsterte: „Ich möchte wissen, was vor siebenhundertdreizehn Zyklen passiert ist."

Rianne sagte drängend: „Pst!"

„Die Jagd wird jeden Abend bei Einbruch der Dunkelheit unterbrochen, damit Jäger und Gejagte sich stärken und erfrischen können. Die Bereiche die mit gelben Lichtern erleuchtet und von Dienern bewacht sind, gelten als neutrale Gebiete, und von der Dämmerung bis Mitternacht darf kein Jäger näher als viertausend Meter an sie herankommen."

Danes Translatorscheibe hatte ihm offenbar die genaueste Entsprechung gegeben; auch alle anderen schienen die Abmessung zu begreifen. „Andere Bereiche sind den Jägern vorbehalten, und kein Wild wird sie betreten dürfen unter Androhung des sofortigen und unehrenhaften Todes."

Das war etwas. Es wies darauf hin, daß die Jagd in einem Maße formalisiert und ritualisiert war, daß es unwahrscheinlich schien, daß die Jäger außerhalb der neutralen Zonen auf sie warten und einen nach dem anderen aufgreifen würden.

Die Stimme hielt einen Moment inne und fuhr dann fort: „In Kürze wird das Schiff landen. Die Jagd beginnt in der Morgendämmerung. Bis wir dann in tödlichem Zweikampf auf Euch treffen, grüßen und ehren wir Euch, unser Heiliges Wild. Diejenigen, die am Leben bleiben, werden sehen, wie großzügig wir die Tapferen unter Euch belohnen. Wir wünschen Euch allen ein ehrenvolles Überleben und Belohnungen – oder einen blutigen und ehrenvollen Tod."

Knackend erstarb die Stimme; und im selben Moment gab es einen leichten Ruck, als ob das Schiff völlig zum Stehen gekommen sei. Es war ein kurzes Zischen wie von Druckkammern zu hören, dazu ein tiefes Rumpeln, als die Türen langsam aufglitten.

Dane faßte nach dem Griff seines Schwertes und bewegte sich zur Tür hin, indem er Aratak auf den Fersen folgte. Er konnte die große bärenartige Kreatur auf die Tür zutapsen sehen. Dallith hielt sich an seinem Ellenbogen, Rianna und Cliff folgten ihnen dicht auf. Dallith sagte mit zitternder Stimme: „Panik ... jede einzelne Identität geht ihre eigenen Wege ... halt mich ganz fest, Dane. Ich ... ich möchte rennen, mich verstecken ..."

„Ruhig." Er hielt ihre Hand fest in der seinen. „Das bist nicht du. Du hast keinen Grund zur Panik. Du übernimmst es von den anderen." „Aber angenommen ... angenommen, ich kann mich nicht davon freimachen ...?"

Sie drangen durch einen engen Korridor zum Ende einer Treppenflucht vor. Dane blieb einen Moment stehen, bevor der Ansturm der anderen in seinem Rücken ihn hinunterschob, und blickte hinunter auf die Oberfläche des Roten Mondes.

Er stand ein Stück über einer dunklen, ruinenhaften Landschaft, zerklüftet und hügelig und, in der fast völligen Dunkelheit, mit dichtem, schwärzlichem Unterholz bedeckt. Hinter ihm erhoben sich dunkle Hügel, und über ihm hing ein dunkelblauer Himmel mit dünn gesäten, blassen Wolken, die durch das Gesicht des riesigen Himmelskörpers, der darüber hing, kaum zu sehen waren: die Welt der Jäger, ziegelrot glühend am Himmel und größer, roter und gewaltiger als der Rote Mond selbst, auf dem sie standen. In dem brennend roten Weltlicht, heller als das hellste irdische Mondlicht, sah Dane dunkle Gestalten, die von einer Ecke der Landschaft in die andere flohen. Dallith machte einen stolpernden Schritt vom Schiff weg, und Dane ergriff ihre Hand; seine andere Hand umfaßte Cliffs behaarten Unterarm. Er sagte eindringlich: „Nicht rennen! Es liegt kein Vorteil *darin*! Bleibt stehen und denkt nach! *Denkt nach!* Denkt daran, was wir beschlossen haben!"

Aratak glühte am ganzen Körper schwachblau in der Dunkelheit. Ruhig führte Dane seine Fünfergruppe in langsamem und ruhigem Tempo, bis sie ungefähr eine Viertelmeile vom Schiff der Jäger entfernt waren.

„Es ist eine gute Idee, dort wegzukommen", sagte er ruhig. „Wenn es wieder startet — nun, ich weiß nicht, was für eine Art Treibstoff ihre Schiffe benutzen, aber es ist nicht anzunehmen, daß es besonders gesund ist, ihn einzuatmen. Jetzt laßt uns hier rasten und beraten, was zu tun ist. Wir haben bis zur Morgendämmerung Zeit, unsere Jagdstrategie auszuarbeiten; nach der Art zu urteilen, wie die anderen sofort in allen Richtungen davongelaufen sind, würde ich sagen, wir haben schon einen guten Start gehabt. Wir sind fünf, nicht einer. Jeder Jäger, der uns entgegentritt, wird sich in Schwierigkeiten begeben. Dallith..."

Ihre Stimme zitterte, aber sie antwortete fest: „Hier bin ich, Dane. Was kann ich tun?"

„Auf dem Mekharschiff merkten wir zu spät, daß es eine Falle war. Wenn ich auf dich gehört hätte, hätte ich es vielleicht gewußt. Du bestandest darauf, daß sie aus irgendeinem Grund *wollten*, wir würden sie angreifen. Ich glaube, deine Hauptwaffe wird für uns dein Einfühlungsvermögen sein. Glaubst du, daß es dir möglich sein wird, uns zu warnen, wenn jemand uns beschleicht und uns angreifen will?" „Ich werde es versuchen", sagte sie.

„Sag mir: hast du jemals irgend etwas ... irgendeine Art von Gefühl oder persönlichem Bewußtsein ... bei einem der Diener gespürt?" Wenn sie tatsächlich die Jäger waren, hätte Dallith in der Lage sein müssen, es zu entdecken, dachte er.

Sie schüttelte den Kopf. „Ich fühlte sie genauso, wie irgendwelche anderen Roboter. Der Gedanke an telepathischen oder empathischen Kontakt mit einem Roboter..." Sie schüttelte den Kopf. „Ich kann es mir nicht einmal im entferntesten vorstellen, also *versuchte* ich nicht, irgend etwas aufzunehmen."

Es war jetzt wahrscheinlich sowieso zu spät, darum ließ Dane es auf sich beruhen und sagte: „Also gut – Dallith ist unser frühzeitiges Warnsignal und unser Bote auf weite Entfernungen. Dallith, wenn du jemanden wahrnimmst, der uns definitiv angreifen will, dann zögere nicht! Nimm sie mit deiner Schleuder unter Beschuß. Mach sie kampfunfähig, wenn du sie nicht töten kannst."

„Aratak, du bist der Schwergewichtskämpfer; versuche jeden, der Dalliths Reichweite durchbricht, durch dein pures Gewicht zu zerschmettern. Und ich habe das Schwert, um jeden niederzuschlagen, der näher herankommt. Rianna und Cliff werden Hand in Hand den hautnahen Nahkampf bestreiten. Zusammen sollten wir fast allem gewachsen sein, was sie uns entgegenwerfen. Habt ihr euch alle mit etwas Essen versorgt während der Feier?" Dane hatte einige Süßigkeiten in die geräumigen Taschen gesteckt, die er in seiner Tunika entdeckt hatte; er hatte den anderen geraten, dasselbe zu tun.

Plötzlich gab es ein Brüllen und einen roten Flammenstoß, und das kleine Schiff, das sie hierhergebracht hatte, raste aufwärts und war verschwunden. Sie waren kurze Zeit geblendet, aber dann, als ihre Augen sich angepaßt hatten, betrachteten sie die hell erleuchtete Landschaft. Hügel, Unterholz, Täler; am Rande des Gesichtskreises ein Wasserfall, auf dem Lichter funkelten, als er hinunterrauschte; und weit hinten am Horizont einige dunkle und merkwürdig regelmäßige Umrisse. Dane fragte sich, ob es Gebäude waren oder die Gebiete der Jäger, in die unter Androhung eines „sofortigen und unehrenhaften Todes" kein Wild eindringen durfte. Eigenartig, daß sie diesen Satz der Mekhar wörtlich übernommen hatten, dachte Dane. (Oder war das völlig egal?) Jedenfalls – wenn diese Jäger eine Vorstellung von ehrenhaftem und unehrenhaftem Tod hatten, dann bestand für sie vielleicht mehr Hoffnung, als er dachte.

Aratak sagte: „Warten wir hier bis zur Morgendämmerung?" „Ich wüßte nicht, warum ein Ort einem anderen vorzuziehen wäre", sagte Dane langsam. „Ich vermute, daß alle *offensichtlichen* Verstecke die Stellen sind, an denen die Jäger warten, um das weniger vorsichtige Wild zu empfangen. Das ist auch ein Test, denkt daran. Sie werden wahrscheinlich die leichtere Beute zuerst töten und Zeit und Energie für ein vollendetes Duell der Kraft – oder der Intelligenz – mit den Gefährlicheren aufsparen. Vergeßt nicht, sie haben für uns mehr bezahlt, weil wir schon vorgetestet und als definitiv gefährlich bestätigt waren. Sogar auf der Erde gehen die Jäger auf verschiedene Weise an die Sache heran. Sicher gibt es einige hier, die nur eine leichte Beute machen und mit einer Trophäe nach Hause kommen wollen." Wild und abwegig ging ihm die Frage durch den Kopf, wie die Jagdgesetze aussehen mochten und ob es eine Art Beuteschränkung für jeden Jäger gab. „Laßt mich nachdenken. Aratak, was ist dein Vorschlag?"

Der große Saurier sagte: „Es liegt keine Weisheit in der Müdigkeit. Ich schlage vor, wir schlafen oder ruhen uns aus bis ungefähr eine Stunde vor der Morgendämmerung und halten abwechselnd Wache, damit uns das Tageslicht nicht im Schlaf überrascht. Wenn das Licht heller wird – aber lange vor Sonnenaufgang –, können wir uns mit Verstand nach einem Versteck umsehen, das keine offenkundige Falle ist."

Das leuchtete ihnen allen ein. Aratak stellte sich freiwillig für die erste Wache zur Verfügung. „Es ist ohnehin eine reine Formalität", sagte er, „der Jagdbeginn liegt noch Stunden vor uns."

„Und ich werde mit ihm wachen", fügte Cliff hinzu, „da meine Spezies zumindest teilweise ein Nachtleben führt und ich jetzt wach bin."

Dane, Rianna und Dallith wickelten sich in die warmen Umhänge, die ihnen mit den Kampftuniken übergeben worden waren, und legten sich nieder. Der Boden unter ihnen war an dieser Stelle mit einem Gemisch aus Felsen und weichem Moos bedeckt, mehr Steine als Moos, und es dauerte eine Weile, bis sie bequeme Ruheplätze gefunden hatten. Aber schließlich streckten sie sich Seite an Seite aus, Dane zwischen den Frauen. Rianna schlief schnell ein, entspannte sich und atmete tief, aber Dane war zu erregt, um gleich schlafen zu können. Er vertraute Aratak völlig — es gab Zeiten, da vergaß er, daß der riesige Saurier kein Mensch in jedem Sinn des Wortes war —, aber Cliff, der Mekhar, war ein anderer Fall.

Nach einiger Zeit glitt er in einen dunklen, unwirklichen Dämmerzustand, der von Alpträumen durchzogen war. Es war aber nie tiefer als ein Halbschlaf. Es mußte ein paar Stunden später sein, als Dane wieder wach wurde (der Kopf eines Samurai, auf dem ein schreckliches Alptraumgrinsen festgefroren war, schaute von der Wand eines Frankensteinlaboratoriums herunter; Jäger in tausend wechselnden Gestalten, die ineinander flossen wie Wasser, grüßten ihn mit erhobenen Kelchen) und spürte, wie Dallith zitterte, als sei ihr kalt. Er zog eine Ecke seines Umhangs um sie, vorsichtig, um ihren Schlaf nicht zu stören, aber sie drehte sich um und murmelte: „Ich bin wach", und er zog sie beschützend an seine Schulter.

„Du solltest dich ausruhen", sagte er sanft. „Morgen wird es einen harten Tag geben." Er war sich der lächerlichen Untertreibung seiner Worte in dem Augenblick, als er sie aussprach, bewußt und fühlte von irgendwoher ein idiotisches Lachen in sich aufsteigen, das er als Hysterie erkannte und schnell unterdrückte. „Ich bin froh, daß Rianna schlafen kann", sagte sie, dann waren sie still. Dane lag ruhig. Rasende Bilder gingen ihm durch den Kopf, und er nahm den weichen Körper des Mädchens wahr, der in dem Umgang warm gegen seinen geschmiegt lag. *Ich begehre sie. Ich liebe sie. Dies ist eine verteufelt schlechte Zeit, darüber nachzudenken. Was hat Rianna gesagt? Blinder Instinkt im Angesicht des Todes. Warum sollte ich anders sein als alle anderen Protosimianer? Dallith würde nicht wollen, daß es so geschieht. Sie hat es mir gesagt ... sich wie die Tiere im Angesicht des Todes aneinanderklammern!"*

Ihre Arme legten sich in der Dunkelheit um ihn, sanft und mit unendlichem Mitgefühl. „Ich will, was du willst", flüsterte sie. „Ich kann nichs dagegen tun. Vielleicht ist es nicht, was ich selbst wollen würde. Aber es ist wahr, Dane, es ist wahr."

Er zog sie dicht an sich und entspannte sich in ihrer nachgiebigen Zustimmung, und für kurze Zeit, zum ersten Mal seit Tagen, vergaß er den großen, ziegelroten Himmelskörper, die Welt der Jäger, vergaß das Samuraischwert und den Todesschatten und die Jäger selbst. Später bettete sie seinen Kopf an ihrer kleinen Brust und flüsterte zärtlich: „Schlaf jetzt ein bißchen, Dane. Schlaf solange du kannst", und er fiel in einen gedankenlosen, bodenlosen Abgrund von Ruhe und Schlaf.

Die Dunkelheit hatte sich beträchtlich vertieft, und die rote Welt der Jäger stand tief am Horizont, als Arataks Hand auf seiner Schulter ihn weckte. „Entschuldige, daß ich dich störe, Dane", murmelte er, „aber ich bin halb eingeschlafen. Cliff schläft schon seit ein paar Stunden."

Er setzte sich auf, machte sich sanft von Dallith los, die in seinen Armen ruhig weiterschlief, und nickte Aratak zu, während er sie mit ihrem Umhang zudeckte. „Gut. Ruh dich ein bißchen aus."

Er nahm Arataks Platz auf dem höchsten Punkt des Abhanges ein; der große Saurier legte sich hin, bedeckte seinen Kopf mit dem Umhang und war still. Cliff lag zusammengerollt da, nur ein dunkler schnarchender Ball. Nach ein paar Minuten bewegte sich eine dunkle Gestalt in den Schatten. Dane war sofort hellwach, aber

Rianna flüsterte: „Ich habe genug geruht. Laß Dallith schlafen; ich glaube, sie war fast die ganze Nacht wach..."

Er nickte, und das Mädchen ließ sich an seiner Seite nieder und saß still da. Kurz danach stahl sich ihr Hand – klein und fest und ein wenig schwielig – herüber und faßte nach seiner; er erwiderte den Druck leicht, und sie saßen da in der sich lichtenden Dunkelheit und hielten nach dem Schimmer am Horizont Ausschau, der die heraufsteigende Dämmerung ankündigen würde. Einmal sagte Rianna, während sie zu Aratak hinübersah, der seinen Umhang beiseite geworfen hatte und in der Dunkelheit über und über blau glühte: „Das könnte gefährlich werden. Bevor es dunkel wird heute abend, müssen wir etwas dagegen tun", und Dane nickte. Aber die meiste Zeit saßen sie still Seite an Seite und waren wachsam."

„Es ist eigenartig", sagte sie einmal in die völlige Dunkelheit und Stille, als die Welt der Jäger hinter einem fernen Hügel versank. „Ich bin Wissenschaftlerin. Ich habe die meiste Zeit meines Lebens damit verbracht, Überbleibsel vom Leben anderer Völker zu studieren, und ich war glücklich dabei. Es wäre mir nie in den Sinn gekommen, daß ich je so sehr in ... in einen Kampf um mein bloßes Leben verwickelt sein könnte. Der Gedanke hätte mich zu Tode erschreckt. Ich frage mich, ob ich weniger zivilisiert bin als ich dachte?"

„Jemand von meinem Volk hat gesagt, die Zivilisation sei nur ein dünnes Furnier über dem Uraffen."

„Ich fürchte, in meinem Fall ist die Auflage ziemlich dünn. Ich bin nicht wirklich unglücklich über all dies, Dane. Nicht...nicht in der Art, wie Dallith es ist. Sie ist *wirklich* zivilisiert."

Dallith. Dane spürte sie immer noch auf seiner Haut. Er sagte: „Das ist die Frage. Sie reagiert so stark auf alles, was sie umgibt. Vielleicht ist sie zivilisiert, weil sie mit zivilisierten Leuten zusammen ist..."

„Vielleicht. Dane, was hälst du von alldem?"

„Von der Jagd?" Er machte eine Pause, um nachzudenken. Ihm wurde klar, daß er noch nicht wirklich darüber nachgedacht hatte. Er war ärgerlich gewesen, ängstlich, hatte widerstrebend Notwendigkeiten eingeräumt. Und doch, tief auf dem Grund, unter allem anderen, wurde er sich bewußt, daß vom ersten Moment an ein Kern tiefer Bejahung dagewesen war... Sein ganzes Leben lang war er ein Abenteurer gewesen, der die Zivilisationen hinter sich ließ, um in ein abwegiges Interesse nach dem anderen zu tauchen. Die Kriegskünste. Einsames Bergsteigen. Einhandsegeln um die Welt. Und war dies hier nicht das endgültige Abenteuer, das letzte Risiko, ein Spiel, das mit tödlichem Ernst gespielt wurde, mit seinem Leben als Preis und einem Gegner, der nicht blind und unbewußt wie die Stürme auf See waren, sondern gewandt, lebendig und wachsam und auf der anderen Seite − ein Gegner, der seiner würdig war?

„Ich vermute", sagte er langsam, „ich bin auch nicht sehr zivilisiert."

Dann schwiegen sie wieder.

Eine weitere Stunde verging, bis das heller werdende Licht am Himmel − sie konnten jetzt ihre Gesichter klar erkennen − Dane widerstrebend sagen ließ: „Wir sollten die anderen besser aufwekken." Auf seltsame Weise tat es ihm leid, dieses Intervall der Ruhe zu unterbrechen, nicht nur wegen der würgenden Angst vor der Jagd, sondern auch, weil er in den letzten paar Stunden im wachsenden Bewußtsein seiner eigenen Gefühle und durch Riannas Zugeständnis ihrer völligen, inneren Bejahung der Jagd festgestellt hatte, daß sie eine tiefere Vertraulichkeit teilten als den sexuellen Kontakt der letzten paar Wochen.

Rianna hatte recht, dachte er, *und Dallith ebenso; es ist menschlich im Angesicht des Todes, es ist natürlich und sogar unvermeidlich und darum kein Grund, sich schuldig zu fühlen. Ich war ein Narr, was das betrifft. Aber es ist auch nicht so wichtig.*

Nicht jetzt.

Jetzt existiert nichts mehr, außer − der Jagd!

Cliff streckte sich mit einem tiefen Schnurren in der Kehle und wachte auf. Er spreizte seine Klauen, sprang auf und fiel kurz in eine Kampfpose. Dann entspannte er sich und schaute mit wildem Grinsen um sich.

„Dort gibt es Wasser", sagte er. „Ich werde mich schnell waschen und etwas trinken und dann – bringt mir die Jäger!" Er hüpfte in Richtung des rauschenden Wasserfalls davon, und Dane fühlte, als er ihm langsam folgte und beim Zurückschauen Dallith sah, wie sie sich erhob und ihre Tunika und ihren Mantel umband, eine tiefe Welle der Vertrautheit. Es war gut, auch einen wie Cliff auf seiner Seite zu haben.

Dane hielt seinen Kopf unter den Wasserfall, fühlte die schneidende Kälte des Wassers wie einen Schock und bemerkte, daß sein Kreislauf mit Adrenalin überflutet war. *Gut, ich werde es brauchen.* Er sah Aratak mit Zuneigung an, als der drei Meter große Saurier sich zu ihnen gesellte. Alles sah sehr klar und scharf umrissen aus in dem heller werdenden Licht, prägte sich hart ins Bewußtsein, mit sauberen, deutlichen Kanten, als ob alles neu sei aus der Hand der Schöpfung, er selbst eingeschlossen; neu und nur ein bißchen unwirklich.

Dane sah alle seine Kameraden an, erfüllt mit etwas, was der Liebe sehr ähnlich war, bevor er aufmunternd sagte: „Es bleibt uns noch eine Stunde bis zum vollen Sonnenaufgang. Laßt uns anfangen, über eine Deckung nachzudenken."

12

Der Tag brach langsam an; das Licht wuchs am Horizont, und die orangefarbene Sonne glitt hinter einer Wolkenbank hervor. Das heller werdende Licht breitete eine zerklüftete und trostlose Landschaft vor ihnen aus. Scharfe, baumlose Felswände stiegen aus Tälern auf, die dicht mit verfilztem, dornigem Unterholz bewachsen waren; felsübersäte Abhänge mündeten hier und da in Höhleneingängen. Weit weg am Horizont sah man die dunklen, gleichmäßigen Schatten, die Dane im Mondlicht als Gebäude identifiziert hatte. Aber jetzt bei Tag konnte er sehen, daß es eine Ruinenstadt war: die hohen Türme zerfallen, die Dächer gähnend zum Himmel geöffnet.

Es wäre leicht genug, Deckung zu nehmen, dachte Dane; schwer würde es sein, *nicht* in eine Falle zu geraten, welche Deckung sie auch wählten. Aus diesem Grund legte er sofort sein Veto gegen Riannas Vorschlag ein, daß ein Höhleneingang ihnen Schutz in der Dunkelheit bieten würde und daß der enge Gang leicht zu verteidigen wäre.

Nach neunhundertsoundsoviel Jagden, sagte er ihr grimmig, würde er sogar Geld darauf wetten, daß die Jäger die Höhlen wie ihre eigenen Westentaschen kannten. Die meisten Höhlen hatten mehr als einen Eingang – und mehr als einen Ausgang. Vielleicht konnten sie den Höhleneingang verteidigen, in dem sie sich befanden – aber sie würden einem Angriff von hinten völlig ausgeliefert sein. Dasselbe galt für die zerfallenen Gebäude. Sie waren nicht besser als Fallen.

Vom Wasserfall aus bewegten sie sich vorsichtig in das Tal hinab, wobei sie sich an die Verteidigungstaktik hielten, die Dane ausgearbeitet hatte; Aratak vorneweg mit seiner großen, knotigen

Keule und der kurzen Axt — *er* nannte es eine kurze Axt, Dane nicht — an seinem Gürtel. Dane nannte sie Rübezahls Pfadfinderbeil; der Schaft war so dick, daß Dane ihn kaum mit beiden Händen hätte umfassen können, und die Waffe insgesamt war so schwer, daß Dane lediglich imstande gewesen wäre, sie über den Kopf zu heben und fallen zu lassen. Obwohl alles, worauf es landete, nicht wieder aufstehen würde. Dane ging vorsichtig ein paar Schritte von ihm entfernt, das Schwert locker in der Scheide. Hinter ihnen hielt Rianna die Mitte mit ihrem langen Speer und ihren Messern. Genau hinter ihrer rechten Schulter bewegte sich Cliff mit der üblichen Geschmeidigkeit, wachsam nach beiden Seiten sichernd; und zur Linken bildete Dallith die Nachhut mit ihrer Schleuder. Er hatte ihnen allen geraten, das dichteste Gebüsch zu vermeiden; nur Rianna und Mekhar waren für einen wirklichen Nahkampf ausgerüstet. „Aratak und ich brauchen Schlagraum; und Dallith braucht ein freies Feld für einen Schuß. Aber wenn sie uns entgegentreten, müssen wir auf alles vorbereitet sein."

So bewegten sie sich mit griffbereiten Waffen durch das verlassene Land, die Nerven zum Zerreißen gespannt, und hielten nach einer erhobenen Stelle Ausschau — möglicherweise die Spitze eines steilen Hanges —, wo nichts unbemerkt an sie herankommen konnte. Dane hatte halbwegs erwartet, daß mit dem Sonnenaufgang das Land in Gewalt, Kampfgeschrei und Blutvergießen explodieren würe; statt dessen bewegten sie sich durch ein Land, das noch nie zuvor die Spuren einer lebenden Kreatur gesehen haben mochte.

Die Jagd dauert elf Tage, sagte Dane zu sich selbst. *Das ist das verteufelte. Wir können uns keine Minute lang ausruhen!*

Im Gegenteil. Je länger wir unbehelligt so gehen, desto größer ist die Gefahr, daß sie unser Verteidigungskonzept durchschauen und sich vorbereiten es zu zerschlagen.

Stunde um Stunde verging. Die Sonne erreichte den Zenit, und der Winkel wurde schon wieder kleiner; der kurze Tag neigte sich seinem Ende zu, und bis jetzt gab es noch keinen Hinweis auf Jäger oder auf anderes Wild. Um die Mitte des Nachmittages machten sie eine Rast nahe einem Felsenhaufen, wo eine Quelle aus einer Felsspalte sprudelte, und aßen die Süßigkeiten und das Konfekt, das sie mitgebracht hatten. Rianna wollte hinter die Felsen gehen, doch Dane sagte: „Nein. Wir bleiben alle zusammen."

Sie hob die Augenbrauen und sagte: „Mir ist dein Standpunkt vollkommen klar, aber was fängt man an mit dem, was man bescheiden einen Ruf der Natur nennen könnte?"

„Nimm Dallith mit dir", entgegnete Dane kurz, „und bleibt in Rufnähe. Bis die Sonne untergeht und wir einen der neutralen Eßbereiche finden, ruhen wir uns nicht aus und legen auch unsere Waffen nicht ab – auch nicht für fünf Minuten."

Cliff sagte mit wildem Grinsen: „Das ist es, wo wir im Vorteil sind gegenüber euch Protosimianern. *Ich* habe meine Waffen immer zur Hand." Trotzdem bemerkte Dane, als er sich von der Gruppe entfernte, um seine Notdurft zu verrichten, daß die große Katze gespannt und wachsam stehenblieb und zu der Stelle schaute, an der Aratak sie mit seiner Keule erwartete.

Die Jäger könnten uns natürlich sogar jetzt beobachten; während sie uns verfolgen. Sie könnten versuchen, sich eine Vorstellung von unseren Waffen und unserem Kampfstil zu machen, dachte Dane. Als er fertig war und seine Kleider zusammenband, schaute er sich um und beschloß, ein bißchen weiter zu kundschaften. Sie befanden sich in einem langen, tiefen Tal, das ungefähr in nördlicher Richtung auf die lange Hügelkette am Rande der Ruinenstadt zeigte. *Wir sollten die Hänge hinaufsteigen,* dachte er. *Sie könnten uns zum Ende des Tales treiben und dort einschließen. Abgesehen davon müssen wir gegen Sonnenuntergang eine Bergspitze ausmachen und nach diesen Gebieten mit gelben Lichtern Ausschau halten. Natürlich ist es möglich, daß die Jäger unsere Äsungsplätze ausnutzen, sich draußen aufstellen und uns einsammeln, wenn wir herauskommen, aber wir können nicht elf Tage ohne Nahrung und Schlaf auskommen.* Er hatte sich ein gutes Stück von den anderen entfernt, obwohl er sie immer noch unter sich sehen konnte; die Frauen hatten sich wieder zu Aratak gesellt und standen, wachsam um sich schauend, auf einem Felsen. Cliff sprang den Hang herauf auf ihn zu. Dane erreichte einen ebenen Vorsprung und wartete auf den Mekhar. Er machte einen Schritt auf ihn zu.

Es war nicht Cliff! Diese Tatsache wurde ihm in einem Sekundenbruchteil der Erkenntnis klar. *Dieser hat ein Schwert!*

Fast ehe der Gedanke sein Bewußtsein erreicht hatte, glitt sein eigenes Schwert aus der Scheide; er machte automatisch einen Schritt zurück in Kampfstellung und starrte auf die Kehle des Mekhar hinter der Spitze seiner Klinge. Der Löwenmann blieb stehen und zückte seine Waffe.

Danes Hals war trocken, und sein Herzschlag klang ihm laut in den Ohren. *Das war es!* – aber sein Training zahlte sich aus, und er konnte mit entschlossener Ruhe dem Hämmern seines Herzens lauschen.

Aber war dies ein Jäger oder Wild?

Vielleicht gibt es gar keine wirklichen Jäger. Vielleicht liegt ihr Genuß darin, uns zu beobachten, wir wir uns gegenseitig abschlachten...

„Wer bist du", rief er und war erstaunt, daß seine Stimme nicht zitterte. „Was willst du? Bist du hinter mir her?"

Mit einem katzenhaften Wutschrei sprang der Mekhar nach vorn, und Dane hatte kaum Zeit, einen gewaltigen Schlag gegen seinen Kopf zu parieren. Der Körper der Kreatur drehte sich im Sprung, und Danes Schlag kam zu kurz, als der Katzenmann leicht auf seinen Füßen landete und außer Reichweite zurücksprang.

Dane hielt die Stellung und beobachtete seinen Gegner.

Seine Position ist fast wie eine Säbelkampfstellung, dachte er; aber die Klinge des Mekhar war lang und gerade, viel leichter als seine eigene. Er zwang sich, die rechte Hand locker und die linke das Hauptgewicht tragen zu lassen. *Er wird mich erreichen,* dachte er. *Diese Stellung müßte ihm fast die Reichweite eines Rapierfechters geben. Und diese Sprünge! Aber natürlich ist die Schwerkraft hier geringer; der Mond ist nur etwa halb so groß wie seine eigene Welt...*

Aber es war keine Zeit mehr, um nachzudenken. Die lange, gerade Klinge drang in einem weiten Ausfall gegen Danes Brust. Er parierte und machte seinerseits einen Ausfall, als das Schwert des Mekhar ungefährlich über seiner rechten Schulter spielte. Danes Arme schwangen im Schlag nach oben.

Der Löwenmann drehte sich weg, zog dabei das Schwert über seinen Kopf, und mit stählerner Kraft trieb Danes Schlag die Rückseite der geraden Klinge in den Skalp des Mekhar.

Nun war es an Dane zurückzuspringen, weg von einem tief geschwenkten Schlag gegen seine Beine. Der Mekhar knurrte wortlos, ein tiefer, rauher Laut.

Die beiden standen sich auf einer Entfernung von ungefähr drei Schritten gegenüber. Der Katzenmann duckte sich, die Klinge vor sich ausgestreckt. Blut tropfte von der leichten Kopfwunde. Aber Danes Klinge war nicht lange auf die Kehle des Jägers gerichtet; Statt dessen hielt er sie nach oben gerichtet mit beiden Händen fest über seinem Kopf. *Chudan no Kamae, Jodan no Kamae*. Technische Ausdrücke und Erklärungen schossen in sinnlosem Strom durch seinen Kopf, aber sein Körper spielte unerschütterlich seine eigene Rolle, fiel anmutig in die perfekte tänzerische Position, drehte das Schwert vorsichtig in den genauen Winkel ... Der Katzenmann hieb nach seinem ungeschützten Bauch. Dane machte einen Ausfallschritt, und die alte Samuraiklinge hieb den Arm des Jägers am Ellenbogen ab. Hand und Schwert fielen zu Boden.

Der Katzenmann schrie, ein gräßliches Geräusch, weder katzenhaft noch menschlich, das zu einem würgenden Gurgeln wurde, als Danes Schwertspitze in seine Kehle drang. Aber das Wesen beugte sich weit nach vorn, über die Spitze hinaus, zu seinem abgetrennten Arm hinunter, ergriff ihn, machte sich mit einem Ruck von Danes Schwert frei und rannte, Haken schlagend, von einer Seite zur anderen springend, den Berg hinauf.

Überraschung – Bestürzung – lähmte Dane eine Sekunde lang, bevor er ihm folgen konnte. Allein von der Armwunde her, müßte die Kreatur verbluten! Und der Stich in die Kehle – es war überhaupt keine Frage. Das hätte ihr den Rest geben müssen. Das *hat-*

te ihr den Rest gegeben. Und doch...und doch...da war das Wesen, rannte den Abhang hinauf und wurde nicht einmal langsamer.

Die Kreatur – der Jäger? – duckte sich hinter einen Felsen. Vorsichtig, das Schwert immer noch blank gezogen in der Hand, folgte ihm Dane, immer auf der Hut vor einem Hinterhalt.

Aber da war nichts hinter dem Felsen. Nichts. Keine Katzenkreatur. Kein abgetrennter Arm. *Nichts*.

Kein Blut. Nicht ein einziger Blutfleck auf dem Boden. Dane ging zurück zum Ort des Kampfes, die Lippen gekräuselt, und stieß einen leisen Pfiff der Verwunderung und des Erstaunens aus. Er hatte das Ding am Kopf bluten sehen. Blut – Blut, das genauso aussah, wie normales Blut – war aus dem abgetrennten Arm geströmt.

Es gab hier auch Blut auf dem Boden. Aber nicht viel. Weniger als zwei Meter von dem Ort entfernt, an dem Dane den Arm des Wesens abgetrennt hatte, verringerten sich die Bluflecke bis auf ein paar Tropfen und hörten dann ganz auf.

Nachdenklich steckte Dane sein Schwert in die Scheide zurück. Das erste Blut, dachte er. Was *war* das für ein Ding gewesen? Es war so sicher wie das Amen in der Kirche kein Mekhar. Er hatte Cliff bluten sehen. Aber ebenso sicher hatte es ausgesehen wie ein Mekhar.

Eine Abart der Protofelinen?

War es das, was die Jäger waren, nur abgewandelte Protofelinen? Na sicher. Protofelinen. Intelligente Katzen, die ihren Arm aufheben konnten, den man ihnen abgetrennt hatte – nach dem sie einen Schwertstoß genau in die Halsschlagader bekommen hatten – und mit ihm wegrannten und sich dann in Luft auflösten.

Er begann langsam den Abhang hinunterzusteigen zu der Stelle, wo er seine Freunde zurückgelassen hatte. Aratak und Rianna rannten auf ihn zu; offensichtlich hatten sie den letzten Schrei des Wesens gehört. Mit einem benommenen Gefühl stellte er fest, daß er sie vor weniger als fünf Minuten verlassen hatte.

Rianna fragte: „Was war los? Ein Jäger? Ich dachte einen Augenblick lang, es sei Cliff..."

„Das dachte ich auch zuerst", antwortete Dane grimmig, „bis ich sah, daß er ein Schwert hatte."

„Und ich sah, daß der Mekhar noch bei uns war. Wir rannten los – Dane, hast du ihn getötet?"

„Eigentlich ja." Dane erzählte ihnen die Geschichte. Einer nach dem anderen kamen sie herauf, um das Blut zu sehen; aber keiner von ihnen hatte eine Erklärung. Cliff zeigte offenes Mißtrauen; es war offensichtlich, daß er kein Wort von Danes Geschichte glaubte.

„Dein letzter Schlag hat ihn offensichtlich nicht getroffen", sagte er, „und er rannte einfach hinter den Felsen und..."

„Und ging geradewegs durch die Bergwand hindurch?"

„Wahrscheinlich hat er sich hinter Büschen versteckt. Es könnte irgendwo einen Höhleneingang geben, und er hat sich seinen Weg hinunter gebahnt, als du ihn nicht beobachtet hast."

Dane sah den Mekhar böse an. „Könntest *du* deinen Arm aufheben und damit wegrennen, wenn ich ihn dir abgetrennt hätte, Cliff?" Cliff schüttelte den Kopf. „Vielleicht dachtest du nur, du hättest ihm die Hand abgeschlagen. Es war dein erster Kampf. Vielleicht warst du zu sehr erregt", sagte er gönnerhaft. „Wenn du ihn getötet hättest, wäre sein Körper hier. So einfach ist das."

Dane antwortete nicht. Er konnte es sich nicht leisten, mit der Katze zu streiten, und er wußte, wenn er ihm diesmal antwortete, würde er es tun. Ruhig drehte er sich um und bedeutete ihnen, ihm zu folgen. „In jedem Fall halte ich es für besser, wenn wir aus diesem Tal herauskommen", sagte er. „Wenn einer der Jäger sich hier befindet, ist anzunehmen, daß es noch andere hier gibt."

Aber sie sahen kein weiteres Lebewesen, als sie sich zum Rande des Tales hinaufquälten und eine lange, mit Steinen übersäte Ebene erreichten. Die Sonne ging hinter den Ruinen der Stadt unter, und die schattenhaften Umrisse erhoben sich gegen das Licht wie gezackte Zähne, die aus einem zerbrochenen Schädelknochen hervortreten. „Was ist das?" fragte Dallith und deutete auf ein Licht am Horizont.

„Der Mond – Verzeihung, die Welt der Jäger – geht auf", sagte Rianna.

Dane schüttelte den Kopf. „Nein, das Licht ist gelb", sagte er. „Neutrales Gebiet, und die Sonne ist untergegangen. Die Jagd ist vorüber bis Mitternacht. Wir sollten besser dort hinuntergehen und sehen, was wir zu essen bekommen können."

Am Ende ihrer Kräfte, hielten sie auf die Lichter zu. Dane war sehr müde, und Rianna taumelte vor Erschöpfung; sogar Aratak zog seine Keule hinter sich her, anstatt sie kraftvoll über der Schulter zu tragen. Die Lichter schienen sehr weit entfernt zu sein, und selbst das Wissen, daß jenseits dieser Lichter die Sicherheit winkte, hielt Dane kaum in Bewegung. Er fragte sich, ob sie sie erreichen würden, bevor er auf dem Wege zusammenbrach.

Die große, ziegelrote Scheibe der Welt der Jäger stand hoch über der Ruinenstadt, bevor sie das erste Licht erreichten. Das ganze Gebiet war von großen, runden Kugeln, die an hohen Metallpfählen aufgehängt waren, hell erleuchtet. Innerhalb des großen Kreises – hundert bis hundertfünfzig Ar mindestens –, der mit den Pfählen abgegrenzt war, bewegten sich gleichmütige Diener. Sie glitten hier zwischen Steinen, Moos und Unterholz so glatt vor und zurück wie in der Waffenkammer. In dem Lichterkreis gab es kein anderes Lebewesen außer einer riesigen protoursinen Kreatur, die in einem Fellknäuel schlief, die Reste eine reichhaltigen Mahlzeit neben sich.

Natürlich. Es gibt noch andere neutrale Gebiete; andere Gefangene müssen sie gefunden haben. Wir werden sie auch finden, wenn wir lange genug leben, dachte Dane.

Genau in der Mitte des Lichterkreises gab es ein Angebot an Nahrungsmitteln in großen Kästen – mit den gleichen Farbschlüsseln, wie das Essen auf dem Sklavenschiff der Mekhar bezeichnet war.

Dane hielt es für ein Symbol dafür, wie sehr dieser Tag der Not sie zusammengeschweißt hatte, als sie sich alle zu ihm umwandten, ehe sie das Essen anrührten. Er sagte: „Eßt soviel ihr könnt und schlaft eine Weile. Aber nicht zu lange. Ich möchte vor Mitternacht ein gutes Stück von hier entfernt sein – und das ist der Zeitpunkt, zu dem die Jagd fortgesetzt wird." „Ich brauche Schlaf noch dringender als Essen", sagte Dallith, aber sie ging pflichtbewußt hin und aß einige Früchte, bevor sie sich in ihren Umhang wickelte und auf das dicke Moos niederlegte. Die anderen folgten ihrem Beispiel. Dane sagte zu Aratak: „Schlaf ein paar Stunden, und dann bleibst du wach, während ich schlafe."

„Glaubst du nicht, daß wir hier in Sicherheit sind? Du traust den Jägern nicht?"

„Ich traue ihnen zu, daß sie Jäger sind", entgegnete Dane. „Ich glaube, daß wir hier sicher sind. Aber ich will draußen nicht genau in ihre Arme laufen. Schlaf ein bißchen, Aratak. Danach werde ich mit dir darüber sprechen."

Der riesige Saurier legte sich nieder und glühte bald über und über blau, als er schlief. Dane betrachtete ihn und dachte mißmutig über seine Pläne nach. Er ließ Aratak ein paar Stunden schlafen, dann weckte er ihn und legte sich selbst hin um auszuruhen. Als sei sein Plan im Schlaf gereift, wußte er genau, als er aufwachte, was zu tun war. Ruhig weckte er Cliff und die Frauen.

„Jeder von euch macht sich ein kleines, tragbares Paket mit Nahrung für zwei oder drei Tage", wies er sie an. „Vielleicht unterbrechen sie die Jagd wirklich jede Nacht bei Sonnenuntergang; möglich, daß sie den Schlaf der Ungerechten schlafen – oder sich an einem Lagerfeuer mit Singsang unterhalten –, drüben in ihren eigenen Ruhebereichen. Aber denkt daran, wie die Mekhar uns in dem Raumschiff darauf testeten, ob wir vorauszudenken in der Lage waren. Ich möchte wetten, daß es hier genauso ist. Vielleicht ist es in der ersten Nacht oder in den ersten zwei oder drei Nächten sicher, bis Mitternacht zu schlafen und dann hinauszugehen, aber ich wette, daß früher oder später, jeder, der sich an diese nette, sichere Routine gewöhnt und ihr *vertraut*, niedergeschlagen und zu Jägersuppe gemacht wird. Von jetzt an lagern wir im Freien – wobei wir abwechselnd Wache stehen – und kommen nur sehr kurz direkt nach Sonnenuntergang hier herein, und zwar einmal in zwei oder drei Tagen, um Nahrung zu holen." „Das ergibt einen Sinn", stimmte der Mekhar zu. „Ich habe auch ungefähr in diese Richtung gedacht."

„Gut." Dane begann, Nahrungsmittel auszuwählen, die haltbar

waren – Nüsse, getrocknete Früchte, harte Waffeln aus irgendeinem getrockneten Korn. Als er diese Dinge zwischen den verderblicheren Nahrungsmitteln ausgelegt gesehen hatte (und, wie er annahm, gab es Entsprechendes für nichtmenschliche Wesen), war ihm klargeworden, daß das ein weiterer Test war. Wenn die Jäger die Absicht hatten, ihnen jede Nacht zur Essenszeit Sicherheit zu gewähren, hätten sie nur für Essen gesorgt, das sofort verzehrt werden mußte. Wieder lasen sie die Intelligenteren und Wachsameren unter ihrer Beute heraus und versorgten sie mit Gelegenheiten – wenn sie intelligent genug waren, die Gelegenheiten zu ergreifen –, ihr Leben zu verlängern und vielleicht sogar solange dem Gestelltwerden zu entgehen, bis die Jagd beendet war.

Ich habe nicht den Eindruck, daß sie es zu unseren Gunsten tun, dachte Dane, *oder auch nur aus einem übertriebenen Sinn für Fairneß heraus. Sie wollen die Jagd verlängern – uns länger nachpirschen. Und wenn wir ihnen wirklich zu einem schönen Jagderlebnis verhelfen, macht es ihnen nichts aus, einen oder zwei von uns laufen zu lassen.*

Seine Gedanken machten einen Sprung. *Wenn ich uns alle fünf durchbringen könnte...*Nein. Das war zu weit voraus gedacht. Er mußte sich darauf konzentrieren, den Tag zu überleben – durch diese Nacht zu kommen.

Er sah, wie Dallith ihren Umhang um sich wickelte und das Säckchen mit getrockneten Früchten und Nüssen vorn in ihrer Tunika befestigte. Sie hatte ihr Haar zu einem einzigen langen Zopf geflochten. Er trat neben sie und sagte ruhig: „Hast du eine Haarnadel oder irgend etwas anderes, um das Haar auf deinem Kopf festzustecken? So wie es jetzt herunterhängt, wird jeder, der dich verfolgt, finden, daß dieser Zopf gerade richtig ist, um dich daran festzuhalten."

Sie lächelte unentschlossen. „Ich habe nie daran gedacht. Man vergißt so etwas. Ich werde ihn abschneiden, wenn du willst." Er berührte ihn mit der Spitze seines Fingers, eine sanfte, bedauernde Berührung. „Es ist wundervolles Haar", sagte er und, einem plötzlichen Impuls folgend, küßte er die feinen Spitzen des Zopfes.

„Aber wenn wir überleben, wird es wieder wachsen, und ich würde mich wohler fühlen, wenn du keine... Haltegriffe hättest, an denen man dich leicht festhalten kann."

Sie zog ihr Messer aus der leichten ledernen Scheide. Mit einer raschen Bewegung trennte sie die helle Flechte ab und ließ sie zu Boden fallen. Sie lächelte ihn an und ging davon. Dane blieb noch einen Augenblick stehen und sah ihr nach. Dann bückte er sich aus einer seltsamen Laune heraus und hob den langen, seidigen Zopf auf. Er lag fein und weich und elastisch in seiner Hand. Er rollte ihn zusammen und befestigte ihn in seiner Tunika auf der Haut. *Ein Gunstbeweis meiner Dame,* dachte er.

Als er sah, daß die anderen gegürtet und bereit waren, gab er ihnen ein Zeichen und führte seine kleine Gruppe in die Dunkelheit hinaus. Lange bevor die Welt der Jäger im Zenit stand, waren die gelben Lichter des neutralen Gebietes zu einem Blinken verblaßt und verschwanden dann weit hinter ihnen.

Sie schliefen noch einmal abwechselnd ein paar Stunden in einer Senke zwischen den Hügeln versteckt. Bei Tagesanbruch gingen sie weiter durch die Vorberge, ungefähr in Richtung auf die Ruinenstadt zu. Einmal, kurz nachdem es hell geworden war, hörten sie von weit her ein scharfes Klirren wie von Schwertern und Schildern und ein hohes, heulendes Gebrüll: einen Todesschrei. Aber der Schrei wurde immer leiser, bis die Landschaft wieder still war, so still wie der Tod.

So still wie der Tod. So still wie all die Toten, die sie gesehen hat. Wie wahr diese alten Klischees doch sein können...

Es war wieder später Nachmittag, als sie einen langgestreckten, mit Felsen übersäten Berg erreichten, wo sie Rast machten, um einige Bissen zu essen und von einem Wasserlauf zu trinken, der die felsigen Klippen herunterfloß.

Es war die Ungewißheit und die Erregung, die ihn verrückt machte, stellte Dane fest. Niemand konnte es aushalten, den Bogen für endlose Tage in voller Spannung zu halten. Das Spiel war also manipuliert, und zwar zugunsten der Jäger manipuliert, dachte er, denn sie konnten ihr Wild beschleichen, es ermüden und es dann in aller Ruhe angreifen. Sie konnten sich gefahrlos ausruhen; es war unwahrscheinlich, daß die Gejagten unerwartet über sie herfallen oder sie überrumpeln könnten. Rianna, die auf etwas herumkaute, was wie Streifen getrockneten Pökelfleisches aussah, es aber sicher nicht war, sagte zu Dane: „Wenn ich das überlebe, werde ich nie wieder einen Sport aus der Jagd machen."

Dane empfand es genauso. Nicht daß er jemals ein begeisterter Jäger gewesen wäre, außer mit der Kamera, aber er hatte immer etwas für die Mystifizierung der Jagd übrig gehabt.

Er sah Rianna an, die sich, den Kopf auf die Arme gelegt, ausruhte. Dallith hatte ihr Mahl beendet und stand auf einem Felsen, den kurzhaarigen Kopf geneigt, als lausche sie einem entfernten Geräusch. Er rief ihr leise zu: „Hast du etwas gehört?"

„Nein ... ich glaube nicht ... ich bin nicht sicher", antwortete sie, und ihr schmales Gesicht sah angestrengt und verwirrt aus.

Wenn sie am zweiten Tag der Jagd schon so aussieht, wie wird sie sich dann am Ende fühlen? Wie lange kann sie sich halten?

Er ließ alle eine weitere halbe Stunde ausruhen, bevor er sie zusammenrief und sie den Hang hinaufzusteigen begannen. Die Bergspitze konnte ein guter Ort sein, die Nacht dort zu verbringen, wenn sie im Freien bleiben wollten. Sie konnten den ersten Teil der Nacht ohne Furcht schlafen und den Rest hindurch Wache halten, ohne befürchten zu müssen, daß jemand sich an sie heranschlich.

„Seid vorsichtig am Gipfel des Berges", warnte er, als sie anfingen hinaufzusteigen. „Es ist ungefähr dieselbe Tageszeit, zu der uns der Jäger gestern angegriffen hat. Vielleicht bevorzugen sie die Zeit kurz vor Sonnenuntergang zum Angreifen."

Er wollte seinen Platz in der Reihe einnehmen, aber Cliff drängte an ihm vorbei. „Ich beanspruche das Recht, euch zu führen", sagte er stolz. „Gestern warst du die Vorhut, und du hast das erste Blut vergossen. Jetzt bin ich an der Reihe! Willst du allen Ruhm für dich?"

Zum Teufel mit dem Ruhm, Freund, dachte Dane, aber er sprach die Worte nicht aus. Er fing langsam an, ein wenig zu verstehen, wie das Gehirn des Mekhar arbeitete. Ein menschlicher

Stratege legte Wert auf Schlagkraft. Aber der Protofeline war nicht menschlich, und ihn interessierte die Schlagkraft nicht mehr als der technische Fortschritt. Im allgemeinen arbeitete er fast unglaublich gut mit ihnen zusammen; aber wenn seine Moral absank, würde er das nicht mehr tun. Wenn es ihn glücklich machte, die Führung und das Risiko manchmal zu übernehmen, hatte Dane das Gefühl, daß er nicht mit ihm darüber streiten sollte.

Cliff sagte eifrig: „In jedem Fall sind meine Ohren die schärfsten. Laßt mich ein bißchen vorauskundschaften." Dane zuckte die Schultern. „Geh voran, Murr. Aber gib ihm Rückendeckung mit dem Speer, Rianna."

Während sie begannen, den felsigen Hang hinaufzuklettern, sprang der Mekhar eifrig vor ihnen her. Der Pfad war steil, und Rianna fiel immer mehr zurück; der Katzenmann hüpfte leichtfüßig über denselben Boden, der unter Danes Füßen wegglitt und schlitterte und kleine Steinregen unter ihm auslöste. Riannas Füße rutschten aus, und sie fiel, wobei sich ihr Fuß fast in dem Speer verfangen hätte; Dane faßte sie stützend unter dem Ellenbogen. Sie kam schnell wieder auf die Füße und sagte: „Hilf Dallith" und suchte sich gewandt ihren Weg über die Steine.

Dane blieb stehen, um Dallith die Hand zu geben und bemerkte, daß Aratak zurückfiel. *Wir sind eine schöne Kampfgruppe,* dachte er, *über den ganzen Berghang verteilt.* Er hob den Kopf, um Cliff zuzurufen, daß er warten solle.

Dallith stieß einen erstickten Laut aus; einen Moment lang fragte Dane sich, ob sie seine Angst übernommen hatte, aber zur selben Zeit zischte der Mekhar scharf, warf sich hinter einen Felsblock und bedeutete den anderen mit dem Arm, in Deckung zu gehen.

Dane zog erst Dallith, dann Rianna halb in den Schatten eines nahe gelegenen riesigen Felsens, dann preßte er sich selbst an ihre Seite. Aratak hatte sich flach auf den Boden geworfen. Es gab keine Deckung in der Nähe, hinter der er sich hätte verstecken können, aber wenn er sich nicht regte, fügte er sich in die felsige Landschaft ein wie ein weiterer Stein.

Über sich sah Dane, wie Cliff, der Klippenkletterer, seitlich von seinem Felsen schnell, ruhig und geduckt zur Bergspitze hinaufschlich, katzenhafter denn je. *Sie haben ihm sicherlich den richtigen Namen gegeben,* dachte Dane. An seiner Seite hörte er Dalliths tiefes Stöhnen, und über sich sah er den Katzenmann erstarren. *Was es auch immer ist, es kommt,* wußte Dane.

Dann sah er es. Ein Protofeline wie der Mekhar. Dane dachte an den Katzenmann, den er getötet hatte — oder fast getötet hatte — und seine Hand legte sich um den Griff des Schwertes. Er spannte sich, bereit zu ziehen.

Er hörte eine plötzliche, eigenartige Veränderung in Dalliths Atmung, aber bevor er es analysieren oder verstehen konnte, sah er den Mekhar auf die Füße springen, auf der Spitze des Felsens stehen, wo er sich gegen den Himmel abhob und weit sichtbar war für den Neuankömmling.

Dieser verrückte Mekhar! Er will ihn zum Zweikampf herausfordern! Der Katzenmann hatte nicht angehalten, als er der anderen Katze ansichtig wurde, sondern kam geradewegs den Berg hinunter auf ihn zu. Und dann drehte sich Cliff irrsinnigerweise zu ihnen um und winkte.

„Es ist in Ordnung", rief er ihnen zu, und es lag Freude in seiner Stimme. „Er trägt die Barttracht meiner Sippe. Er ist aus meiner Verwandtschaft!" Er sprang vom Felsen hinunter und lief auf den anderen zu, während er ihm etwas zurief, was wie eine rituelle Begrüßung klang: „Heimteiler und Jagdhelfer..."

Dallith sprang auf die Füße und schrie: „Nein! Nein! Cliff ... nein, nein es ist..." Sie umklammerte Danes Arm, ihre Fingernägel gruben sich schmerzhaft in seinen Unterarm. „Halt ihn auf! Hilf ihm! Es ist ein Trick, eine Falle..." Plötzlich bückte sie sich zum Boden herab und legte hastig einen Stein in ihre Schleuder.

Verwirrt sah Dane den Hügel hinauf und sah, wie der Mekhar mit allen Anzeichen der Freude und des Vertrauens zu dem anderen Mekhar hinaufging und wie die Stahlklauen in der Sonne aufblitzten, als sie nach Cliffs ungeschützter Kehle schlugen. Dann schrie Dane und riß sein Schwert heraus, und Schmutz und kleine Steine spritzten unter seinen Füßen auf, als er ohne Rücksicht den

Berg hinaufhetzte und jeden Moment darauf gefaßt war, hinzufallen und sich in seinem eigenen Schwert aufzuspießen. Über sich sah er den Klippenkletterer zurücktaumeln, während Blut aus einer Wunde an seinem Hals strömte, und dann stolpernd im Handgemenge mit seinem Angreifer.

Von unten kam ein tiefes, rasselndes Gebrüll. Das konnte nur Aratak sein. Dane schrie wieder und kämpfte um sein Gleichgewicht auf dem abschüssigen Hang.

Die zwei großen Katzen rollten den Berg hinunter auf ihn zu, in tödlichem Kampf ineinander verkeilt, beide in Blut gebadet: Rotes Blut strömte aus Cliffs Kehle und beschmierte die Krallen seines Gegners; die Klauen des Mekhar suchten die Augen, die Weichteile. Aber Cliff wurde schwächer und als Dane keuchend den Felsblock erreichte, hinter den der Mekhar sich geduckt hatte, zitterte der Klippenkletterer plötzlich krampfhaft und lag dann still, während das Blut weiter aus seiner aufgerissenen Kehle sprudelte.

Der andere Protofeline, der über den Körper geduckt stand, hob die Augen und starrte Dane an. Eine von Cliffs Pranken war immer noch in seinen Kehlbart verkrallt – *nein!* Gebannt sah Dane, daß die Klauen des toten Mekhar immer noch tief in der Kehle seines Mörders steckten, wie im Todesgriff festgefroren.

Wenigstens hat er ebenso viel ausgeteilt, wie er einstecken mußte, dachte Dane. *Er hat den Bastard mit sich genommen!*

Und dann geschah das Unglaubliche: Der Katzenmann ergriff Cliffs leblose Pfote mit beiden Händen und bäumte sich zurück. Dane sah, wie die steif werdenden Klauen des Mekhar durch den Hals des anderen gezogen wurden. Blut quoll kurz hervor und versiegte dann. Der Katzenmann erhob sich, augenscheinlich unverwundet, und stand Dane in Kampfstellung geduckt gegenüber, als der Erdenmann auf ihn zustürmte.

Irgend etwas traf den Jäger an der Schulter und wirbelte ihn herum. Es war eines von Dalliths Schleudergeschossen, bemerkte Dane. Und hinter sich hörte er ein solches Krachen und Schmettern von Steinen, daß es nur Aratak sein konnte, der seine enorme Masse den Berg hinaufkämpfte.

Ein weiterer Stein prallte gegen den Felsen hinter dem Jäger, und einen Augenblick lang zögerte er, während er nach Cliffs Körper griff, als ob er ihn wegtragen wolle. Aber als Dane auf Schlagweite herankam, kehrte die Kreatur um und sprang den Abhang hinauf, in einer Geschwindigkeit, mit der Dane nicht Schritt halten konnte. Er blieb auf dem Gipfel stehen, und ein großer Felsblock löste sich aus seinem Bett und krachte hinunter, so daß Aratak gezwungen war, zur Seite zu springen. Dann verschwand er über den Rand des Berges.

Dane kletterte schwerfällig weiter, bis er den Gipfel erreicht hatte. Aber, wie er es schon halb erwartet hatte, war Cliffs Mörder nirgends zu sehen.

Er verschwand auf dieselbe Weise wie der andere. Und er ist diesen Berg mit aufgerissener Kehle hinaufgeklettert!

Das heißt vermutlich, daß der, den ich getötet habe, auch nicht tot ist...

Er stieg den Hang wieder hinunter. Dallith beugte sich über den Körper des Mekhar. Dane dachte einen Augenblick lang, sie würde weinen, aber sie hob ein weißes, tränenloses Gesicht zu ihm empor. „Das war ein Jäger?"

„Das", antwortete Dane grimmig, „war ein Jäger, Gott steh uns bei." Rianna beugte sich über Cliffs blutüberströmten Körper. Tränen fielen auf sein mattes Fell, als sie sanft seine starren gelben Augen zudrückte.

„Sein Kapitän wünschte ihm ein ehrenhaftes Entkommen oder einen blutigen und ehrenhaften Tod", flüsterte sie. „Nun, er hat es bekommen. Ruhe in Frieden, Freund."

Dane schaute auf den Körper ihres toten Verbündeten hinunter, und seine Gedanken waren bitter. „Willst du allen Ruhm für dich?" hatte der Mekhar gefragt, und statt dessen hatte er den Tod gefunden, war der erste im Sterben. Kopfüber war er in den Tod gerannt. „Das hätte eigentlich ich sein sollen", sagte Dane laut. Aber es war keine Zeit zu klagen, nicht einmal Zeit, ihren toten Freund zu begraben.

Auf diesem Berghang sind wir wie lahme Enten, wenn der Jäger irgendwelche Freunde in der Nähe hat, dachte Dane, und grimmig befahl er weiterzugehen. Rianna protestierte schluchzend und er sagte freundlich: „Wir tun ihm keinen Gefallen, wenn wir uns mit ihm töten lassen, Rianna. Laß uns hoffen, daß der Jäger für heute sein Jagdlimit erreicht hat und nicht in der nächsten Sekunde zurückkommt."

Aratak fügte hinzu, während er Rianna freundlich am Arm nahm und sie wegführte: „Er ist jetzt vereint mit aller Weisheit, Rianna – oder anders, er ist Staub, der zum Staub zurückkehrt. Wie auch immer, deine Pflicht gehört jetzt uns, wie unsere dir gehört. Komm, mein Kind."

Sie ließ sich von dem riesigen Saurier wegführen, aber sie war immer noch vom Weinen geschüttelt. Dane fühlte sich ebenfalls traurig. Er hatte nicht bemerkt, wie sehr der Mekhar zu einem Teil ihrer Gruppe geworden war. Es war nicht nur die Lücke, die es in ihre Verteidigungsreihen riß, es war Cliff selbst, den er vermissen würde. Sein Mut, seine Fröhlichkeit in der Gefahr – sogar seine nicht zu unterdrückende Arroganz, seine scharfen, offensichtlichen Beleidigungen.

Einer weniger. Vier übrig, und sie begannen zu ahnen, wie die Jäger waren – und das Bild war nicht angenehm.

Kann man diese verdammten Dinger überhaupt töten?

13

Das Schlimmste an der Jagd, dachte Dane, war die Art, wie man die Zeit aus den Augen zu verlieren begann.

Er war nicht sicher, ob es der fünfte oder der sechste Tag der Jagd war. Die Zeit schien in endlosen Abschnitten zu verschwimmen, immer auf Angriffe und Töten gefaßt. Sie waren immer auf der Hut vor dem plötzlichen Auftauchen von irgend jemandem – oder irgend etwas – auf dem Schlachtfeld. Aber seit dem Tod des Klippenkletterers – war es nun drei oder vier oder sogar fünf Tage her? – waren sie auf keinen weiteren Jäger mehr gestoßen oder zumindest von keinem angegriffen worden. Einmal allerdings hatte Dallith sie mit einer rauhen Warnung zum Halten gebracht. Sie hatten Deckung im Unterholz gesucht und weit entfernt das Aufeinanderprallen von Stahl und etwas anderem gehört, einen dünnen Todesschrei von irgendwoher. Geduckt, im ansteigenden roten Mondlicht versteckt – oder besser, im Weltlicht von der gewölbten Welt der Jäger über ihnen – warteten sie auf einen Angriff; aber es geschah nichts, und nach einer langen Zeit entspannte sich Dallith und ließ ihre Schleuder zu Boden fallen.

„Es ist weg", sagte sie. „Wirklich weg."

„Tot?" fragte Rianna, und Dallith seufzte und sagte: „Wie soll ich das wissen?"

Jetzt, bei Tageslicht, konnt Dane sehen, daß die Jagd bei Dallith die deutlichsten Spuren hinterließ. Sie waren alle sonnenverbrannt und staubig, aber unter ihrer Sonnenbräune sah Dallith jeden Tag ein bißchen bleicher und mitgenommener aus; jeden Tag sanken ihre dunklen Augen tiefer in die Höhlen. Rianna weinte manchmal vor Erschöpfung; Dallith weinte weder, noch beklagte sie sich, aber jeden Tag wirkte sie abgezehrter und hagerer.

Sie braucht Ruhe, dachte Dane, *und ungestörten Schlaf und Befreiung von der Angst.*

Wir alle brauchen das, aber Dallith braucht es am bittersten von uns allen. Sie scheint diese verdammten Dinger sogar im Schlaf spüren zu können, und das hat uns bis jetzt wahrscheinlich alle am Leben erhalten.

Sie ruhten sich im Schutze der Hügelkette aus, die sie am Fuße der Ruinenstadt von weitem in der ersten Nacht gesehen hatten. Die Stadt lag weit oben über den Klippen, und die abgetragenen und verwitterten Hänge, die hinaufführten, waren mit dunklen Höhlenöffnungen und hohen, verfallenen Treppen und Verbindungswegen übersät.

Rianna schaute zu den Gebäuden hinauf und sagte: „Ich würde sie gerne eines Tages erforschen. Unter angenehmeren Umständen."

„Ich nicht", meinte Dane. „Wenn wir lebend von diesem verdammten Mond herunterkommen, habe ich für die Dauer von zwei oder drei Leben davon genug."

„Du verstehst mich nicht", sagte Rianna. „Wenn die Jagd hier schon seit Jahrhunderten stattfindet, ist es sogar möglich, daß die Jäger diese Stadt erbaut haben."

„Oder, was wahrscheinlicher ist, sie haben die Erbauer, wer auch immer sie waren, gejagt und getötet", vermutete Aratak. „Und als alle tot waren, konnten sie nicht aufhören zu jagen..."

„Es sind schon seltsamere Dinge geschehen", sagte Dane und dachte an die Geschichte der Erde und den langen Irrsinn der Kreuzzüge. Aratak schien am wenigsten von diesen Tagen der Entbehrungen und der Angst gezeichnet zu sein; aber Dane konnte sehen, daß sogar er erschöpft aussah. Er war von Kopf bis Fuß mit grauem Schlamm beschmiert. Da sie schon zu Beginn der Jagd festgestellt hatten, daß in den langen Phasen zwischen Mitternacht und Sonnenaufgang, wenn sie im Freien lagerten, Arataks Gewohnheit, im Schlaf blau zu glühen, die Jäger auf ihre Spur bringen konnte, hatten sie sich seine Methode, sein indiskretes Leuchten zu kontrollieren, zu eigen gemacht. Glücklicherweise mochte

Aratak Schlamm; aber er hatte zugegeben, daß ein großer Unterschied zwischen der angenehmen Wärme von nassem Schlamm und dem Tragen von getrocknetem Schlamm bestand. Nun kratzte er abwesend an dem grauen Geschmier und sagte: „Ich denke mit Vergnügen an die Badebecken des Wildreservates. Ich hoffe, in den Ruinen gibt es irgendwo Wasser. Die Stimme des Eis, mag seine Weisheit ewig dauern, hat einst bemerkt, daß ein Festmahl angenehm für den Hungernden sei, aber daß der wirklich weise Mann, außer wenn er kurz vor dem Verhungern steht, ein Festmahl für ein Bad zurückweist. Leider haben sich nur zu viele seiner göttlichen Weisheiten in der Not der letzten Tage bewahrheitet."

„Ich beneide dich um deine Philosophie, Freund", sagte Dane und zog sich müde auf die Füße. „Ich glaube, wir werden in die Ruinen gehen müssen, um Wasser zu suchen; wir haben noch Nahrung für einen Tag oder so, aber wir brauchen Trinkwasser, und du brauchst ein Bad."

„Ich dachte, du seist besorgt, daß wir dort in eine Falle laufen", entgegnete Rianna.

„Das bin ich auch. Aber zwischen Sonnenuntergang und Mitternacht könnten wir es riskieren. Der Mond − zur Hölle, es ist ein Mond für *uns* −, die Welt da oben gibt uns genug Licht, so daß wir unseren Weg gut genug *dafür* finden können. Aber um Mitternacht sollten wir weit weg sein. Ich nehme an, den Jägern bereitet es eine große Freude, da drinnen Verstecken zu spielen, wenn eines der Beutetiere glaubt, es sei ein guter Ort, um sich zu verbergen."

Rianna sah zum Himmel hinauf. „Bald Sonnenuntergang. Gott sei Dank." Dallith nickte grimmig. „Aber wir sind überfällig für einen Angriff. Ich vermute, sie lieben es, direkt vor Sonnenuntergang anzugreifen, weil dann ihre Beute müde ist vom Herumlaufen und bereit, die Wachsamkeit fallenzulassen."

„Ich glaube, du hast recht", sagte Dane, „was bedeutet, daß es die beste Zeit ist, unsere Wachsamkeit auf der Höhe zu halten. Nun, laßt uns gehen. Ich würde die Ruinen gerne genau *nach* Sonnenuntergang erreichen − und vermeiden, daß wir uns den Weg hinein erkämpfen müssen."

Tage des Umherziehens, immer auf der Hut vor Angriffen, hatten ihr Anordnung vervollkommnet; aber jedesmal, wenn sie sich zum Aufbruch formierten, vermißte Dane noch immer Cliffs Wachsamkeit. Nun, als sie den Gipfel eines kleinen Hügels erklommen, sah Dane eine Bewegung unter sich im Unterholz und das Aufblitzen von bräunlichem Gold. Ein Mekhar – oder eine von den katzenähnlichen Gestalten, gegen die sie jetzt schon zweimal gekämpft hatten.

Er machte den anderen hinter sich ein Zeichen. Sie hielten an und nahmen ihre Verteidigungsstellung ein. Rianna kniete nieder und stützte den Schaft ihres Speeres gegen einen Felsblock hinter sich. Aratak und Dane stellten sich auf beiden Seiten auf. Dallith sprang auf die Spitze des Felsens, die Schleuder schußbereit.

Der Löwenmann schaute einen Moment zu ihnen herüber, dann drehte er sich um, rannte los und verschwand im Gebüsch. Dane stieß einen Seufzer der Erleichterung aus und senkte seine Klinge.

„Ich glaube nicht, daß das ein Jäger war", sagte Dallith hinter ihm. „Er schien sich auch zu fürchten. Ich glaube, es war ein Beutetier, wie wir selbst."

„Wir können uns dessen nicht sicher sein", sagte Dane. *Fast jeder,* dachte er, *würde sich beim Anblick von Arataks Riesenkeule fürchten. Sogar ein Jäger könnte leichtere Beute vorziehen.* Der Knoten am Ende der Keule war fast zweimal so groß wie Danes Kopf.

Dallith sprang vom Felsen herunter. „Er fühlte sich nicht so an wie das Wesen, das den armen Klippenkletterer getötet hat", beharrte sie. „Ich fühlte ihn..." Sie zögerte, suchte nach Worten, „...ein bißchen wie Cliff selbst. Nur nicht so tapfer."

„Wahrscheinlich einer von den Mekhar – die beiden, die er gewöhnliche Kriminelle oder Diebe genannt hat", sagte Dane und spürte eine seltsame, geteilte Reaktion in sich: Auf der einen Seite war der Wunsch, den armen, verängstigten Mekhar zu finden, der trotz allem von Cliffs Art war, wenn auch nicht von seiner Klasse; auf der anderen Seite eine merkwürdige Abneigung dagegen, sich mit jemandem zusammenzutun, den der Klippenkletterer offenbar für unter seiner Würde befunden hatte. „Aber wir könnten die Augen und Ohren eines Mekhar jetzt gebrauchen", sagte er, „und wenn nur, um dir ein bißchen Ruhe zu verschaffen, Dallith."

Rianna ließ ihren Speer fallen. „Ich habe keine Veranlassung, die Mekhar zu lieben", sagte sie grimmig; „sie haben uns schließlich hierhergebracht. Was mich betrifft, können die Jäger sie haben, und zwar gerne. Sie sind sich alle ziemlich gleich, finde ich."

Dane sagte nichts mehr. *Darüber hinaus,* dachte er, *konnte es immer noch ein Jäger sein. Dallith konnte sich geirrt haben.*

Ich habe es satt, das Jagdwild zu sein, dachte er. *Am liebsten würde ich anfangen, sie zu hetzen.* Aber das war albern und er wußte es. Vor allem wußten sie ja nicht einmal, ob die Jäger getötet werden konnten. Jemand, der mit aufgerissener Kehle wegrennen konnte, war kein gewöhnlicher Protofeline. *Das nächste Mal werde ich ihm den Kopf abschlagen und sehen, ob der Krüppel dann auch noch so munter ist!*

„Sollen wir weitergehen?" schlug Aratak vor. „Auch wenn dieses Katzenwesen Jagdwild war, könnte ein Jäger hinter ihm her sein."

Langsam stiegen sie den Hang hinunter und folgten dann dem Tallauf, wobei sie den leichtesten Weg nahmen, um sich nicht zu ermüden. Trotzdem hielten sie immer wachsam nach Möglichkeiten eines Hinterhaltes Ausschau.

Dane dachte über die verschiedenen Begegnungen nach, die sie gehabt hatten. „Auch wenn wir einigen unserer Mitgejagten unrecht tun", sagte er schließlich, „so wissen wir doch jetzt einigermaßen genau, welche Art Kreaturen wir um jeden Preis vermeiden sollten. Beide Jäger, denen wir tatsächlich gegenüberstanden, waren Mekhar – oder wenigstens Protofelinen und dem Typus der Mekhar so ähnlich, daß sie Cliff vortäuschen konnten, es sei einer von seiner eigenen Sippe. Wenn wir alles meiden, was auch nur entfernt wie ein Mekhar aussieht, sollten wir sicher sein."

„Ich bin immer noch nicht überzeugt", meinte Aratak eigensinnig. „Erinnert euch an den anderen Protosaurier in der Waffenkammer, der denselben Verschwindetrick vorführte wie der nachgemachte Mekhar. Ich glaube immer noch, daß die Jäger aus mehr als einer Spezies bestehen."

Die Sonne sank herab. Verstohlene Gestalten beobachteten sie manchmal aus der Entfernung, und einmal sagte Dallith, sie fühle, daß einer der Verfolger in der Nähe sei, aber niemand näherte sich ihnen.

„Die Tatsache allein, daß wie gemeinsam umherziehen, bietet vielleicht einigen Schutz", sagte Aratak. „Die meisten anderen Beutetiere könnten denken, daß jede organisierte Gruppe Jäger sein müssen."

„Und die Jäger", sagte Dane, „suchen sich wahrscheinlich zuerst die leichteren Opfer heraus. Oder die, die sie täuschen können – wie den armen Klippenkletterer."

Aratak sagte grimmig: „Wenn ich recht habe und es mehr als eine Spezies gibt, dann würde ich mich sehr in acht nehmen vor allem, was wie ein Mensch aussieht und sich mir zu nähern versucht, wenn ich du wäre, Dane."

„Verdammt", sagte Rianna plötzlich. „Ich habe das Gefühl, daß ich die Antwort wissen müßte. Aber ich kann es nicht zu fassen kriegen. Es juckt mir im Kopf."

„Spare deinen Atem", sagte Dane freundlich. „Erzähl es uns später. Es ist nur noch etwa eine Stunde bis Sonnenuntergang, dann können wir uns ausruhen."

Sie gingen eine Zeitlang schweigend weiter; plötzlich, als sie aus dem länger werdenden Schatten eines Felsens heraustraten, blieb Dallith, wie von der Tarantel gestochen, stehen und rief ihnen leise zu, sie möchten warten.

Sie standen still und gespannt, wie Rehe, die den Wind wittern, bis sie sagte: „Einer von *ihnen* ist sehr nahe, und er schleicht ... er ist auf einer Fährte ... aber ich glaube, er ist hinter jemand anders her ... ich kann spüren ..."

Sie hielt inne, als in der Nähe ein Aufschrei zu hören war, dann das Geräusch von Metall, das auf Metall prallt. „Sie kämpfen ... dort drüben, hinter dem Paß ..."

Sie zeigte nach vorn, wo zwei steinerne Säulen sich erhoben und eine schmale, torartige Spalte bildeten. Dane riß hastig sein Schwert heraus.

„Zum Teufel damit! Sie warten nur darauf, ein paar andere arme Deppen zu erledigen, bevor sie auf uns losgehen! Sie wollen uns einen nach dem anderen töten, und wir machen nicht mit, also heben sie sich uns bis zuletzt auf. Laßt uns den Spieß umdrehen, wenn wir können – und damit beginnen, daß wir dem armen Teufel dort drinnen helfen!"

„Du bist verrückt", zischte Rianna leise, aber Aratak schulterte seine riesige Keule und ging auf die Felsspalte zu. „Es liegt Weisheit im Zusammenhalten", sagte er. „Wenn wir rechtzeitig hinkommen, um zu helfen – und wenn wir die Jäger von den Gejagten unterscheiden können." Er fiel in sein stolperndes Rennen; Dane eilte ihm nach. Dallith stand einen Moment wie erstarrt und rannte dann hinter ihnen her, und Rianna bildete widerstrebend die Nachhut. Aber als er sich seinen Weg durch die Spalte suchte, begann Danes Wut abzukühlen. Vielleicht war es verrückt! Sein ganzes Wesen wehrte sich dagegen, daneben zu stehen und sich nicht einzumischen, während eine Mitkreatur fast in Hörweite zu Tode gequält wurde; aber er setzte auch Arataks Leben aufs Spiel und die Leben der beiden Frauen, um jemandem zu helfen, den sie nicht kannten, dem sie nicht trauen konnten und den sie vielleicht nicht einmal retten konnten, und um jemanden töten zu wollen, der möglicherweise gar nicht getötet werden konnte... *Wir müssen immer noch vier oder fünf Tage durchhalten; wir sollten unsere Kräfte schonen,* dachte er.

Er drängte sich durch die Spalte und sah auf ein kleines, rundes natürliches Amphitheater unter sich. Hinter ihm stieß Rianna einen leisen Schreckensruf aus.

Einer der Katzenmänner lag offensichtlich tot auf der Seite. Ein anderer, der etwas wie ein europäisches Zweihandschwert schwang, stand einem Spinnenmann gegenüber – von der gleichen Rasse wie der Überlebende der letzten Jagd, wie jener eine, den sie im Wildreservat auf der Welt der Jäger gefeiert und geehrt gesehen hatten. Und jetzt war ihm klar, wie es dem spindeldürren, zerbrechlich aussehenden Wesen gelungen war, allein eine ganze Jagd zu überleben.

Das Spinnenwesen eilte auf vieren seiner eigenartig unterteilten Glieder vor und zurück und vermied dabei geschickt die aufblitzenden Schläge des Katzenmannes, während die anderen vier Glieder ... Dane starrte ihn an: ein Arm war immer damit beschäftigt, den kleinen Metallschild zu halten, mit dem er die Angriffe des Mekhar oder des Pseudo-Mekhar parierte. Die anderen drei Glieder *wirbelten* eine lange, scharfschneidige Lanze, deren Spitze fast die Länge eines Schwertes hatte. Und wenigstens einmal sah Dane, wie die Kreatur den Schild mit unglaublicher Behendigkeit von einem Arm zum andern wechselte. Das Wesen jonglierte mit seinen Waffen!

Und wie tödlich dieser Stil war, merkten sie fast im selben Augenblick. Noch ehe sie ganz aus dem Felsentor herausgetreten waren, sahen sie den Schaft des Speeres herunterschwingen, um den Pseudo-Mekhar hinter den Beinen zu erwischen und ihn zum Straucheln zu bringen. Als er fiel, zielte die Speerspitze schon auf seinen Kopf. Der Löwenmann fing den Schlag mit seinem schweren Schild ab, aber nur mit Mühe, und taumelte auf die Füße. Dann kam der Schaft wieder herab, und diesmal sah Dane das Katzenwesen zusammensacken, als das Holz es in der Körpermitte traf. Das Schild krachte gegen das Zweihandschwert und stieß es zur Seite, und dann schwenkte die Speerspitze herum, und der Löwenkopf rollte plötzlich über den Boden. Der Körper schwankte eine Augenblick – Blut quoll aus dem durchtrennten Hals – und fiel dann zu Boden, zuckte kurz und blieb dann still.

Hinter sich hörte er Dallith vor Entsetzen keuchen, aber Dane konnte ein Gefühl wilder Begeisterung nicht unterdrücken.

Er hat einen von den Teufeln erledigt – nein! Zwei von ihnen! Ich möchte wissen, welchen Preis die Mekhar für diese Spinnenwesen bekommen...

Laut sagte er: „Wenn wir ihn dazu kriegen, sich mit uns zu verbünden, wären wir nahezu unbesiegbar." Er schaute hinunter und sah, wie der Spinnenmann seine Waffe abwischte. „Laßt uns hinuntergehen."

„Denk daran, wie scheu diese Wesen sind", sagte Aratak. „Laß mich erst allein hinuntergehen und ihn im Namen der Allumfassenden Weisheit begrüßen. Vielleicht fürchtet er sich nicht vor mir."

Der riesige Echsenmann senkte seine Keule und begann, den Hügel hinabzusteigen, die Hände offen und leer vor sich ausgestreckt. Dane steckte sein Schwert in die Scheide. Rianna folgte ihm und stützte Dallith, die unter einem Schock zu stehen schien. Natürlich – sie hatte den Tod des Jägers gespürt. Er drehte sich besorgt zu ihr um und nahm ihre Hände in die seinen. Sie waren kalt und kraftlos, und eine Minute lang dachte er, sie würde das Bewußtsein verlieren.

Während er sich um Dallith kümmerte, hörte er Arataks tiefe, rasselnde Stimme, und als er einen schnellen Blick über die Schulter warf, sah er, wie der Spinnenmann zurückwich, den Schild und die lange Lanze drohend erhoben.

„Hab keine Angst. Ich bin kein Jäger, sondern Wild wie du selbst", hörten sie Aratak sagen. Dallith schüttelte ihren kurzgeschorenen Kopf und schien wieder etwas zu sich zu kommen. Sie lauschte gespannt und aufmerksam seinen Worten.

„Ich begrüße dich im Namen der Allumfassenden Weisheit und des Friedens", sagte Aratak. „Wenn wir uns gegen unsere Feinde verbünden können, wird unsere Überlebenschance erheblich größer sein. Kannst du verstehen, was ich sage? Kannst du mir antworten?" Dallith kam in Bewegung. „Was tut er da unten?" fragte sie mit schwacher Stimme, und dann weiteten sich ihre Augen plötzlich. Sie machte sich von Dane und Rianna los und griff nach ihrer Schleuder.

„Aratak, paß auf!" schrie sie. *„Das ist der Jäger!"* Dane wirbelte herum und sah den Spinnenmann vorschnellen. Sein Speer zielte auf die ungeschützte Brust des Sauriers.

Dane rief ihm zu durchzuhalten und zog sein Schwert, während er den Hügel hinunterjagte. Arataks linker Arm fuhr in einer Karate-Blockierung, die ihm Dane gezeigt hatte, nach oben, und er schlug den Speer zur Seite, während seine andere Hand nach der Axt an seinem Gürtel griff.

Einer von Dalliths Schleudersteinen zischte durch die Luft und traf mit einem hörbaren Schlag auf den Unterleib des Spinnenwesens.

Der Spinnenmann wich zurück, unverletzt, aber überrascht. Er erholte sich sofort, aber Aratak hatte schon seine Axt in der Hand. Er brüllte, ein gewaltiges Donnern, das die Erde zittern ließ, und die monströse Axt krachte herunter, um unbeirrbar von dem Schild aufgefangen zu werden. Was für ein Metall es auch immer sein mochte, es war hart. Aber Aratak mußte zurückweichen, um einem Konterstoß mit dem Speer zu entgehen, und Dane wurde klar, daß der Schild allein dem Spinnenmann schon einen großen Vorteil verschaffte, auch ohne die tödliche Effizienz des dreiarmig wirbelnden Speeres. Es war, als wollte man versuchen, in die drehenden Propellerblätter eines Hubschraubers zu laufen. *Durch das Drehen allein wäre die Waffe schon tödlich genug; sie könnte die Knochen eines jeden normalen Lebewesens brechen. Aber sie hat noch diese lange Klinge am Ende...* Dane rannte weiter den Hügel hinunter, nicht sicher, welche wirkliche Hilfe er seinem Freund leisten konnte, außer mit ihm zu sterben.

Mit seiner Keule hätte Aratak eine Chance haben können. Zumindest hätte er den Gegner erreichen können. So wie die Dinge lagen, gab die Länge des Speeres dem Jäger alle Vorteile in die Hand; der Echsenmann konnte mit seiner Axt nichts anfangen, wenn er nicht auf Armeslänge an seinen Feind herankam, aber überall im Umkreis von fünf Metern wäre er in der Reichweite des tödlich wirbelnden Speeres gewesen. Eine normale Lanzentechnik, die aus geraden Stößen besteht, hätte für Aratak einen Vorteil bedeutet, wenn er in den Stoßkreis des Speeres hätte vordringen können; aber mit all diesen Händen konnte die Spinne den Speer wahrscheinlich so herumdrehen, daß sie eine Fliege von ihrer Nase schneiden konnte, wenn sie wollte.

Ein weiterer Schleuderstein sauste durch die Luft und traf den Spinnenmann in der Mitte, auf dem grauen, haarigen Brustkasten. Die Spinne stolperte mit einem klagenden Schrei, nur für einen Augenblick, aber es unterbrach das gleichmäßige Drehen des Speeres.

Er wirbelte herunter und versetzte Aratak einen Schlag, der ihn zurücktaumeln ließ – und jedem anderen als einem Protosaurier den Schädelknochen zertrümmert hätte –, aber es gelang Aratak, sich außer Reichweite zu rollen, bevor der Spinnenmann wieder die volle Kontrolle über seine Waffe gewonnen hatte. Dane hatte die beiden jetzt erreicht und schnellte auf eine Seite, um dem Spinnenmann in den Rücken zu fallen.

Der Jäger sah ihn. Die Lanze drehte sich bedrohlich in seine Richtung, und nur ein weiteres Geschoß gegen einen der grauen, zottigen Arme bewahrte Dane davor, ausgelöscht zu werden. Er tänzelte gerade noch rechtzeitig aus dem Weg. Seine Bewegung war ein reines Ablenkungsmanöver gewesen, von keinerlei Wert für einen Angriff. Aber es hatte diesmal funktioniert, denn Aratak kam unter Schmerzen auf die Füße.

Aber Ausweichen nützte nichts. Das Ding war zu schnell.

Ein weiterer Stein aus Dalliths Schlinge traf das Ding in die Seite. Diesmal mußte sie ihn verletzt haben, den er sprang zurück, von dem Stoß überrascht, und Dane eilte dicht heran und schlitzte dem Wesen die graue, zottige Haut des Unterleibes auf.

Es war, als würde er Käse schneiden. Die Klinge glitt leicht hindurch, aber es floß kein Blut. Die einzige Reaktion war der plötzliche Speerstoß, der in den Boden drang, als Dane, nur durch die geringere Schwerkraft gerettet, zur Seite sprang. Etwas Graues und Klebriges hing an Danes Klinge. Ein weiterer Stein schlug gegen die Seite der Kreatur, als Dane hastig vor einem zweiten Stoß zurückwich. Er rief Aratak zu: „Jetzt, während er betäubt ist – bevor er wieder anfängt, den Speer herumzuwirbeln..." Aber der große Saurier schwankte von einer Seite zur anderen, während er versuchte, seine Axt herauszuziehen, noch immer benommen von dem Schlag, den er eingesteckt hatte.

Und plötzlich sah Dane Rianna, den Speer gesenkt und im Bajonettstil vor sich ausgestreckt, auf sich zurennen. *Bravo, Mädchen, vielleicht ist das die Antwort – o Gott, nein, ihr Speer ist nicht lang genug, und er hat den Schild! Sie ist verloren, wenn ich ihn nicht ablenke – schnell!*

Er rannte schreiend auf das Wesen zu, die Klinge in klassischem Schutz gegen Speerangriffe gegen die Schulter gedrückt. *Was es gegen diesen verdammten Flugzeugpropeller nützen soll, weiß ich allerdings nicht.* Und im selben Augenblick brüllte Aratak wieder auf und griff ein. Der wirbelnde Speer sah aus wie eine Scheibe. Er zog eine rote Linie quer über Arataks Brust, schlug Rianna den Speer geringschätzig aus den Händen — er flog zerbrochen in die Dunkelheit — und senkte sich dann gegen ihre Beine.

Dane hörte durch die sich verfinsternde Scheibe ihren Schmerzensschrei. Er sprang auf eines der Beine des Spinnenwesens zu und hieb mit aller Kraft darauf ein.

Das half. Er hätte früher daran denken sollen. Der große Brokken brach nach hinten zusammen. Das Ding wandte seinen Speer gegen Dane und schlug mit seinen zwei hinteren Armen auf ihn ein, aber Dane konnte diesen Schlag parieren. Sein Schwert peitschte mit der vollen Kraft seiner Schultern gegen die grauen Glieder, und als der Speer unschädlich nach hinten glitt, schwenkte er es gegen das andere Bein auf dieser Seite. *Mach ihn so zum Krüppel, daß er das Weite sucht ...* Aber das Bein zog sich vor seinem Hieb mit blitzartiger Geschwindigkeit zurück. Über den zusammengekauerten Körper der Kreatur hinweg sah er plötzlich Aratak, die Axt gehoben für einen fürchterlichen Schlag gegen den Leib des Wesens.

Der Speer schnellte zurück. Der Schaft traf Aratak an der Schulter und stieß ihn zurück. Die Kreatur sprang auf ihren drei gesunden Beinen hoch in die Luft, landete in einiger Entfernung als Kugel und kam in einem geduckten, pulsierenden Knäuel auf die Füße. Große, rote Augen verdrehten sich, um sie zu beobachten.

Dane warf einen schnellen Blick zurück zu der Stelle, wo Rianna stöhnend am Boden lag. Sie war noch am Leben, aber ein Arm lag verdreht unter ihr, und die Seite ihrer Tunika war vom Blut rot gefärbt. Aratak schien unverletzt zu sein, obwohl er sich die Schulter hielt, wo der Lanzenschaft ihn getroffen hatte.

Wird es wegrennen? Oder wieder angreifen?

Das Spinnenwesen ließ ein hohes Klagen hören — fast wie der Laut, den das Katzenwesen von sich gegeben hatte, als Dane seinen

Arm erwischt hatte —, dem fast augenblicklich ein Aufschrei Dalliths vom Hügel folgte.

„Lauft weg, schnell! Er ruft um Hilfe...Paßt auf!"

Und der Spinnenmann griff an.

Er hatte einen seiner „Arme" zu Boden gelassen, der ihm jetzt das verwundete Bein ersetzte, und besaß damit vier Gliedermaßen, auf denen er gehen konnte. Er trippelte mit alarmierender Schnelligkeit auf sie zu und wirbelte den Speer mit zwei Armen, während er mit dem dritten den Kopf und den Oberkörper deckte. Aratak und Dane hatten zu nichts anderem Zeit, als mit gezogenen Waffen zusammenzurücken. Ein Schleudergeschoß traf ein Bein der Spinne; ein zweites fing er mit einer geschickten Bewegung seines Schildes ab. *Aber sein Kopf muß verwundbar sein, sonst würde er das Schild nicht benötigen!* dachte Dane. Dann war er über ihnen, und die wirbelnde Lanzenspitze zwang sie, ihm Boden zu lassen. Aber Dane zählte die Schläge und versuchte, die Umdrehungen abzuschätzen. Wenn er schnell genug hineinspringen und an den Kopf der Spinne gelangen konnte, ehe der Schaft ihn erwischte... Dalliths Schleudersteine sausten immer noch um den Kopf der Kreatur, obwohl die meisten von ihnen mit einem metallenen Klang auf den Schild prallten.

Sie hat das mit dem Kopf begriffen...oh, gutes Mädchen, dachte Dane.

Plötzlich gab es ein hartes Krachen! Das Ding erbebte, und seine Arme hingen schlaff herunter. Der Speerwirbel ließ nach und geriet außer Kontrolle.

Dane sprang.

Aber der lange, zottige Arm stieß ihm den Schild entgegen, und plötzlich wurde Danes Klinge gegen seinen Körper gedrückt, festgeklemmt durch den Druck des Schildes. Hilflos sah er, wie die Lanzenspitze sich seinem Hals näherte.

Und dann explodierte der Kopf des Spinnenwesens in einer Fontäne herausschießenden Blutes, als einer der Schleudersteine direkt auf seinen Schädel krachte; im selben Moment hackte Arataks Axt den Arm ab, der den Speer hielt. Das Wesen brach zusammen, Blut strömte immer noch aus seinem zerschmetterten Kopf.

Dane taumelte zurück. *War es wirklich tot?* Aratak teilte offensichtlich seine Zweifel, denn er hob die große Axt und trennte die Verbindung zwischen dem Oberkörper und dem Unterleib durch. Noch mehr Blut quoll heraus, wurde zu einem Rinnsal, dann zu einem Tröpfchen und versiegte schließlich ganz.

„Beeilt euch!" schrie Dallith ihnen zu. „Sie kommen! Hier entlang, schnell!" Und tatsächlich erschienen Gestalten über dem entfernten Berggipfel.

Während er sein Schwert in die Scheide steckte, rannte Dane zu Rianna hinüber. Sie schrie auf vor Schmerz, als er sie hochhob, legte aber ihren unverletzten Arm um seine Schulter. Er sah, daß sie sich auf die Lippen biß, um nicht laut aufzuschreien, als er sie aufhob und mit ihr zu der Felsspalte rannte, Aratak dicht auf seinen Fersen.

Sie rannten auf den Durchgang zu, wo Dallith sie erwartete. Die Schleuder wirbelte immer noch um ihren Kopf, ein über das andere Mal zum Einlegen eines neuen Steins verharrend. Aratak bückte sich, um seine Keule aufzuheben, und Dane sah, daß er auch den Speer des toten Jägers mitgenommen hatte.

„Wohin jetzt?"

„Die Ruinen. Wir haben keine andere Wahl. Wir können nicht weit laufen und Rianna tragen", sagte Dane, nach Luft ringend, „aber wir können uns dort verstecken." Rianna war eine zierliche Frau, aber sie schien eine Tonne zu wiegen; er vermutete, daß er sie bei normaler Schwerkraft gar nicht hätte tragen können.

„Hier." Aratak schwang die Keule über seine Schulter und beugte sich herunter, um Rianna von Danes Armen zu nehmen. „Nimm den Speer", sagte er und fiel mit Rianna in den Armen, in einen schwerfälligen Trab, Dane und Dallith dicht hinter ihm. Er schaute kurz zurück, als sie unter den Schatten der Stadtmauern ankamen. Aratak hatte offenichtlich recht gehabt. Eine Anzahl Jäger — es mußten Jäger sein — kletterten hinter ihnen den Hang hinauf. Es war ein Katzenmann vom Mekhartypus dabei. Dann gab es eine oder zwei Gestalten, die menschlich aussahen. Und Dane hatte das Gefühl, als stünden seine Haare senkrecht zu Berge, als er eine der Spinnenkreaturen sah.

Mein Gott, wir haben diesen einen getötet! Ich war mir sicher, daß wir ihn getötet haben! Oder gab es noch einen anderen? Ich dachte, sie seien selten...

Die Beutegruppe wurde durch Riannas Transport aufgehalten, und hinter ihnen holten die Jäger auf. Aratak lief an den zerfallenen Mauern entlang und hielt nach einem Durchschlupf Ausschau. Rianna lag schlaff in seinen Armen − tot oder bewußtlos, Dane konnte es nicht einmal erraten −, und Dallith taumelte.

„Hier", sagte Aratak. Sein Atem ging in keuchenden Stößen. Er legte Rianna auf den Boden und warf sich gegen einen heruntergefallenen Stein, der ein Loch in der Mauer versperrte. Dallith stolperte hindurch. Dane hob Riannas anscheinend leblosen Körper auf und folgte Dallith in das Halbdunkel. Hinter ihnen wuchtete Aratak den Stein an seinen Platz zurück. Und hinter ihnen ging die Sonne unter und war verschwunden.

Aratak ließ sich hechelnd zu Boden fallen. „Sonnenuntergang", sagte er grimmig. „Schau. Sie entfernen sich." „Mit dem Glockenschlag gerettet, könnte man sagen", stimmte Dane zu. Dallith murmelte: „Ich bin überrascht. Ich dachte, sie werden uns folgen ... so nah ..." Jetzt, als alles vorüber war, weinte sie.

Dane war ebenfalls überrascht − es schien, daß die Jäger nahe genug waren, um sie zu erledigen, Sonnenuntergang oder nicht. Ihm war grimmig zumute. Er beugte sich über Rianna und war darauf gefaßt festzustellen, daß sie tot war.

Aber sie atmete, und er untersuchte ihre Wunden, während Dallith an seiner Seite kniete.

Ihr Arm hing schlaff herunter, und sie stöhnte, als er ihre Schulter berührte. Er vermutete, daß der Arm gebrochen oder zumindest verrenkt war. Das Blut auf ihrer Tunika stammte von einem langen, schlimmen Schnitt, der hoch an der Hüfte begann und bis zum Schenkel verlief. Er war fast bis auf den Knochen gedrungen, aber als Dane ihn im verblassenden Licht untersuchte, schien es hauptsächlich eine Fleischwunde zu sein, denn das Blut war bereits dickflüssig geronnen.

Aratak riß einige lange Streifen von seiner Tunika ab und sagte ruhig: „Ich kann sie besser entbehren. Meine Haut hat weniger Schutz nötig als eure." Das war so einleuchtend, daß weder Dane noch Dallith etwas dagegen einwandten. Aratak trug normalerweise überhaupt keine Kleidung, und er hatte die Tunika nur angezogen, weil Diener darauf bestanden hatte. Er verband Riannas Beinwunde und untersuchte den verletzten Arm. „Eine Sehne in der Schuler ist gezerrt", sagte er. „Sie wird ihren Arm für eine Weile nicht gebrauchen können. Aber besser der Arm als das Bein. Sie kann immer noch laufen, wenn sie muß."

Dallith entfernte sich, um Wasser zu suchen, und sagte, als sie zurückkam, daß in der Nähe ein Steinbecken mit fließendem Wasser gäbe, das offensichtlich früher einmal ein Brunnen gewesen sei. Sie trugen Rianna im letzten Tageslicht dorthin und legten sie auf ihren eigenen und Arataks Umhang. Dann setzten sie sich auf den Rand des Steinbeckens, ruhten sich aus und aßen einen Teil ihres übriggebliebenen Proviants.

„Bis Mitternacht sind wir in Sicherheit", sagte Dane, „aber danach gibt es nichts, was sie daran hindern kann, diese Mauer einzureißen und über uns herzufallen. Ich weiß nicht, warum sie es nicht schon getan haben."

Aratak sagte nachdenklich: „Ich glaube, ich weiß es. Denkt daran, welchen großen Wert sie auf Mut und Geschicklichkeit legen. Wir sind offensichtlich etwas Besonderes, und sie werden sich gerade darum an die Regeln halten. Denkt auch daran, daß sie wahrscheinlich glauben, sie hätten Rianna getötet."

„Wir scheinen auch ein bißchen getötet zu haben", sagte Dane. „Wenn diese Dinger überhaupt getötet werden können", fügte er hinzu. „Erwachen sie wieder zum Leben? Ich schaute zurück und sah dasselbe Spinnending oder seinen Zwillingsbruder, wie es uns folgte."

„Wir können die Möglichkeit nicht ausschließen", sagte Aratak. „Sie haben ganz sicher keine mir bekannte Lebensform."

Dane dachte darüber nach. Er hatte einen Jäger getötet, der wie ein Mekhar aussah, und das Ding war mit aufgerissener Kehle davongelaufen. Sie hätten den Kopf des Spinnenmannes vom Körper abtrennen müssen, um ihn zu töten. „Du sagtest, daß es mehr als eine Spezies sei", grübelte er. „Haben die Jäger vielleicht gelernt, ihren Rekruten die Macht zu geben, verlorene Körperteile zu regenerieren?"

Aratak sagte grimmig: „Vielleicht ist dies der Ewige Jagdgrund. Es gibt eine Legende in der Überlieferung der Salamander – wie bei den meisten kriegerischen Rassen –, daß es irgendwo einen Jagdgrund gibt, in den jeder gute Jäger nach seinem Tode kommt, um in ewiger Schlacht zu leben – jeden Tag zu kämpfen und in der Nacht zu feiern, während die Wunden wieder heilen für den Kampf am nächsten Tag. Überflüssig zu sagen, daß es nicht meine Vorstellung vom Himmel ist, aber die Salamander schienen damit zufrieden zu sein."

Dane sagte: „Bei uns gibt es diese Legende auch. Wir nennen den Ort Walhalla." Seine Haut prickelte, aber er sagte fest: „Ich weigere mich zu glauben, daß alle toten Helden der Galaxis hierherkommen, um sich hier in alle Ewigkeit am Kämpfen zu erfreuen."

„Ich habe nicht gesagt, daß ich es glaube", entgegnete Aratak. „Aber wir scheinen einer ähnlichen Situation gegenüberzustehen. Vielleicht ist es Hypnose – die Jäger sind alle von einer Gestalt, können aber unsere Vorstellung so beeinflussen, daß wir sie in der Form sehen, die wir am meisten fürchten."

Dallith sagte: „Das glaube ich nicht. Wenn sie Furcht in unsere Gedanken übertragen, um uns in der einen oder anderen Art zu erscheinen, warum sehen wir sie dann alle genauso? Cliff hatte keine Angst vor dem Mekhar – im Gegenteil, er freute sich, ihn zu sehen. *Er hat diese Gestalt angenommen, um Cliff eine Falle zu stellen!*"

Dane fragte: „Willst du mir ernsthaft erzählen, du glaubst, diese Dinger ändern ihre Erscheinung?"

„Ich kann es nicht beweisen", entgegnete sie. Sie kaute auf einem Stück Trockenfrucht, schluckte es hinunter und spuckte den Kern aus. „Aber ich glaube es."

„Es ist möglich", sagte Aratak, „daß sie überhaupt nicht getötet werden können...daß am Ende das Spiel für uns einfach darin besteht, sie weiter zu bekämpfen, bis die Finstenis uns erlöst. Wenn wir dann noch am Leben sind, haben wir das Spiel gewonnen."

„Nein. Man kann sie töten", sagte Dane. „Erinnert ihr euch an das Fest? *Neunzehn sind heimgegangen zu ihren berühmten Vorfahren*... Es ist nicht leicht, sie zu töten, aber ich wette, daß einer, gegen den wir gekämpft haben, tot ist."

Dallith sagte zögernd: „Als sie uns folgten, hatte ich das Gefühl, daß eine furchtbare Katastrophe abgewendet worden ist – für sie, meine ich. Daß sie irgendwie schreckliche Angst vor *etwas* hatten, das wir ihnen antun könnten."

„Zum Teufel, ich wünschte, ich wüßte, was es ist", sagte Dane mürrisch. „Ich würde es liebend gerne tun." Aber bevor sie weiterreden konnten, stöhnte Rianna leise, öffnete die Augen und versuchte, sich aufzusetzen. Dallith ging schnell zu ihr.

„Beweg dich nicht", sagte sie. „Es wird alles wieder gut. Aber versuche, dich auszuruhen, solange du kannst."

Riannas Stimme klang leise und benommen. „Ich war sicher, daß ihr alle tot sein würdet", sagte sie, „und daß ich allein aufwachen würde mit euren Leichen um mich herum... was ist geschehen? Habt ihr das Ding getötet?"

Gemeinsam gaben sie ihr eine knappe Schilderung des Kampfausgangs. Sie sah sich in den schattenhaften Ruinen um. Die ziegelrote Welt der Jäger ging gerade über ihnen auf.

„Hier bin ich nun in der Stadt", sagte sie. „Ich wollte mehr darüber wissen. Und ich bin überhaupt nicht in der Verfassung, auf Entdeckungsreise zu gehen. Pech!" Vorsichtig bewegte sie ihren Arm und das Bein. „Ich scheine noch einigermaßen intakt zu sein, bin aber halb tot vor Durst. Ich höre Wasser fließen; kann ich etwas zu trinken haben?"

14

Um Mitternacht war nicht daran zu denken, die Stadt zu verlassen, denn Riannas verletztes Bein war geschwollen, so daß es ihr Gewicht nicht tragen konnte. Ihr Gesicht war heiß, und Dane fragte sich, ob sie Fieber bekommen hatte oder ob sich die Wunde durch den unhygienischen Verband infiziert hatte, den sie in Ermangelung von Besserem hatten anlegen müssen. Es gab keinen Weg, das herauszufinden, aber was auch geschehen mochte, sie konnte sich im Moment nicht bewegen. Sie konnten sie vielleicht ein kleines Stückchen tragen, aber ganz sicher nicht den ganzen Weg bis zu einer neutralen Zone. Auch wären sie, wenn sie an den Toren der Stadt angegriffen wurden – und nach dem letzten Abend war anzunehmen, daß dies geschehen würde – nicht imstande, sich gegen einen Angreifer zur Wehr setzen, solange sie die hilflose Rianna beschützen mußten.

„Es sieht ziemlich schlecht aus", sagte Dane zu Aratak, nachdem er sich außer Höhrweite der Frauen begeben hatte – warum, wußte er eigentlich nicht, denn Rianna war zu schwach, um ihn zu beobachten, und Dallith wußte ohnehin, wie er sich fühlte.

Der Saurier nickte zustimmend. Er hatte den getrockneten Schlamm vom Körper abgewaschen und leuchtete wieder im Dunkeln, und Dane war klar, daß dies Jäger anziehen würde, falls welche in der Nähe waren. Nun, in letzterem Fall würden sie wahrscheinlich ohnehin gefunden; es gab keinen Grund, Aratak eine Unbequemlichkeit aufzubürden, wenn vielleicht ihrer aller Leben von seiner Kampfform abhing.

Sie blieben bis zur Dämmerung auf dem offenen Platz nahe bei dem Becken und dem verfallenen Brunnen. Dane schlief nur wenig, drängte aber Aratak, sich niederzulegen und auszuruhen. Obwohl Dallith mit ihm Wache halten wollte, sagte er düster, sie solle sich neben Rianna legen und versuchen, sie warm zu halten. Es war das einzige, was sie jetzt für Rianna tun konnten. Er dachte daran, den Verband aus dem Teil schlammsteifem Stoff, den sie aus Arataks Tunika gemacht hatten, zu wechseln, aber Dallith war dagegen. Sie meinte, man könne ganz sicher sein, daß keine Bakterien oder Pilze, die sich in Arataks Kleidung eingenistet hatten, in Riannas Wunden gelangen konnten, um sie zu infizieren. „Es gibt fast nie Infektionen zwischen verschiedenen biologischen Arten", sagte sie. „Und Aratak ist nicht einmal warmblütig. Schädlinge, die ihm gefährlich werden können, sind wahrscheinlich völlig harmlos in der Blutbahn von Protosimianern, während alles, was wir mit uns herumtragen, ganz leicht von uns auf Rianna übertragen werden könnte."

Während seine Kamaraden schliefen, saß Dane mit dem Rücken zu dem verfallenen Brunnen und schaute zu der seltsamen Welt hinauf, die hoch am Himmel leuchtete und mindestens ein Viertel davon zu bedecken schien. Merkwürdig, merkwürdig zu denken, daß er vor drei Monaten noch friedlich mit der *Seadrift* gesegelt war, allein und auch zufrieden mit diesem Zustand; tatsächlich hätte er auf eine entsprechende Frage antworten müssen, daß er keinem anderen menschlichen Wesen auf der Erde verbunden war. Jetzt befand er sich nicht mehr auf der Erde, aber er war ganz sicher nicht nur mit einer, sondern mit zwei Frauen verbunden, deren Schicksal von seiner Sorge und Unterstützung abhing. Und zum ersten Mal in seinem Leben hatte er einen innig geliebten Freund seines eigenen Geschlechts, und es war kein Mann, sondern ein drei Meter großer Saurier!

Er sah die rote Welt untergehen, als der Himmel schon in der Morgendämmerung aufglühte, und er dachte bei sich, daß der Mond auf der Erde in ein paar Tagen voll sein würde. Und die Monate waren kürzer hier. Aber würden sie noch drei oder vier Tage überstehen können? Sie hatten zur Not genug Nahrung – nach dem letzten hastigen Besuch einer neutralen Zone ein paar Tage zuvor –, um für den Rest der Jagd durchzuhalten. Dane war schon einmal in den Bergen auf der Erde fünf oder sechs Tage lang ohne Essen ausgekommen. Sie hatten auch genug Trinkwasser. Könnte es ihnen irgendwie gelingen, sich in den Ruinen zu verstecken, bis Rianna wieder in der Lage war zu laufen?

Zum Teufel! Ob sie konnten oder nicht, sie mußten.

So ließ er, als der Morgen heraufdämmerte, die Frauen weiterschlafen, bis die Sonne hoch am Himmel stand, da alles ruhig schien. Dann trug Aratak Rianna in eines der größeren Gebäude, und Dallith kümmerte sich um sie. Gegen Sonnenuntergang, wenn die Gefahr eines Angriffs am größten war, konnte Dallith vielleicht auf das Dach klettern und Ausschau halten und jeden Angreifer mit ihrer Schleuder empfangen. Inzwischen würden er und Aratak abwechselnd Wachgänge machen.

Das Gebäude, in das sie Rianna brachten, war groß genug, um ein Amphitheater zu sein, mit langen Säulenreihen, die alle aus seltsamen sonnengetrockneten Ziegelsteinen gebaut waren, und den Überresten von Steinbänken und Plattformen, die in eigenartigen Abständen verstreut waren. Sie alle wiesen merkwürdige scheibenförmige Vertiefungen im Stein auf, und Dane fragte sich, welche unvorstellbare fremdartigen Gestalten sie wohl gebaut hatten. Rianna mochte es wissen, aber sie war nicht in der Verfassung, um gefragt werden zu können. Das brachte seine Gedanken unvermeidlich auf Vermutungen über die Jäger zurück. Doch das führte zu nichts. Obwohl er inzwischen eine verteufelt bedrohliche Lehre gezogen hatte: Ein Jäger konnte in jeder beliebigen Gestalt erscheinen.

Wenn du Zweifel hast, ist es sicherlich ein Jäger. Dann töte ihn.

Das würde ihr Motto sein müssen, wenn sie überleben wollten. Pfeif auf die Moral, vielleicht ein unschuldiges Wild zu töten. Im Laufe des Vormittages schlief Dane etwa eine Stunde, da Dallith berichtete, die Stadt sei ruhig, und es gäbe keine Spuren von fremden Wesen in der Nähe. Er gestattete es sich kaum zu hoffen, sie seien hier in Sicherheit, aber vielleicht war dies ein verbotener Ort für die Jäger, ein unbezeichneter, sicherer Punkt in diesem verrückten Spiel, der für die anderen vielleicht tabu war.

Später ging er hinaus, um einen vorsichtigen Blick von den Mauern hinunterzuwerfen. Wenn sich Jäger der Stadt näherten, konnte er sie vielleicht von hier kommen sehen. Er ließ die Frauen mit Aratak zurück, ging vorsichtig um das Brunnenviereck herum und stieg dann eine lange, breite Straße hinauf, die sich zwischen Ruinen und teilweise eingefallenen Gebäuden entlangwand.

Das merkwürdigste war für Dane, wie *wenig* fremd ihm diese Stadt erschien. Es schien ihm nicht fremdartiger, nicht entfernter als damals, als er durch Stonehenge gelaufen war, oder als die Nacht, die er im Tal der Könige verbracht hatte, bevor es für den großen Damm überflutet wurde. Jene Stätten waren durch die Zeit von ihm entfernt; diese Stadt nur durch den Raum. Aber hier waren unverwechselbar Häuser, und was machte es schon für einen Unterschied, welche Art die Geschöpfe gewesen waren, die sie erbaut hatten? Protosimianer, Protofelinen, Protosaurier – oder welche seltsamen Rassen auch immer – hatten hier gelebt und gelitten und sich gefreut und waren dann gestorben, und nicht nur die menschliche Natur, sondern auch das, was Aratak die Allumfassende Weisheit nannte, änderte sich nie... Dane bemerkte plötzlich, daß er unbewußt die Hand an sein Schwert gelegt hatte. Welches Geräusch, jenseits der Schwelle seines normalen Bewußtseins, hatte seine Aufmerksamkeit erregt? Es war leise, wie von einer Katze, die zwischen Steinen herumstreicht.

Ein dunkler Schatten schoß am Rande seines Gesichtsfeldes vorbei und fiel ihn von hinten an; aber Dane hielt sein Samuraischwert bereit. Er wirbelte herum, schlug zu und sah erst jetzt den zusammenbrechenden, zuckenden Körper eines Mekhar, der, halb in der Mitte gespalten, hinfiel und reglos liegenblieb.

Dane sah ihn mit einem leichten Gefühl von Bedauern an, als er sein Schwert zurücksteckte. *Kein Jäger also. Sie sind nicht so leicht zu töten.*

Aber offensichtlich war etwas hinter dem Mekhar her, und wenn es ihn verfolgte, würde es ihm nichts ausmachen, ein bißchen die Richtung zu wechseln und Dane statt dessen zu töten. Oder vielleicht jagten sie auch Dane und hatten den Mekhar dabei aus seinem Versteck vertrieben.

Oder vielleicht hatte der arme Teufel sogar gedacht, hier sei ein gutes Versteck, und hatte Dane für einen Jäger gehalten? *Aber wenn es hier Jäger gibt, die entweder hinter ihm oder hinter uns herschleichen, sollten wir lieber einen sicheren Platz suchen, um einen guten Stand zu haben. Dieses Gebäude, in dem ich die Frauen zurückgelassen habe, ist nicht sicher.*

Dane drehte sich um und wollte gerade zurückgehen, als er den halb erwarteten schrillen Aufschrei Dalliths hörte.

Er fiel in Laufschritt, sprang in langen Sätzen durch die ziegelgepflasterte Straße, hastete über die zerbrochenen Steine. Das Schwert hatte er wieder gezogen; er eilte vom Ende der Straße auf den Brunnenplatz zu und sah sie. Und am gegenüberliegenden Rand des Brunnens, wo das fließende Wasser noch von der zerbrochenen Einfassung tröpfelte, stand schwankend ein Mann, wie er selbst in eine ziegelrote Tunika gekleidet, und fiel mit blutüberströmten Gesicht zu Boden. Aber Danes erste Sorge galt ihr.

Sie stand mit der leeren Schleuder in der Hand, und auf ihrem Gesicht lag ein Ausdruck blanken Entsetzens; aber als sie Dane sah, stieß sie einen Schrei der Erleichterung aus und warf sich weinend in seine Arme.

„Es war nicht dein Körper...oh, Dane, Dane, ich hatte Angst, ich hätte auch dich getötet..." Er konnte ihre Worte durch ihr wildes, unkontrolliertes Schluchzen kaum verstehen.

„Erzähl es mir, Liebling", drängte er und hielt sie dicht an sich gedrückt. Dann ließ er sie los und fuhr herum, das Schwert wieder in der Hand, und stieß sie heftig von sich, weil er ein plötzliches Geräusch hörte; aber es waren nur Aratak, der mit erhobener Keule müde in den Hof kam, und Rianna, die an seiner Seite hing und sich auf den Speer stützte, den sie dem Spinnenmann abgenommen hatten.

Er wandte seine Aufmerksamkeit wieder Dallith zu, die sich erschrocken an ihn preßte.

Wenn sie anfängt aufzugeben, dachte er, *sind wir sicher alle so gut wie tot. Bis jetzt hat sie nicht geweint, aber nun...* Ihr hysterisches Weinen beruhigte sich endlich ein bißchen, und ihre Schluchzer wurden zu verständlichen Worten. „Ich kam hierher, um Wasser zu holen ... um Riannas Wunden zu waschen. Sie wollte mit mir kommen, aber ich sagte ihr, ich hätte ja meine Schleuder. Wenn es Gefahr gäbe, könnte ich besser damit fertig werden als sie. Ich kam zu dem Platz hier am Brunnen, blickte auf und sah *dich*, Dane. Nur eine Minute, natürlich, dann wußte ich, daß du es nicht *warst* – es war dasselbe *Wesen*, das den Klippenkletterer getötet hat. Und dieser Jäger hatte vor, mit mir dasselbe zu tun. Nur ... nur hatte ich keine Angst. *Ich spürte dasselbe Gefühl wie er!* Verstehst du? Er stand da, versuchte, mich wegzulocken und zu töten, und ich überlegte mir, wie ich ihm eine Falle stellen könnte! Oh, ich fühlte mich so schlau...und so grausam!" Sie schauderte in der Erinnerung daran. „Ich winkte und lächelte, als würde ich wirklich glauben, du seist es, und die ganze Zeit drehte ich mich halb um, so daß ich meine Schleuder unbemerkt laden konnte. Und ich gab ihm ein Zeichen, näher zu kommen, und wartete, während er den Platz überquerte. Ich lächelte ihn süß an...und dann, als ich ihn genau dort hatte, wo ich ihn haben wollte, als ich einen absolut sicheren Teffer landen konnte, gab ich es ihm genau zwischen die Augen!" Der Ausdruck von Entsetzen auf ihrem Gesicht vertiefte sich. „Er sah die Schleuder natürlich in der letzten Sekunde, als es zu spät war. Und das war das Schlimmste daran. *Ich wollte, daß er sie sieht!* Ich wollte ihn wissen lassen, daß ich ihn an Schlauheit übertroffen hatte, gerissener und hinterhältiger als er war... Er sollte wissen, daß ich gewonnen hatte. Ich war stolz darauf!" Sie lehnte sich an Dane und weinte heftiger denn je. „Oh, Dane ich *mag* diese Leute nicht; ich will nie wieder Teil von so etwas sein, nie wieder so denken und fühlen. Es ist nicht nur, daß sie mich töten wollen. Das kann ich aushalten. Die Mekhar waren wild und grausam, aber es war ... oh, wie kann ich das ausdrücken...es war anständig – verglichen hiermit! Cliff – ich habe ihn wirklich gemocht am Schluß; er kämpfte immer so ehrlich und aufrichtig. Er hätte niemals etwas Ähnliches getan...er hätte es feige und ehrlos genannt..." Noch einmal erstickte Schluchzen ihre Worte. Durch ihr Weinen hindurch hörte Dane Arataks Stimme.

„Dane", sagte der große Echsenmann ruhig, „wenn du kannst, wenn sie dich läßt, dann komm für eine Minute hierher. Hier drüben ist etwas, was du sehen solltest – und was Dallith auf keinen Fall sehen sollte." Und Dane hörte deutlich das Geräusch von reißendem Stoff.

Dalliths Schluchzen hatte nachgelassen, und es war klar, daß sie gehört hatte, was Aratak gesagt hatte. Ihre Stimme klang leise und erstickt. „Nachdem das ... das Ding tot war, war alles vorbei", sagte sie. „Ich fühlte mich nicht mehr so wie vorher. Das war der Augenblick, als ich schrie. Weil ich fürchtete, daß irgendein...ein körperloses Ding in *deinen* Körper geschlüpft war, deinen Geist übernommen hatte, und ich *dich* tötete, als ich *es* umbrachte ... ich wäre gestorben, wenn das passiert wäre." Und Dane wußte, daß sie buchstäblich die Wahrheit sprach.

„Komm, ich werde mich um sie kümmern, Dane", sagte Rianna freundlich, und löste Dalliths Arme von seinem Nacken. Dallith kam etwas zu sich und erwiderte: „Es ist schon in Ordnung, Rianna ... ich sollte mich um *dich* kümmern..." Aber sie ließ zu, daß Rianna sie festhielt. Dane ließ sie los und ging zu der Stelle, wo Aratak ihn erwartete. Der Saurier schaute, auf seine Keule gelehnt, auf den toten Jäger hinunter.

Das Ding hatte die Gestalt eines Mannes gehabt. Danes eigene Gestalt. Aber jetzt, als er auf das, was da unter der Tunika, die Aratak aufgerissen hatte, auf den Pflastersteinen lag, hinuntersah, entdeckte Dane in einem einzigen Moment des Erstaunens und Begreifens das Geheimnis der Jäger.

Das Ding, welches da auf dem Pflaster lag, war annähernd kugelförmig. Nur kleine, schrumpfende Ausbuchtungen, Tentakeln ähnlich, zeigten, wo es Arme und Beine gehabt hatte, die nun nicht einmal mehr entfernt menschlich waren. Der Kopf war rund, eingebettet in einen gewölbten Schädelknochen, den Dalliths Schleuderstein aufgebrochen hatte, und das Entsetzliche war, daß Danes Haar und seine Gesichtszüge immer noch wie eine dünne Haut über der Vorderseite des grauen, zerfließenden Gehirns lagen. Als er es beobachtete, wurden die Züge flacher und glätteten sich, und übrig blieb nur der runde, zerschmetterte Schädel mit seltsamen flachen, schwarzen Augenhöhlen, die leblos in den Himmel starrten. Eine pulsierende Kugel fast transparenten Fleisches, die große Blutgefäße und eigenartig gefärbte Organe umschloß, gerade noch sichtbar durch die dünne Haut, die das Ding umgab, war durch einen dünnen Stengel mit dem Kopf und dem gebrochenen Schädel verbunden. Dane pfiff leise. Aratak hatte die Tunika offensichtlich aufgerissen, um zu beobachten, wie der tote Jäger sich in das verwandelte, was seine ursprüngliche Form gewesen sein mußte.

Sie benutzten also keine Hypnose. Sie erwachten nicht wieder zum Leben, nachdem sie getötet worden waren, und sie beseelten nicht die Körper ihrer gefallenen Feinde zu neuem Leben. Mit diesen Organen mußten sie schwer zu töten sein, aber wenn sie einmal richtig getroffen waren, dann waren sie auch tot. Aber wenn man nicht die tödliche Stelle traf – das Gehirn, das große, pulsierende innere System, das auch Herz und Lunge der Kreatur sein mußte –, wenn man nur die Organe traf, die sich unter dem transparenten Fleisch abhoben, dann konnte das *Ding* einfach seine ursprüngliche Form wieder herstellen.

Er hätte es wissen müssen. Das Ding war mit einem abgetrennten Arm weggerannt und dann mit einer aufgerissenen Kehle. Das Spinnenwesen konnte mit abgeschnittenen Beinen fertig werden, aber als Dallith seinen Kopf traf, war es tot, und nur die Ankunft der anderen Jäger hatte sie daran gehindert, zu sehen, wie sich sein Körper wie dieser hier veränderte.

Dann hatten sie also einen Jäger schwer verletzt und mindestens zwei getötet. Und die Tatsache, daß sie nun die verwundbare Stelle der Kreaturen kannten, bedeutete, daß sie eine gute Chance hatten, mehr von ihnen umzubringen. Und dennoch – *der Jäger wird von niemandem gesehen, außer von dem Wild, das er tötet*. Es waren also keine Gerüchte durchgedrungen, daß die Jäger ihre Gestalt veränderten. Vielleicht waren die einzigen Überlebenden der meisten Jagden diejenigen, die nie auf wirkliche Jäger getroffen waren, sondern sich versteckt gehalten oder nur andere Beutetiere getötet hatten.

Und würden die Jäger sie am Leben lassen, um diese Geschichte weiterzutragen?

O Gott. Angenommen, sie hatten ein Gruppenbewußtsein wie die Diener? Sie hatten die Diener programmiert; vielleicht hatten sie kein Gefühl für Individualität? Was einer wußte, wußten vielleicht alle, und in diesem Fall, wenn einer von ihnen herausfand, daß sie ihre wahre Gestalt kannten ... *Wir werden die Hauptzielscheibe für jeden Jäger auf dem Roten Mond sein,* dachte Dane.

Er sagte etwas in dieser Art zu Aratak, aber der große Echsenmann meinte nur: „Warum sollten wir uns künstlich Sorgen machen? Wir wissen nicht, ob sie ein Gruppenbewußtsein haben. Und wenn sie es hätten, wie könnten sie dann so eine wildes, individuelles Gefühl des Triumpfes in der Jagd entwickeln? Denk daran, was Dallith dir erzählt hat." Das stimmte, aber Dane war nicht überzeugt, Wespen und Bienen konnten individuell stechen, obwohl es genügend Beweise dafür gab, daß ihr Bewußtsein das einer Gruppe war.

Aber Wespen und Bienen waren nicht intelligent. Aratak schien zu glauben, daß Intelligenz von einem Gefühl für Individualität abhängig war, und wer konnte sagen, daß er unrecht hatte? Und die Jäger waren ganz bestimmt intelligent. *Aratak hat recht. Warum sich künstlich Sorgen machen? Wir haben genügend Probleme, mit denen wir zurechtkommen müssen.*

„Rianna, kannst du laufen? Wir müssen aus der Stadt heraus, bevor sie uns alle auf einmal überfallen. Wenn sie wissen, daß wir hier sind – und ich bin sicher, sie wissen es, wie hätten sie sonst Danes Form annehmen können? –, wird das hier zu einer Falle!"

Rianna entgegnete: „Ich kann alles tun, was sein muß." Ihr Gesicht war blaß, aber sie sah entschlossen aus.

Es gab nicht viel zu tragen, nur die Waffen und ein kleiner Rest Essen. Aratak sagte: „Wir sollten heute nacht eine neutrale Zone erreichen und unsere Vorräte auffüllen."

Dane meinte nur: „Na ja, wir werden sehen." Er befestigte seinen Umhang über den Schultern. „Ich traue den Dienern nicht so recht – und sie *haben* ein Gruppenbewußtsein, so daß alles, was ein Diener weiß, der ganzen Bande bekannt ist. Und wer weiß? Vielleicht erzählen sie den Jägern, wo ihr Wild sich befindet?"

„Würde das in ihre Vorstellung von Ehre passen?" fragte Rianna. „Woher, zum Teufel, soll ich das wissen?" schrie Dane, und sie schwieg erschrocken. „Laßt uns endlich gehen!"

Schweigend gingen sie auf die Tore zu. Dane sagte kurz: „Dallith, halte Ausschau. Du hast die Psychogabe. Sag uns, wenn diese *Dinger* sich nähern."

Sie wirbelte zu ihm herum, ihr Gesicht war angespannt und rebellisch. „Nein!" erwiderte sie rauh. „Ich will nicht. Ich kann nicht. Ich kann es nicht ertragen! Ich kann es nicht ertragen, mit diesen ... diesen Dingern in *Berührung* zu kommen."

Dane spürte ihre Angst, aber er wagte es nicht, sich Mitleid mit dem Mädchen zuzugestehen, sonst würde er sich zerreißen. Er ging ärgerlich auf sie zu und sah zu ihr hinunter, sein Gesicht war hart wie Stein.

„Du willst doch leben, oder nicht?" Ihre Stimme klang traurig und monoton. „Eigentlich nicht. Aber ich will, daß *du* lebst – ihr alle. In Ordnung, Dane; ich werde tun, was ich kann. Aber wenn ich ihnen zu nahe komme, wenn ich ein *Teil* von ihnen werde, könnte ich euch... nicht von ihnen fort, sondern *in sie hinein* führen."

Danes Gesicht verzerrte sich krampfhaft. Er hatte nie an diese Möglichkeit gedacht...daß Dallith nicht nur die Angst der Gejagten übernehmen konnte, sondern auch die Verschlagenheit der Jäger. Er berührte sanft ihre Schulter. „Tu, was das beste ist", sagte er. „Aber versuche, uns ein paar Sekunden bevor wir angegriffen werden, zu warnen." Er wandte sich ab, ohne sie noch einmal zu berühren. Er wagte es nicht. „Laßt uns gehen", sagte er und schritt ungefähr in Richtung der Stadttore davon.

Sie mußten noch einmal den Brunnenplatz überqueren, und Dane spürte eine Gänsehaut. Er wußte, er *wußte*, jemand beobachtete sie ... Der Angriff kam plötzlich und so unorganisiert, daß sich

Dane bis zum Tage seines Todes an nichts anderes erinnern konnte als an dunkle Gestalten – drei oder vier davon –, die plötzlich alle um sie herum waren. Dallith schrie wild auf. Rianna taumelte zurück, stützte sich dabei auf ihren Speer und zog mit dem gesunden Arm ihr Messer heraus. Arataks riesige Keule krachte herunter. Dane schlug mit seinem Schwert zu. Er zielte auf den Bauch eines Wesens, das der Bluthund von Baskerville hätte sein können. Es heulte, spuckte Blut und stürzte nieder. Dallith hob hastig Riannas heruntergefallenen Speer auf und stieß ihn jemandem durch die Brust. Er sah Rianna in die Dunkelheit eines Gebäudes fliehen. An einem Punkt des Kampfes lag Dane auf dem Boden und schlug nach etwas, was zwischen ihm und dem Licht stand.

Dann lagen überall tote, sich auflösende Gestalten auf dem Boden verstreut, in Stücke geschlagen, und die Jäger waren verschwunden.

Und ebenso Rianna.

15

Sie durchsuchten die ganze Ruinenstadt nach ihr, bis die Dunkelheit hereinbrach. Sie ließen alle Vorsicht außer acht, riefen ihren Namen laut und schrien nach ihr, durchsuchten die näherliegenden Gebäude und fanden nur verschüttete Wege und Sackgassen, aber keine Spur von Rianna. Die Sonne ging unter. Dane erinnerte sich vage, daß sie die Absicht gehabt hatten, jetzt in einer neutralen Zone zu sein, aber es schien keine Rolle zu spielen. Sie aßen während der Suche den Rest ihrer Verpflegung auf und ruhten sich vor Mondaufgang ein paar Stunden aus, aber Dane konnte nicht schlafen, und seine Gedanken waren bitter.

Er hatte gehofft, seine ganze Gruppe lebend durchbringen zu können. *Ich habe Cliff verloren und jetzt Rianna.* Dallith lag dicht bei ihm und hielt ihn umfangen. Sie weinte auch, und Dane wußte, daß sie seine eigenen verzweifelten Sorgen und das Gefühl des Verlustes mit ihm teilte, als seien es ihre eigenen. Dane klammerte sich an das Wissen, daß sie Riannas Körper nicht gefunden hatten und auch nicht einen einzigen Tropfen Blut. *Aber wohin kann sie gehen, verwundet, allein, ohne Nahrung oder Wasser, wahrscheinlich sterbend? Vielleicht stirbt sie irgendwo allein, während wir hier liegen und warten,* dachte er. Da er nicht schlafen konnte, stand er schließlich auf, sobald Dallith und Aratak sich ein wenig ausgeruht hatten, und sie durchsuchten bei Mondlicht die Ruinen.

Das wäre eine günstige Zeit für sie, uns zu überfallen. Wen kümmert es?

Als die Sonne aufging und die Ruinen mit hellem Licht überströmte, bat Aratak ihn endlich einzuhalten. „Dane, mein lieber, mein sehr lieber Freund", sagte er freundlich, „wir können nicht jedes alte Gebäude dieser Stadt durchsuchen. Wenn sie uns hören könnte, hätte sie uns geantwortet. Wenn sie sich bewegen könnte, wäre sie zu uns zurückgekommen. Dallith sagt, sie spürt nirgends Riannas Anwesenheit. Ich fürchte, mein lieber Freund, wir müssen uns dem Unvermeidlichen beugen. Rianna ist tot, und die Toten sind jenseits unseres Mitleids und unserer Hilfe. Wir müssen unsere Kraft jetzt für uns selbst bewahren."

„Ich kann nicht so aufgeben", sagte Dane verzweifelt. „Wir sollten alle leben oder alle zusammen sterben!" Dallith war in Tränen aufgelöst. Aratak kam auf sie zu und umarmte sie beide, je ein riesiger Arm um ihre Schultern gelegt, als seien sie zwei kleine Kinder, die sich an einem Erwachsenen festhielten. Er sagte in seiner tiefsten Stimme: „Glaubt mir, ich teile euren Kummer. Aber würde Rianna wollen, daß ihr sterbt?"

„Nein", sagte Dallith und trocknete die Tränen mit einem Zipfel ihres Umhangs. „Rianna würde sagen, ich solle leben und mich um euch beide kümmern. Es tut mir leid, Aratak. Wir werden gehen." Dane nahm grimmig alle seine Kraft zusammen. Rianna war tot – vielleicht. Aber Dallith lebte, und sie brauchte immer noch seinen Schutz. „Laßt uns nicht über den Brunnenplatz zurückgehen", sagte er. „Laßt uns an irgendeiner anderen Stelle durch die verfallene Mauer schlüpfen." „Das bedeutet, daß wir die hohe Klippe hinunterklettern müssen..." wandte Aratak ein.

„Um so besser", entgegnete Dane. „Sie ist zu steil, als daß uns jemand unbemerkt überfallen kann. Wenn sie sich uns von unten nähern, können wir den Hang halten. Wenn sie von oben auf uns zukommen, können wir sie hinunterstoßen."

Aber weder Angriff noch Verteidigung erwiesen sich als notwendig. Die Sonne schien leuchtend über den eingefallenen Mauern, den verlassenen Gebäuden und dem Hang unterhalb der Stadt, aber außer ihnen selbst bewegten sich dort keine lebendigen Wesen.

Wir müssen vier von ihnen getötet haben letzte Nacht. Ich möchte wissen, wie viele Beutetiere jemals sechs Jäger auf einen Schlag erledigt haben, dachte Dane.

Es ist kein Preis für Rianna. Aber es ist besser als nichts.

Bei der letzten Jagd gab es siebenundvierzig Jäger und achtzig oder neunzig Gejagte. Und neunzehn Jäger wurden getötet, ein Beutetier überlebte.

Wir sind gar nicht so schlecht. Aber sie sagten, es sei zur Zeit schwer, gefährliche Wesen zu bekommen. Ich vermute, wir sind ihnen ihr Geld wert.

Dane fiel ein, daß in einer Zeit der Allumfassenden Weisheit und allem, was dazu gehörte, ein Barbar von einer Welt mit einer kriegerischen Geschichte eine bessere Chance hatte. Die Jäger wollten vielleicht einen fairen Kampf und kein bloßes Abschlachten. Aber eine Rasse, die buchstäblich jede Gestalt annehmen konnte ... Ja, es würde schwer sein, Wild zu finden, das verwegen genug war, um ihnen einen guten Kampf zu liefern...Vielleicht hatte es ein paar hundert Jahre früher mehr Kämpfer in der Galaxis gegeben. Nun schien es außer den Mekhar und den Spinnenmännern kaum Wesen zu geben, die ausdauernd und mutig kämpfen konnten. Ohne seine Hilfe wären Dallith und Rianna wahrscheinlich als erste getötet worden. Dane hatte ihre Verteidigung organisiert. Zum Teufel – ohne seine Hilfe wären die anderen vielleicht alle friedlich zum Sklavenmarkt von Gorbahl gebracht worden ... und Dallith wäre in Ruhe gestorben.

Vielleicht wäre das besser gewesen. Für uns alle.

Aber was geschehen ist, ist geschehen.

Am Fuße des hohen Berges, wo Felsbrocken wie gewaltige herabgefallene Köpfe von Riesen verstreut lagen, gab Dane das Zeichen für besondere Vorsicht; dies war ein zu günstiger Ort für einen Angriff. Er warf einen schnellen Blick über die Schulter und sah die Stadt ein letztes Mal lange an. Rianna hatte sie erforschen wollen; nun würde sie dort für immer ruhen.

Am Rande seines Gesichtsfeldes fiel ihm eine einsame Figur ins Auge; klein, schmal, stark, von einer Wolke gelockten, roten Haares gekrönt. Danes Kummer und Verzweiflung explodierten in wilder Wut, und er rannte vorwärts und riß sein Schwert heraus, bereit, den Jäger zu überrennen, das falsche Ding, das Riannas Gestalt angenommen hatte, wie einer von ihnen seine eigene vor Dallith angenommen hatte. Er rannte los, das Schwert schwingend, bis Dalliths Schrei ihn erreichte.

„Dane! Nein, nein, nein, es ist Rianna, es ist Rianna, es ist *wirklich* Rianna..." Der Schwung trieb Dane weiter, so daß er sich nur noch im letzten Augenblick keuchend zur Seite werfen konnte. Er senkte das Schwert, drehte sich um und sah Rianna mit argwöhnischem, mißtrauischem Erstaunen an.

„Ich bin es wirklich", sagte Rianna heiser. „Renn mich nicht über den Haufen, Dane."

Jetzt glaubte er ihr. Noch niemals hatte er einen Jäger einen anderen Laut ausstoßen hören als das charakteristische klagende Heulen, wenn sie verwundet wurden. Dallith kam herbeigerannt und schlang die Arme um das andere Mädchen.

„Ich dachte, wir hätten dich für immer verloren", sagte sie zitternd, und Rianna erwiderte: „Das dachte ich auch. Ich war sicher, daß ihr um Mitternacht längst fort wäret; ich hatte nur noch die Hoffnung, euch in einer der neutralen Zonen zu finden. Was ist geschehen? Was ist geschehen?" Dane zog sie überrascht und erleichtert dicht an sich. *Zu schön, um wahr zu sein, zu schön... Aber stelle keine Fragen, akzeptiere es, dieses wunderbare Geschenk des Glückes.* Es war wirklich Rianna, wider alle Hoffnung zu ihnen zurückgekehrt.

„Ich werde es euch erzählen, aber laßt uns weitergehen", sagte sie ernst. „Ich denke, daß wahrscheinlich nicht viele Jäger hier in der Gegend sind. Es ist etwas sehr Seltsames an diesem Ort..."

Sie blieben dicht beieinander, als sie die felsenübersäte Ebene überquerten und durch den Spalt schlüpften, hinter dem sie mit dem Spinnenmann gekämpft hatten. Dallith hielt wachsam Ausschau nach hinten, aber keiner von ihnen wollte Rianna weit von sich fort lassen. „Ich rannte in das Gebäude", erzählte sie. „Ich hörte einen von ihnen hinter mir – das dachte ich jedenfalls. Ich versuchte, mich umzudrehen und die Stellung zu halten, aber ich konnte nichts sehen; ich hatte das Tageslicht hinter mir gelassen. Ich lief im Dunkeln weiter und versuchte, den Weg hinaus zu finden, verlor mich aber immer mehr in der Dunkelheit, und dann kamen sie."

„*Sie* kamen? Wer sind *sie*?"

„Ich weiß es nicht. Ich habe sie nie deutlich gesehen", erwiderte sie, und in ihrem Gesicht und ihrer Stimme lag Erstaunen. „Es konnten keine Jäger sein. Zuerst – ich habe euch erzählt, daß ich nichtverbale Kommunikationstechniken für Leute ohne Übersetzungsplatte gelernt habe – machten sie mir klar, daß sie es gut mit mir meinten. Sie gaben mir zu essen ... es war nicht wohlschmeckend, eine Art Pilze, aber offensichtlich wußten sie, daß ich es ohne Gefahr essen konnte. Und sie verbanden meine Wunden neu, säuberten sie und richteten meinen Ellenbogen; er war nicht gebrochen, nur ausgerenkt. Seht her." Sie zeigte ihnen ihren Arm, der sorgsam in eine Schlinge aus dunkelrotem Stoff gelegt war, ganz anders als das ziegelfarbene Material der Tuniken. „Selbst wenn es heller wurde, war es nur halbdunkel. Unter der Stadt existieren Meilen um Meilen von Höhlen und Tunnels. Es gibt nicht viele von ihnen...von den Leuten, meine ich; es müssen die ehemaligen Bewohner der Stadt sein. Aber ich vermute, daß dies der Grund ist, warum so viele die Jagd überleben. Anscheinend ist es für diese Wesen nichts Neues, den Gejagten zu helfen."

Sie schwieg und zerbrach sich den Kopf darüber. Schließlich sagte sie: „Am Morgen führten sie mich herab durch die Höhlen und zeigten mir einen Eingang – einen Ausgang, müßte ich besser sagen – am Fuße der Klippe unterhalb der Stadt. Aber ich konnte keinen einzigen Blick auf sie werfen."

Sie gingen eine Zeitlang schweigend weiter. Jeder von ihnen dachte über diesen neuen Faktor in der Jagd nach. Wenn es nur einen Weg gab herauszufinden, was sie tun konnten...aber wahrscheinlich hatten die Jäger schon vor Jahrhunderten fast das Ziel erreicht, sie auszurotten... Aratak sagte ruhig: „Auf dem Satelliten meines eigenen Planeten – dem Zwilling unserer Welt, so wie dies der Zwilling der Welt der Jäger ist – hatten wir eine ähnliche Zivilisation, und sie waren nahe daran, uns auszulöschen. Aber am Ende hatten sie genug von unserer Philosophie gelernt, daß ihnen klar wurde, daß eine Hand nicht ohne die andere klatschen kann, und jetzt sind sie unsere Brüder. Dies hier zeigt mir wieder, was aus unserer Welt hätte werden können..." Sie verließen die steinige Ebene und begannen wieder das hügelige Land zu durchqueren, das von Strömen und Unterholz durchschnitten war. Dane schätzte, daß die nächste neutrale Zone jetzt ungefähr sechs Meilen entfernt war. Wenn sie nicht durch Kämpfe aufgehalten wurden, konnten sie sie vor der Dämmerung erreichen. Da die Jäger gerne gegen Sonnenuntergang angriffen, war anzunehmen, daß sie einen Vorteil daraus schlugen und hier auf das Wild warteten, das sich ausruhen oder erfrischen wollte – aber das war eine Möglichkeit, mit der sie rechnen mußten. Vielleicht konnten sie ihnen wieder bis Sonnenuntergang standhalten. Wann, wann, *wann* kam diese verdammte Finsternis? Dane versuchte zu schätzen, wie viele Tage sie schon hier waren, aber er stellte fest, daß er unwiderruflich das Zeitgefühl verloren hatte. Er versuchte immer wieder, Tage und Nächte zusammenzuzählen, kam aber immer zu verschiedenen Ergebnissen.

Laß mal sehen...war das die Nacht, als wir in der neutralen Zone schliefen? Passierte das, bevor wir Cliff verloren oder danach? War es am siebenten oder am neunten Tag, als wir gegen den Spinnenmann kämpften.

Es ist fast Nachmittag, und die Welt der Jäger ist noch nicht am Himmel erschienen. Das heißt, daß sie bald voll sichtbar ist, und wenn sie voll ist, kommt die Finsternis; sie ist nah, aber, lieber Gott, wie nah? Die Finsternis könnte morgen nacht kommen oder sogar heute nacht – wenn es so ist, könnten wir...könnten wir es gerade noch schaffen...Ist es heute nacht? Und wieder fing das unvermeidliche Zählen an. *Die erste Nacht? Als wir hier schliefen und die Jagd in der Morgendämmerung begann und Dallith und ich zusammen waren. Dann verbrachten wir eine, oder waren es zwei Nächte in der Stadt... Die Nacht, als wir den Strom durchwateten...*

Es hatte keinen Sinn. Sein Gehirn, das durch Müdigkeit, Anstrengung und Gefühlsbewegungen halb betäubt war, weigerte sich vollkommen, sich auf eine Zeit einzustellen. *Die Jagd war alles, was es gab, und er konnte sie an überhaupt keine Zeit binden.*

Die letzte Meile ist immer die Schwerste! An Bord der *Seadrift* war das härteste Stadium der Reise immer der Zeitpunkt gewesen, wenn tatsächlich Land in Sicht kam.

Dallith berührte ihn am Arm. Sie sagte mit leiser Stimme: „Jäger. Entlang diese Anhöhe und dahinter...im Unterholz."

Verdammt, dachte Dane, *diesen Weg wollte ich nehmen.* Er nickte mit zusammengepreßten Lippen und sagte: „Gut. Bleib nicht länger in Kontakt als notwendig." Er bedeutete Aratak, die Richtung zu wechseln. Es würde ein langer Umweg sein, aber sie konnten die neutrale Zone immer noch bei Einbruch der Nacht erreichen. *Noch besser, direkt danach. Ich würde uns nicht gerne den Weg freikämpfen müssen.*

Nach einer Weile nickte Dallith zustimmend, und Dane entspannte sich ein bißchen, denn er wußte, daß sie zumindest für den Moment außer Reichweite waren.

Gott, wann ist diese verdammte Finsternis?

Rianna konnte jetzt wieder besser gehen. Anscheinend hatten Nahrung und Ruhe und die Pflege ihrer Wunden ihr sehr gut getan. *Ich wünschte nur, Dallith würde auch so gut aussehen, armes Kind!* Riannas Arm hing immer noch in der Schlinge, aber es war nicht ihr Kampfarm.

Das neutrale Gebiet kann nicht viel weiter als ein paar Meilen hinter diesem Grat sein...

„Jäger", flüsterte Dallith zitternd. „Sie jagen uns. O Dane, Dane sie haben ein *Bild* von uns...ich habe es *gesehen*..."

„Ruhig. Ruhig." Er legte seinen freien Arm um sie. „Zieh dich zurück, so schnell du kannst. Hier. Halt dich an mir fest, wenn du willst. Diesen Weg hinunter..."

Rianna sagte leise: „Ich glaube, sie wollen uns zusammentreiben, Dane. Sie versuchen, uns in der Bergsenke einzukesseln. Schau her..." Sie zeichnete rasch ein Diagramm mit der Speerspitze. „Berge zur Rechten, Berge zur Linken. Die neutrale Zone hier unten Richtung Sonne, aber sie treiben uns davon weg."

Dane dachte eine Minute darüber nach. Inzwischen mußten die Jäger sicher wissen, daß sie in einer Gruppe herumzogen, und früher oder später würden sie sich ganz bestimmt zusammenschließen und sie gemeinsam angreifen. „Wir werden ihnen aus dem Weg gehen, so lange wir können", sagte er. „Aber wenn wir uns eine Stellung suchen müssen, ist es besser, das vor Sonnenutnergang als nach Mitternacht zu tun. Ich bin nicht scharf darauf, im Dunkeln mit diesen Bestien zu kämpfen — nicht einmal im Mondenschein."

„Das Göttliche Ei hat es uns gesagt: Es ist gut, seinen Feind bei Tageslicht zu sehen", sagte Aratak.

Dane meinte mißmutig: „Ich wette, du wirst das Göttliche Ei noch auf deinem Totenbett zitieren."

„Wenn ich so glücklich bin, eines zu haben, welchen besseren Ort könnte es dafür geben?" erwiderte Aratak. Und das war so unbestreitbar wahr, daß Dane nur sagte: „Laßt uns nach einem Platz Ausschau halten, an dem wir in Stellung gehen können."

Während die Jäger sie vor sich hertrieben, überrollten sie ein oder zwei andere Beutetiere. Einmal sah Dane in weiter Entfernung eine fliehende Gestalt. Eine andere, unbeschreiblich merkwürdige Gestalt verfolgte sie; ein entferntes Triumph- oder Wutgeheul, das Klirren von Schwertern, als sich die Wesen einander zuwandten. Eins wurde getötet und blieb reglos liegen, und da der Überlebende nicht floh, sondern sich ruhig wieder im Unterholz versteckte, schloß Dane, daß ein weiterer Jäger seine Tagesbeute erlegt hatte.

„Dallith, kannst du sagen, ob sie uns noch folgen?"

Sie nickte wortlos. Er dachte: *Wenn sie auf uns treffen, ist sie erschöpft.* Und er fällte schließlich eine Entscheidung.

Sie kamen endlich aus den mit Gestrüpp bewachsenen Hügeln, durch die sie den ganzen Tag gezogen waren, in die Talsohle. Zu ihrer Linken floß ein tiefer Strom und vielleicht aber auch ein seichter Fluß; darüber ragte eine dunkle Klippe, die mit Höhlen durchzogen war.

„Wir wollen nicht zwischen der Klippe und dem Strom eingeschlossen werden", sagte Dane. „Laßt uns den Strom überqueren, bevor er tiefer wird, und uns dann ins Unterholz schlagen. Die neutrale Zone liegt auf diesem Weg. Wenn wir sie uns vom Halse halten können, bis es dunkel wird..." Rianna hielt ihn zurück und deutete hinüber. Auf der anderen Seite des Stromes stand eine hohe Gestalt. Danes erste Reaktion war: „Ist das ein Bär oder ein Russe oder was?" Rianna, sachlich wie immer, antwortete: „Es ist ein Jäger...in protoursiner Gestalt – er hat wahrscheinlich den Protoursinen getötet, den wir im Raumschiff gesehen haben." Dane zog sein Schwert. Dallith fragte widerstrebend: „Warum greift er nicht an?" Sie hatte ihre Schleuder bereit, aber der Jäger war außer Reichweite. „Er will nur nicht, daß wir den Srom überqueren..." Dane sagte grimmig: „Vielleicht hat er schon seinen eigenen Kampfplatz gewählt. Oder vielleicht wartet er auf Verstärkung." Er dachte: *Wenn das Ende so nahe bevorsteht, wie ich glaube, ist vielleicht kein anderes Wild mehr am Leben* – und sie sind alle frei, sich auf uns zu konzentrieren. *Ein Überlebender das letzte Mal...Ein Überlebender das Letzte Mal,* hämmerte es in seinem Kopf. *Hauptzielscheiben, das sind wir. Ein guter Sport.*

Dane blickte sich um. Zur Linken floß der Strom; in ihrem Rücken bot die Klippe Schutz durch den Überhang, und rechter Hand lag ein flacher, harter und steiniger Platz. Danes krisenerprobtes Gehirn dachte: *Raum zum Kämpfen.*

„Wir werden hier warten", sagte er. „Wir sind alle müde von dem Gewaltmarsch. Wenn sie uns weiterhetzen, spielen wir ihnen genau in die Hände – erst uns ermüden, dann ein Angriff. Wenn wir hierbleiben, bis seine Verstärkung ankommt, können wir uns ein bißchen ausruhen."

Rianna widersprach: „Ich habe ein ungutes Gefühl. Wir sind eingeschlossen." „Wir könnten enger eingekreist sein", sagte Dane, „wenn wir zulassen würden, daß er uns in seine eigenen bevorzugten Jagdgründe treibt." Ihm gefiel die Art nicht, wie der Jäger sie beobachtete. Dane bekam eine Gänsehaut. *Begutachtet er mich für einen Platz an seiner Wand? Hegt er einen Groll? Ist es vielleicht der eine, den ich schon früher zweimal in Gestalt eines Mekhar bekämpft und verjagt habe?* Es bedurfte nicht Dalliths halb unbewußten zustimmenden Nickens, um zu wissen, daß er recht hatte: Dies mußte der Anführer der Jäger sein, wenn es einen Anführer gab.

Zumindest konnten sie, während sie hier warteten, wieder Atem schöpfen. Dane merkte, daß er eine gute Mahlzeit vertragen konnte, aber statt dessen kniete er am Ufer des Stroms und schöpfte Wasser, um zu trinken. Seine Haut prickelte, als würde er einen Schlag oder einen Pfeil erwarten, aber nichts geschah, und er dachte: *Vielleicht benutzen sie keine Pfeile und Bogen. Vielleicht lieben sie das Gefühl, wenn die Klinge ins Fleisch stößt?* Das Wasser schmeckte kühl und erstaunlich gut.

Heute abend, wenn ich zur neutralen Zone komme, werde ich den guten Diener um ein Steak bitten und sehen, was er dazu sagt.

Er wiederholte das, an Rianna gewandt, und sie lächelte schwach. „Ich habe auch gerade daran gedacht. Dieses Siegermahl, wenn wir so weit kommen, wird uns verdammt gut schmecken."

Dallith rang nervös die Hände. „Warum greifen sie nicht an? Er will angreifen, er will..." Aratak legte seine riesige Pranke auf ihre Schulter. „Ruhig, mein Liebes, ruhig. Jede Minute, in der sie nicht angreifen, ist eine Minute, in der wir unsere Kräfte sammeln können. Ich bitte dich, ruh dich aus, soviel du kannst."

„Ich glaube, das mache ich auch", meinte Rianna mit leiser Stimme. „Mein Bein könnte es gebrauchen." Sie setzte sich nieder, hielt aber vorsorglich den Speer in der Hand.

Dane sah sich ihr verbundenes Bein an, aber es schien nicht allzusehr geschwollen zu sein, und sie hatte keine Anzeichen von Fieber. *Bald wird alles vorbei sein, und wir können uns ausruhen. Ich frage mich, ob sie die Absicht haben, uns als letzten Leckerbissen vor der Verfinsterung zu erledigen?*

Wir können ihnen sicher nicht standhalten. Es ist die Hoffnung, die weh tut.

Er ruhte zwischen Dallith und Rianna, das Schwert in der Hand und wachsam, aber sein Körper war entspannt. *Was immer jetzt passiert, ich habe sie beide geliebt.* Sein Verstand bestand darauf, hinter seinem Rücken darüber zu grinsen. *Typisch protosimianisch, jetzt daran zu denken.* Noch einmal verfügte sein Verstand über das geätzte und durch Müdigkeit geschärfte Bewußtsein von

Realität, das er am ersten Morgen der Jagd gehabt hatte. Er dachte: *Welcher Zeitpunkt könnte besser sein?*

Ich dachte mein ganzes Leben lang, ich sei auf der Suche nach Abenteuern, und jetzt, am Rande des Todes, habe ich herausgefunden, was ich wirklich gesucht habe. Ich habe die Realität gesucht — die beiden Realitäten, die man in der Zivilisation des zwanzigsten Jahrhunderts mit ihrer Betonung auf Sex und Grausamkeit anstatt Liebe und Tod nicht mehr findet.

Und hier habe ich sie gefunden — vielleicht zu spät, aber ich habe die beiden Dinge gefunden, die als einzige es wert sind, daß man mit ihnen fertig wird: Liebe und Tod. Wenn du sie einmal begriffen hast, weißt du, was das Leben ist. Alles andere sind nur Beiläufigkeiten. Liebe — Rianna und Dallith an seiner Seite. Und Aratak.

Und der Tod — dieser Jäger hinter dem Hügel und alle seine kleinen Brüder in jeder Form und Gestalt. Einen Augenblick lang, halb im Traum, strahlte eine irre Liebe auch dem Jäger entgegen, dem Jäger, der ihn den Tod gelehrt hatte, wie Rianna und Dallith ihn die Liebe gelehrt hatten... Er wußte, es war verrückt, und er versuchte bewußt, die Realität zu erfassen, die körperliche Situation. Die Klippe. Das Kampffeld. Die Steine. Der Schwertgriff in seiner Hand. Aber irgendein wahnsinniges Atom in seinem Gehirn bestand darauf, ihm vorzugaukeln, daß *das* die Realität war. *Jeder Mensch tötet das, was er liebt...*

Liebt jeder Mensch das, was er nicht töten würde...

Liebe deine Feinde...

Liebestod...

Dallith schlang plötzlich die Arme um ihn und küßte ihn. Ihr Mund war glühend heiß und das Gesicht gerötet, und er zog sie dicht an sich heran, aber seine Stimme blieb leise und ruhig unter der hervorbrechenden Erregung.

„Nimm es leicht. Es wird wieder gut werden." Aber er war überrascht. Phantasierte auch sie?

Riannas Hand lag schwer auf seiner. Sie atmete tief.

„Dane — wenn irgend etwas passiert..."

„Nein", unterbrach er sie. „Sag es nicht! Sag es nicht! Sag es hinterher!"

Und in diesem Augenblick schrie Dallith eine wortlose Warnung, und dann waren die Jäger schon bei ihnen.

Es war unmöglich zu sagen, wie viele es waren. Sie kamen plötzlich von allen Seiten, brachen so überraschend aus dem Unterholz hervor, daß kaum Zeit war, die Verteidigungslinie zu bilden. Dallith erlegte einen, dann noch einen mit ihrer Schleuder. Während sie auf eine kleine Steinsäule zurannte, die gegen den Überhang lehnte, um darauf ihre Stellung einzunehmen. Aratak lief mit erhobener Keule auf den Strom zu.

Dane sprang auf die Füße, und im selben Moment, als seine Finger den Schwertgriff fanden, kam ein Mekhar – *Nein! Ein Jäger in der Gestalt eines Mekhar!* – mit erhobenem Schwert aus den Felsen zu ihrer Rechten auf sie zu; hinter ihm folgten drei menschliche Gestalten... Einem Impuls gehorchend, wartete Dane, bis sein Feind fast über ihm war, und riß dann mit einem Schwung, der zwischen die Augen des Gegners traf, die Klinge aus der Scheide. Bevor das Katzenwesen sich erholen konnte, legte er auch die linke Hand an den Griff und ließ die Klinge beidhändig zu einem Schlag niedersausen, der den Löwenkopf wie eine Frucht spaltete. Blut sprudelte heraus, und der Mekhar fiel nach zwei Seiten auseinander. Dane zerrte die Klinge frei und trat einen Schritt vor, um sich der ersten menschlichen Gestalt zu stellen... Und starrte in ein unbestreitbar japanisches Gesicht: ein hageres Gesicht mit Hakennase und flinken, wachsamen dunklen Augen, ein kurzer, sehniger Körper im Gewand eines Samurai vor vierhundert Jahren. Seine lange, gebogene Klinge war in der klassischen *Men*-Haltung über den Kopf erhoben, und Dane wußte in dieser Sekunde, daß dies das Gesicht des Mannes war, dessen Schwert er trug. Für einen Moment ließ ihn die Erkenntnis auf der Stelle erstarren, aber dann tauchte dasselbe Gesicht in perfekter Verdoppelung hinter der Schulter des anderen auf und zeigte ihm, daß er keinem Geist gegenüberstand. Ein Jäger hatte einfach beschlossen, wie ein Ritter zuweilen die Rüstung eines tapferen gefallenen Gegners trug, das

Gesicht eines Mannes anzunehmen, der seit vier Jahrhunderten tot war.

Das Schwert des Pseudo-Samurai war hoch über den Kopf erhoben. Als es niederfiel, schnellte Danes alte Samuraiklinge – die ursprüngliche? – hoch, um sie aufzufangen. Die beiden Klingen streiften einander, so daß der nach unten gerichtete Schlag abgelenkt wurde und harmlos an Danes Ellenbogen vorbeipfiff. Dann sauste Danes Schwert scharf herab. Eine halbe Sekunde lang dachte er, sein Schlag hätte das Ziel verfehlt, aber dann erschien eine feine rote Linie auf der Stirn, wo die rasiermesserscharfe Klinge getroffen hatte. Blut quoll hervor, und die Menschengestalt schwankte und fiel auf ihr geliehenes Gesicht.

Leben sie so lange? ging es Dane durch den Kopf. *Oder filmen sie die Jagden; haben sie irgendwo vierhundert Jahre alte Filme, die zeigen, wie ein tapferer, einsamer Erdenmann starb?* Hinter sich hörte er platschende Geräusche und Arataks tiefes, knurrendes Brüllen, aber er war zu sehr in Bedrängnis, um sich umzudrehen. Als er sein Schwert hob, um auf den zweiten falschen Samurai zu treffen, sah er die Schwächen in der Technik des Pseudo-Mannes, die leichte Unsicherheit in Haltung und Griff. *Sie kopieren Bewegungen, die sie gesehen haben,* dachte er, *und nur die einfachsten. Mit meinem Training bin ich eine bessere Imitation eines Samurai als sie.*

Der Jäger griff an, die Klinge über dem Kopf schwingend, genau wie es der andere getan hatte. Dane machte einen langen Ausfallschritt nach rechts, zog das Schwert im klassischen *Doh*-Schnitt an seinem Körper vorbei, und die rasiermesserscharfe Spitze traf den Körper des anderen genau unter den Rippen. Helles Arterienblut schoß hervor, und das schwere Atmen endete in einem erstickten Keuchen; der Jäger fiel ohne einen Schrei. *Ein Mensch hätte Stunden gebraucht, um an diesem Schnitt zu sterben. Ich muß das getroffen haben, was bei ihm die Funktion des Herzens hat.*

Dane spürte plötzlich ein wildes Frohlocken, einen fast schmerzhaften Hoffnungsstich. *Sie sind verwundbar. Verdammt noch mal, sie sind doch verwundbar. Sie sind sogar leicht zu töten, wenn man weiß, wie. Aber, lieber Gott! Es ist schwer, das zu erfahren!*

Noch während seine Klinge den Schwung des Schlages abfing, taxierte Dane seinen vierten Gegner und sah sich ohne Überraschung seinem eigenen Gesicht gegenüber. Was auch immer für einen Effekt es vorher auf ihn gehabt hätte, jetzt schien es ihm nur folgerichtig, sogar offenkundig. *Vielleicht dachten sie, daß dieser Rianna oder Aratak erwischen könnte, während die Samuraiimitationen mich abservierten. Wie es der eine getan hatte, der Cliff überraschte.*

Aber als Dane dieser Gedanke durch den Kopf ging, unterbrach sein Körper doch nicht für einen Augenblick seine fließende Bewegung. Mit einem scharfen Beugen der Gelenke kehrte er die Richtung der Schneide um. Der Pseudo-Dane kam vorsichtig näher, hielt die Klinge vor der Körpermitte, ungefähr in Danes Position; aber die Spitze war zu niedrig angesetzt. Danes Schwert peitschte im *Priestergewand*-Schlag nieder, fuhr durch die linke Schulter tief in die Brust; und als der Jäger zu Boden fiel, drehte sich Dane auf den Fersen um und rannte zurück zu den anderen. Die Jäger, die er getötet hatte, erlangten schon wieder ihre ursprüngliche Erscheinungsform: Fleisch, das wie Wasser zerfloß. *Wird jemals einer überleben, um davon zu erzählen?* fragte er sich. *Ist das der Grund, warum sie am liebsten kurz vor der Dunkelheit angreifen?*

Aratak stand am Ufer des Stromes, Speer und Keule waren beide blutbefleckt; Blutlachen waren auch auf der Uferböschung zu sehen, und formlose Körper trieben schon im Strom und zeigten, wo sie gewütet hatten. Ein paar Gestalten in Menschen- und Mekhargestalt wateten mit gezogenen Waffen im Wasser, wahrten aber im Moment ihren Abstand. Einer der toten Körper im Wasser war viel größer als die anderen; er löste sich bereits auf, aber Dane konnte sehen, daß er riesig und behaart gewesen war. Er fragte sich, wie sie das Problem der Größe lösten.

Am gegenüberliegenden Ufer stand triefend, als ob er begonnen hätte, hinüberzuwaten und dann seine Meinung geändert hätte, eine Miniaturausgabe von Aratak, nur zweimeterfünfzig groß, aber mit einer Keule und einer Axt bewaffnet, die fast ebenso groß waren wie die des richtigen Aratak, außerdem trug er noch einen

Schild. Neben ihm stand, ebenfalls triefend, der riesige Protoursine, den Dane augenblicklich als den Anführer der Jäger identifiziert hatte.

Es gab, wie es schien, ein Dutzend – vielleicht mehr – Pseudo-Menschen und etwa ebenso viele Pseudo-Mekhar. Er bemerkte, daß einige der Katzenmänner Schwänze hatten – ebenso einige des humanoiden Typus. Möglicherweise Kopien einer leicht abgewandelten Spezies? Aber Menschen und Mekhar waren immer noch in der Mehrzahl. Aus den Augenwinkeln sah er ein paar Wesen, die aussahen, als seien ihre Vorfahren Wölfe oder Waschbären gewesen, und eine Kreatur, die einem mannsgroßen Oktopus glich, nur daß sie zehn Fangarme hatte statt acht, und jeder Arm schwang eine andere Waffe. Und ganz hinten in der Masse der Jäger in allen möglichen Gestalten sah Dane einen riesigen Spinnenmann, der seinen tödlichen Speer wirbelte. Ein Schauder erfaßte ihn. Der andere Spinnenmann hätte ganz allein sie alle beinahe getötet, und nun mußten sie gegen so viele kämpfen. Aber dann sah er, wie der Spinnenmann sich in seinem Speer verhedderte und ihn fallen ließ. Der erste falsche Spinnenmann mußte ein Naturtalent gewesen sein, oder er hatte länger geübt, aber selbst er war langsamer gewesen als der echte Spinnenmann an Bord des Sklavenschiffes der Mekhar.

Aratak und er hatten alle getötet, die beim ersten Ansturm beteiligt gewesen waren, und der Rest hatte den Strom noch nicht überquert. Er hielt einen Moment inne, um sich nach den Mädchen umzuschauen. Körper im Wasser zeigten, wo Dallith am Werk gewesen war; Rianna lehnte wieder mit dem Rücken gegen die Klippe auf ihrem Speer. Zwei zerfließende Jägerkörper lagen zu ihren Füßen.

Aber kein Blutgeruch. Ihr Blut muß fast ebenso schnell verdunsten, wie es vergossen wird... Dane schöpfte Atem und bereitete sich auf den nächsten Angriff vor. *Es ist nur eine Frage der Zeit,* dachte er, *Sie müssen uns töten. Sie können nicht vier Überlebende zurücklassen, um die Kunde von ihrer wahren Gestalt zu verbreiten – oder vom Fehlen dieser Gestalt.*

Nicht mehr lange bis Sonnenuntergang. Wird sie das jetzt überhaupt noch aufhalten? Sie konzentrieren alle Kräfte auf uns.

Er bemerkte, daß sie neben dem Pseudo-Aratak und dem Pseudo-Dane, den er getötet hatte, eine falsche Dallith und eine nachgemachte Rianna hatten. „Dallith" trug sogar eine Schleuder. Plötzlich jagte ihm das furchtbare Angst ein.

Sie müssen einst, wie manche Insekten, mit Hilfe von Mimikry ihre Feinde gefangen oder sich vor ihnen versteckt haben. Wäre er während der ersten Angriffswelle auf eine von ihnen anstatt auf Samurai gestoßen, hätte er vielleicht entmutigt gerade lange genug gezögert, um getötet zu werden. Er versuchte sich zu dem Gedanken durchzuringen, „Dalliths" lieblichen Kopf abzuschlagen oder „Riannas" weichen Körper zu durchbohren — einen Körper, den er so oft in den Armen gehalten hatte —, aber während er sich in Erinnerung rief, daß es nur Jäger waren, wuchs sein Entsetzen, und er wußte, daß ihm die Nerven duchgehen würden. *Ich bin kein Empath, ich könnte nie sicher sein, daß es nicht die echte ist...*

Sein Kummer und seine Verzweiflung mußten Dallith erreicht haben, denn einen Augenblick später hörte er ihren Stein durch die Luft zischen; die falsche Rianna brach mit blutüberströmtem Gesicht zusammen. Die falsche Dallith wirbelte ihre eigene Schleuder, vielleicht ahnte sie, was geschah, aber ihr Stein flog zu weit — so weit, daß man nicht sagen konnte, auf wen sie gezielt hatte, obwohl Dane vermutete, daß er selbst es gewesen war. Der Antwortstein der echten Dallith traf sie an der Schläfe, und Dane schloß schnell die Augen, um sie nicht fallen zu sehen.

Er öffnete sie sofort wieder, denn er wußte, daß jetzt die anderen über den Strom kommen würden, um anzugreifen; und schon sprangen sie in das seichte Wasser. Eines von den menschenartigen Wesen (wie eine Frau mit ziegelroter Haut und langen blau-schwarzen Haaren) wand sich die Uferböschung hoch; Riannas Speer durchbohrte den tödlichen Punkt von hinten. Das Ding spuckte Blut und blieb still liegen. Einer der Pseudo-Mekhar hatte das Ufer halb erklommen, als Arataks Keule niederkrachte und seinen Schädel zerschmetterte. Dane wartete mit erhobenem Schwert, aber keiner versuchte mehr, das Ufer hinaufzuklettern. Der riesige Protoursine stieß den klagenden Schrei aus, den Dane schon vorher gehört hatte. Darauf fielen sie zurück und blieben wartend zusammen in der Mitte des Flusses stehen. Dalliths Stein zerschlug einen ungeschützten Schädel, und sie zogen sich ein Stück zurück.

Dane warf einen erstaunten Blick auf den großen Anführer. *Er hält sie zurück. Warum? Sicher weiß er, daß wir das Ufer nicht halten könnten, wenn sie alle auf einmal heraufstürmen würden...*

Ein Pfeil flog über den Fluß und blieb zitternd im Boden stekken, gefolgt von einem weiteren; beide flogen zu weit. Dane macht den Bogenschützen aus, ein großes, grauhäutiges Wesen mit einem zum Greifen dienenden Schwanz, der die Pfeile einlegte, während es den Bogen mit beiden Händen hielt. *Das könnte ein mittelmäßiger Schütze sein, aber ich vermute, sie haben nicht viel Übung mit Geschossen, oder diese Pseudo-Glieder können irgendwie nicht richtig damit umgehen. Vielleicht verlieren sie das Interesse, wenn sie den Kitzel nicht erleben, wie die Klinge hineinsticht...*

Einer von Dalliths Steinen schlug einen Krater in den Schlamm am anderen Ufer; ein anderer landete zwischen dem Bogenschützen und einem anderen Mann. *Was ist los? Sie schießt normalerweise besser...* Dane drehte sich schnell um, um nachzusehen. Dalliths Gesicht war kreidebleich, und die Augen waren blind von Tränen; die Lippe blutete, wo sie sie durchgebissen hatte. Ihre Hände zitterten. *O Gott! Ich wußte, daß das kommen würde. Sie bricht zusammen. Das Ding mit ihrem eigenen Gesicht zu töten, muß ihr den Rest gegeben haben...* Er wollte gerade zu ihr hinlaufen, um sie zu trösten, wenn auch nur, indem er neben ihr Stellung bezog, als er im Unterholz etwas aufblitzen sah. *Darauf warten sie also...*

Schnell rannte er zurück zu Rianna. „Zieh dich zur Klippe zurück", befahl er. „Aratak, halte das Ufer, so lange du kannst, aber warte nicht zu lange; weiche zur Klippe zurück, wenn du mußt. Dallith wird uns vielleicht nicht viel helfen können..." Er erhob seine Stimme und rief mit einer Munterkeit, von der er eigentlich weit entfernt war: „Dallith, hebe deine Steine für den Spinnenmann auf! Mit dem Rest werden wir fertig!"

In diesem Moment gab der Anführer einen weiteren dieser seltsamen Klagelaute von sich. Dane sah sie vorwärts stürmen und warf sich der Horde Jäger entgegen, die vom Pfad neben dem Strom auf sie zubrausten. *Wenn ich noch eine Minute länger herumgestanden hätte, hätten sie uns von der Klippe abgeschnitten...uns von Dallith...*

O Gott, Dallith, Armer, gequälter Liebling...

Zwei Pseudo-Mekhar waren vor ihn gesprungen; er duckte sich, als einer nach ihm schlug, wich vor dem anderen zurück, senkte sein Schwert zum *Doh*-Schlag und schnitt den Körper des Jägers entzwei. Der fallende Körper hielt den Stich des zweiten Katzenwesens gerade lange genug auf, daß Dane seinen Schädel spalten und weiterrennen konnte. Obwohl er jetzt mit absoluter Sicherheit wußte, daß sie alle sterben würden, daß nichts sie retten konnte, war Dane von einer Welle des Stolzes und einem merkwürdigen, beschwingenden Schwindelgefühl erfüllt. *Ist das die Kampfbegeisterung, von der in den Wikingersagen die Rede ist?* Dann sah er den zweiten Spinnenmann. Pseudo-Menschen mit langen Speeren umgaben ihn, und seine lange Lanze flimmerte und wirbelte im schrägen Sonnenlicht. Er ragte verhängnisvoll groß über seine Artgenossen in Menschengestalt hinaus.

Als sie aus dem schmalen Weg hervorbrachen, warf sich Dane ihnen entgegen, denn er sah keinen anderen Ausweg als den schnellen Angriff. Es waren immer noch platschende Geräusche vom Fluß her zu hören und das *Krach-krach-krach* von Arataks großer Keule. Er hatte keine Ahnung, wie lange Aratak die Stellung am Strom halten konnte; er wußte, er sollte sich zur Klippe zurückziehen, damit er und Rianna sich gegenseitig Deckung geben konnten, aber zuerst mußte er noch einige töten. Gott, es war befriedigend anzugreifen, anstatt wegzulaufen; er würde jeden töten, der in Reichweite seines Schwertes kam. Die Jäger sollten sich in acht nehmen! Bevor sie *seinen* Kopf an die Wand hängten, würde er, so viele er konnte, zu ihren gottverdammten ruhmreichen Vorfahren schicken, damit sie ihnen erzählen konnten, daß sie den Preis für Menschen in diesen Tagen anheben mußten, denn das Jagdwild wurde gefährlicher. Und wenn er und der alte Samurai an der Wand desselben Jägers hingen, konnte er seinem Gefährten von der Erde erzählen, daß er sein Schwert in Bewegung gehalten hatte, solange es in seiner Obhut war!

Die zwei vorderen Speermänner zielten auf Danes Brust; mit einer Drehung der Schulter stieß er eine Lanze beiseite, so daß sie die andere behinderte; sein Schwert sauste auf das Rückgrat seines Vordermannes nieder, und als das Blut aus dem verletzten Hals des ersten quoll, reckte sich Dane über den fallenden Körper, um den anderen Speerträger mit einem Schlag auf den Kopf zu töten. Und dann war das Spinnenwesen über ihm, sein Schild preßte sich gegen sein Schwert, und er sah die tödliche Lanze herunterwirbeln.

Es schien, als habe die Zeit aufgehört zu existieren, als habe sie sich in endlos aufeinanderfolgende Bruchstücke gestreckt. Er warf sich langsam zu Boden – aber in seinem Zustand der Verwirrung schien er sich in Zeitlupentempo zu bewegen –, und irgendwo gelang es ihm, beim Abrollen die messerscharfe Seite seines Schwertes von sich fernzuhalten. Die rotierende Lanze verfehlte ihn zweimal nur um Zentimeter und schlug Funken vom Felsen. Irgendwann zu diesem Zeitpunkt nahm er Jäger in menschlicher Gestalt wahr, die mit langen Speeren auf ihn einstachen; er zog die Beine über dem Bauch zusammen und war erstaunt, als er feststellte, daß er die Speere aus dieser Position leicht abwehren konnte, indem er das Schwert quer vor seinem Körper entlangzog. Dann kam einer der Speermänner zu nahe, und Dane zerschmetterte ihm die Kniescheibe mit einem Karatetritt; der Speerträger fiel über zwei Lanzen seiner eigenen Leute, und in der Verwirrung – der Jäger mit dem zerschmetterten Knie war vom Speer seines Gefährten aufgespießt worden – rollte Dane auf die Füße.

Er hieb einem die Kehle durch, erinnerte sich aber gerade noch rechtzeitig daran, daß er ihn so nicht töten konnte, und trieb die Klinge in seinen Kopf. *Neun, mein Gott, neun, oder waren es zehn? Wer zählte hier noch?*

Er schlug einen Speer den Bruchteil einer Sekunde zu spät beiseite, und der Stoff seiner Tunika riß; Schmerz durchfuhr seinen

Arm, und das Stechen ließ seinen Kopf wieder klar werden – *Gott im Himmel! Was geschah mit den anderen? Der Spinnenmann war genau an ihm vorbeigegangen.* Er hob sein Schwert und schrie, und als die restlichen Speerträger sich erneut zum Angriff sammelten, rannte er wie der Teufel zur Klippe.

Aratak fiel vom Strom zurück, während seine Keule immer wieder auf den Schild niederschmetterte, der das Oktopuswesen schützte, während es am Ufer entlangkroch und mit seinen verschiedenen Waffen nach Arataks ungeschützten Fußgelenken schlug. Das ungedeckte Ufer wurde jetzt von einer Welle von Jägern überschwemmt, die von dem großen Protoursinen, dem Pseudo-Aratak und dem größeren der Spinnenwesen angeführt wurden.

Der andere Spinnenmann stand in der Mitte zwischen Aratak und der Klippe; die lange Lanze rotierte bedrohlich, während die großen roten Augen sich von Aratak zu den Mädchen und wieder zurück bewegten. Arroganz sprach aus jeder Linie seines dürren, grauen Körpers, ganz im Gegensatz zu der demütigen, gebückten Haltung des echten Spinnenmannes, den er gesehen hatte. Ein Schleuderstein zischte an seinem Kopf vorbei; er drehte sich nicht einmal um. *Aratak wird zwischen dem Spinnenmann und diesem Oktopusbiest eingeschlossen werden!* Dane öffnete den Mund, um ihm eine Warnung zuzurufen, aber seine Stimme drang nicht so weit.

Ein weiterer Stein traf den Spinnenmann an der Verbindungsstelle zwischen Ober- und Unterkörper. Der Jäger fuhr blitzartig herum und trippelte auf Dallith und Rianna zu.

Dane rannte los, obwohl er wußte, daß er mit der Geschwindigkeit dieses Wesens nicht Schritt halten konnte. Er sah, wie Rianna ihren Speer umklammerte, um das Wesen zu empfangen, und er sah deutlicher denn je, scharf umrissen, wie mit Säure geätzt, Dalliths weißes, in Tränen aufgelöstes Gesicht, während Stein um Stein ohne Pause aus ihrer Schleuder flog. Aus den Augenwinkeln sah er, wie Aratak plötzlich zusammensank, seine Masse dann plötzlich in die Luft schleuderte, über die Waffen, die nach seinen

Füßen schlugen, hinaus, und auf dem Oktopus landete. Eine große Pranke ergriff den Schild; Schild und Tentakel wurden dem Jäger vom Körper gerissen und flogen durch die Luft; die Keule krachte nieder und zerquetschte den Oktopus zu einer formlosen Masse. Der Echsenmann drehte sich um und rannte auf die Klippe zu.

Dallith straffte sich, warf die Schleuder weg und starrte entsetzt vor sich hin. Dann schlug sie die Hände vor das Gesicht. Der Spinnenmann hatte die Klippe jetzt erreicht; Rianna stieß mit dem Speer nach ihm, aber der Schild des Jägers wischte ihn beiseite, und im selben Moment schnellte sein Speer in einem direkten Stoß über Riannas vorgeneigten Kopf hinweg und durchbohrte Dalliths schlanken Körper zwischen den Brüsten.

Dane schrie ihren Namen; sein einziger Gedanke war jetzt, dieses Ding zu töten, das Schwert wegzuwerfen und sie in seine Arme zu nehmen.

Aber Aratak war schneller als er, und bevor das Spinnenwesen noch seine Lanze aus Dalliths Körper zielen konnte, ergriff Arataks große Pranke zwei seiner dürren Arme und warf die Kreatur um. Die fürchterliche Keule hieb einmal zu, und aus beiden lebenswichtigen Punkten spritzte Blut meterweit; der kraftvolle Echsenmann hob den toten Jäger hoch in seine Arme und schleuderte den großen Körper in den anstürmenden Haufen.

Danes Kopf war leer. *Dallith! Es konnte nicht wahr sein! Dallith...* Wieder schrie er ihren Namen, ohne einen bewußten Gedanken; ein Katzenwesen mit Schwert versuchte einen Ausfall gegen ihn, und er tötete es. Es geschah automatisch. Er konnte nicht mehr denken. Er war nur noch eine schreiende, tötende Maschine. Aratak und Rianna kämpften verzweifelt über Dalliths gefallenem Körper, und ein kleiner Teil von ihm kam in Bewegung und wachte auf. *Ihr Körper gehört mir. Nicht ihnen, damit sie ihn essen, ausstopfen oder an die Wand hängen. Tot oder lebendig, sie gehört mir; sie werden sie nicht bekommen, und wenn ich dafür jeden einzelnen Jäger auf diesem verfluchten Mond töten muß...* ein winziger Teil seines Gehirns wußte, daß er vollkommen verrückt war, aber sein Körper, unberührt von jedem Gedanken, explodierte in

223

einem tödlichen Ballett. Der nächste Speerträger ging mit aufgeschlitzter Brust zu Boden; ein Schwertkämpfer vom Mekhartypus verlor seinen Kopf. Er war sich halb bewußt, daß Aratak an seiner Seite kämpfte und Axt und Keule in tödlichem Rhythmus wechselte. Lange Speere wurden zur Seite gefegt oder zerschmettert, und ihre Träger starben; Schwertmänner sanken nieder, bevor sie in seine Reichweite kamen. Rianna stand hinter ihnen gegen die Wand geduckt, und ihre Lanze stieß aus Arataks Kniehöhe zu. Die mannsgroßen Jäger drängten sich um Dane und traten sich gegenseitig auf die Füße; er schlug ein paar von ihnen nieder. Alles geschah jetzt automatisch. Über Arataks Kopf hinweg sah er, daß die Sonnenscheibe den Horizont berührte. *Wen interessierte das jetzt noch? Töte sie alle oder stirb wenigstens bei dem Versuch!*

Eine bärtige Menschengestalt rannte auf Dane zu. Sie hielt einen runden Metallschild vor dem Körper erhoben und wirbelte ein schweres, gerades Schwert über dem Kopf. Eine flüchtige Erinnerung daran, wie der Spinnenmann sein Schwert eingeklemmt hatte, ließ Dane zur Seite springen und seine Klinge vom Schild wegziehen. Er machte eine Drehung, während sein eigenes Schwert einen weiten Kreis beschrieb und durch die rechte Schulter des Mannes in seine Brust drang.

Die nächsten Augenblicke waren ein einziges Durcheinander. Es war unmöglich, den Überblick zu behalten. Aratak ließ irgendwie den bärenartigen Anführer der Jagd durch die Luft fliegen, seine Klinge war von einem Schlag mit der Keule des Echsenmannes zerbrochen; Der Protoursine bückte sich und begann, zwischen den kugelförmigen, sich auflösenden Körpern seiner Toten nach einer anderen Waffe zu suchen. Dane und Aratak stürmten gemeinsam auf ihn zu, und der falsche Echsenmann, der herbeigeeilt kam, um in den Kampf einzugreifen, traf Aratak mit einer Nachahmung seiner eigenen großen Keule am Knie. Dieser ging mit einem Seufzer zu Boden aber seine Axt wirbelte durch die Luft, und als der Schild des Jägers herunterkam, um sie aufzufangen, trieb Rianna ihre Lanze in seine Seite, und der falsche Aratak fiel. Einen Augenblick lang dachte Dane, es sei sein Freund, der gefallen war; der echte und der falsche Aratak lagen nebeneinander auf dem Boden. Der große Protoursine hatte eine Lanze, ähnlich der von Rianna, aufgehoben und stürmte auf sie zu, stolperte aber über einen seiner eigenen Männer, den rauhhäutigen Bogenschützen. Um ihn herum fielen die Jäger zurück zum Strom, und als Dane sich durch einen Nebel von Blut über seinen Augen umschaute, bemerkte er, daß der letzte Sonnenstrahl verschwunden war. *Sonnenuntergang. Die Schlacht war vorüber...* Die Jäger, die noch am Leben waren — es konnten kaum mehr als ein Dutzend übrig sein, dachte Dane in traumartiger Verzweiflung —, eilten durch das Wasser zurück. Das große Bärenwesen schrie ihnen etwas nach, als wolle es sie zum Stehen bringen. Es erhob seine Keule, wie um sie zu einem letzten Angriff zu bewegen; einer oder zwei der Jäger hielten inne und griffen nach ihren Waffen, aber die anderen hasteten weiter, und nach einer Minute drehte sich der riesige Protoursine entmutigt um, hob seine Waffe in einer letzten drohenden Gebärde und zog sich zurück.

Aratak und ich müssen mehr als die Hälfte von ihnen getötet haben. Ich wette, jeder Jäger auf diesem Planeten war hier — bei der letzten Jagd waren es insgesamt nur siebenundvierzig.

Er wandte sich um und rannte zu der Stelle, wo Dallith zwischen den Felsen lag. Hinter ihm erhob sich jemand auf die Füße, den er für den Pseudo-Aratak hielt, aber das interessierte ihn im Augenblick nicht. Dann merkte er, daß es der echte war, und das interessierte ihn im Moment ebenfalls nicht.

Dallith lag auf dem Rücken über dem Steinhaufen, auf dem sie ihre letzte Stellung bezogen hatte. Die Arme waren nach beiden Seiten weit ausgebreitet, die dunklen Augen — die Augen eines verwundeten Rehs — starrten blind in den dunkler werdenden Himmel.

Leben und Tod. Liebe und Tod.

Er wiegte ihren erkalteten Körper in seinen Armen; dann ließ er sich niedergleiten und blieb bewegungslos, halb bewußtlos liegen, den Kopf gegen ihre leblose Brust gelehnt.

16

Die Welt der Jäger stand hoch am Himmel, rund und voll und ziegelrot glühend, und nahm den größten Teil des Himmels ein. Wieder hatte Dane das Gefühl von Klaustrophobie, das Gefühl, sich unter einer sinkenen Helligkeit zu bewegen, die auf ihn herunterfallen würde. *(Wen kümmert es? Laß den Himmel herunterfallen; Chicken Little hatte immer recht gehabt...)*

Er hatte Dalliths Leichnam nicht zurücklassen wollen. Aber weder Aratak noch Rianna konnten ihm beim Tragen helfen, und ihm war schließlich zu Bewußtsein gekommen, daß es nicht am fehlenden guten Willen lag, als er sie angeschrien hatte. („Ihr wollt sie hier zurücklassen, damit irgendein verdammter Jäger sie zu einer obszönen Trophäe ausstopfen kann!") Erst dann hatte er gemerkt, daß sie beide verwundet waren. Riannas Wunde war wieder aufgebrochen, und Arataks Bein war so sehr verdreht, daß er sich schwer auf seine Keule stützen mußte. Benommen und apathisch wanderte Dane mit ihnen auf die neutrale Zone zu. Er hörte Rianna etwas über Schlachtmüdigkeit sagen und wußte mit einem Bruchteil seiner selbst, daß sie recht hatte, hörte Aratak sagen, daß die Finsternis nun nicht mehr fern sein konnte (aber wann immer sie kam, es würde zu spät sein). Aber er war benommen von dem dumpfen, alptraumhaften Wissen von Dalliths Tod, und nichts anderes zählte mehr.

Ihr Haarschopf steckt noch in meiner Tunika, dachte er. In einer Welle des Schmerzes griff er danach und merkte erst jetzt, daß er aus einer Wunde am Unterarm und aus einer weiteren leichten Wunde an der Kopfhaut blutete.

Er ging wie in einem dunklen Traum, bis Rianna mit einem leisen Stöhnen zusammenbrach. Das verwundete Bein lag verdreht unter ihr, und Dane zwang sich dazu, sich um sie zu kümmern, hob sie wieder auf, riß einen Streifen Stoff von seiner eigenen Tunika und verband die Wunde mit der Effizienz eines Roboters. Er ließ sie sich an seine Schulter lehnen; er hätte sie aufgehoben und getragen, wenn sie nicht protestiert hätte. Dane selbst wäre am liebsten auf der Stelle zusammengebrochen und eingeschlafen, aber wie aus weiter Ferne und ohne zu wissen, daß es etwa mit ihm zu tun hatte, war ihm klar, daß das Mädchen Nahrung und Ruhe an einem sicheren Ort brauchte. Sie konnten nicht viel mehr als eine halbe Stunde gegangen sein, als sie die Lichter einer neutralen Zone erreichten, aber für Dane war es eine lange, lange Zeitspanne, länger als der Kampf zuvor, länger als die Jagd, ein Abgrund, der sein Leben in zwei Teile spaltete. Er war noch am Leben. Aber was hatte das jetzt noch für einen Wert?

In der neutralen Zone roch es nach Essen, aber sein Magen drehte sich von dem Geruch um. Rianna brachte ihm einen Teller voll, doch Dane sagte: „Ich habe keinen Hunger, ich kann nichts essen." Als sie ihm den Teller in die Hand schob, begann er jedoch automatisch, es in den Mund zu schieben, ohne es zu schmecken. Er aß alles auf, und sie brachte ihm mehr, und plötzlich wurde sein Kopf wieder klar. Der dunkle Alptraum war verschwunden, aber gleichzeitig war er wirklicher geworden. Dallith war tot, und er saß hier und aß das Steak-Menü, um das er hatte bitten wollen. In plötzlichem Entsetzen stellte er die Reste des zweiten Tellers weg. Es war nicht viel übrig geblieben. Ihm war zum Speien übel. Mit einer Art benommener Verwunderung sagte er: „Wie kann ich hier sitzen und essen..." Rianna blieb stumm. Sie legte nur wortlos ihre kleine, harte Hand über seine, und er sah, daß ihre Augen tränenüberströmt waren. Sie hatte nicht geschluchzt, sie wischte die Tränen nicht weg, sie saß nur da, aß und weinte gleichzeitig, und Danes Verstand und seine Gefühle erwachten mit einem schmerzhaften Ruck. Er nahm ihr den Teller fort, legte seinen Arm um sie, trocknete ihr Gesicht mit seiner Tunika und sagte: „Liebling, wenn du dich weiter so vollstopfst, wird dir schlecht werden."

Was bin ich nur für ein Schwein, dachte er. *Sie ist verwundet und muß sich auch noch um mich kümmern.* Mit Erstaunen sah er, wieviel sie verschlungen hatten. Natürlich, nach so einem Kampf ... *Wie viele habe ich überhaupt getötet? Ich werde es wohl nie wissen, aber ich bezweifle, daß der alte Samurai sich meiner schämen würde. Er muß selbst einen verdammt guten Kampf geliefert haben, wenn sie sich nach vierhundert Jahren immer noch so gut an ihn erinnern, daß sie sein Gesicht tragen.*

Wieder trocknete er sanft Riannas Gesicht. Dallith war tot, und es schien nichts mehr in der Welt zu geben, für das zu leben sich lohnte, aber Rianna war noch da, und sie brauchte ihn ...

Sie sagte, während sie endlich zu schluchzen begann: „Ich habe sie auch geliebt, Dane. Aber sie konnte nicht weiterleben mit dieser Erinnerung. Die Jagd hatte sie zerstört, das war schlimmer als der Tod für sie ..."

Aratak rückte nahe zu ihnen heran. Er sagte in seinem freundlichen Rasseln: „Sie fürchtete sich davor weiterzuleben, als ihr ganzes Wesen einen Teil von den Jägern absorbiert hatte. Rianna hatte recht, Dane: Empathen von Spika Vier sterben *immer*, wenn sie allein von ihrer Welt getrennt werden. Sie begann zu sterben, als sie ihre Welt verließ, aber sie blieb bei dir, so lange sie konnte, weil du sie so verzweifelt brauchtest und sie das wußte ..."

Dane senkte den Kopf. Er war überzeugt gewesen, Dallith habe weitergelebt, weil er sie gelehrt hatte, es zu wollen. Vielleicht hatte sie für kurze Zeit seinen eigenen Lebenswillen geteilt, wie sie so vieles in dieser kurzen Zeit mit ihm geteilt hatte. Aber ihm wurde klar, daß Aratak recht hatte. Er hatte Dalliths Leben nicht um ihretwillen gerettet, sondern um seiner selbst willen; während er ihren Lebenswillen genährt hatte, hatte er seine eigene Furcht, mit ihrem Tod konfrontiert zu werden, in Schach gehalten.

Leben und Tod, Liebe und Tod – ich dachte, ich hätte es begriffen. Aber vielleicht wird nie jemand alles darüber wissen ...

Sie waren die einzigen in der neutralen Zone – wahrscheinlich, dachte Dane, das einzige noch lebende Wild überhaupt. Die Diener, die sich leise und wortlos durch das Gelände bewegten, schienen ihnen immerhin eine gewisse Ehrfurcht entgegenzubringen.

Wir sind immer noch das Heilige Wild, dachte er.

Dane und Rinna legten sich endlich todmüde nieder, eingewikkelt in einen einzigen Umhang; Kurz flackerte Verlangen in seinem Körper auf, aber bei dem bloßen Gedanken daran überfiel ihn die Erschöpfung, und sein ausgelaugter Körper und seine müde Seele fielen in den bodenlosen Abgrund eines dem Tod ähnlichen Schlafes.

Als er erwachte, war die Morgendämmerung bereits aufgezogen, und die Sonne ging auf, und als er feststellte, daß sie lange über die sichere Zeit hinaus geschlafen hatten, wunderte er sich einen Moment lang, warum sie nicht im Schlaf abgeschlachtet worden waren. Als er dann die Diener um sie herum aufgestellt sah, ferner ein knappes halbes Dutzend Jäger, die sich innerhalb der neutralen Zone befanden, begriff er es. Nach einem Kampf wie diesem respektierte man den Schlaf eines tapferen Kämpfers. Rianna erwachte im selben Moment und hielt sich beim Anblick der Jäger erschrocken an ihm fest. Aratak griff nach seiner Keule und zuckte zusammen, als er versuchte, sein Gewicht auf den verletzten Fuß zu verlagern.

Und im selben Augenblick bemerkte Dane, daß am Himmel über der Sonne die große rotglühende Welt der Jäger stand, eine runde, unberührte Scheibe, und daß die Sonne schnell stieg, um auf sie zu treffen...

Der große protoursine Anführer schritt auf ihn zu. Dane sprang auf die Füße und griff instinktiv nach seinem Schwert.

Der Jäger bedeutete ihm, die Waffe stecken zu lassen, aber Dane zog sie dennoch. Das Bärenwesen selbst war unbewaffnet, aber sein Schwert lag in den Händen eines der metallenen Diener, und der große, gesichtslose Roboter rollte schnell auf Dane zu.

Der Protoursine sprach. Dane konnte ihn nicht verstehen, doch dann ertönte die flache, ausdruckslose Stimme des Dieners. „Unser Anführer hat ein persönliches Anliegen mit Euch zu regeln. Ihr habt fünf Brüder aus seinem Schwarm getötet, aber ein so tapferes Wild, das die Jagd zum größten Ereignis der letzten siebenhundertachtzehn Zyklen gemacht hat, verdient bis zum Ende besondere

Aufmerksamkeit. Die Stunde der Finsternis steht bevor. Wenn Ihr einwilligt, werden wir Euren beiden Begleitern das Leben schenken, da sie verwundet sind und auch mit wahrhaft Heiliger Tapferkeit gekämpft haben; hättet Ihr nicht seine fünf Stammesbrüder erschlagen, würde er auch Euch das Leben anbieten und für Eure Belohnung sorgen. So aber bittet er Euch um einen letzen Einzelkampf. Wenn Ihr überlebt, werdet ihr alle frei sein; wenn Ihr sterbt, werden Eure Begleiter im Gedenken an Euch freigelassen werden."

„Wir kämpfen auf Leben und Tod?" fragte Dane.

„Wenn die Stunde der Finsternis uns nicht vorher befreit", sagte der Diener.

Dane sah zu Rianna und Aratak hinüber. Ohne sie um Rat zu fragen, sagte er: „Ich werde es tun."

„Dane..." protestierte Rianna, und Aratak sagte: „Sei kein Narr. Sie müssen uns töten. Sie werden uns nicht leben lassen, damit wir ihr Geheimnis weitererzählen – wie leicht es ist, sie zu töten."

Aber seltsamerweise traute Dane ihren Worten noch immer. Vielleicht weil er keine andere Wahl hatte. Er sagte zu Diener: „Sag ihm, daß ich einverstanden bin."

Vielleicht war die Kommunikation telepathisch, denn Diener sagte nichts Hörbares, und trotzdem nahm der Anführer seinen gewaltigen Schild und das Schwert, und Dane zog das seine. Die linke Seite des Anführers war ihm zugewandt, die zottige Brust fast ganz von seinem Schild verdeckt; durch die tief gebeugten Beine war auch der untere Teil seines Körpers geschützt. Das Schwert war hinter seinem Körper versteckt, wahrscheinlich waagerecht ausgestreckt.

Es ist eine umgekehrte Fechthaltung, dachte Dane; *Er kann zur selben Zeit schlagen und sich verteidigen. Das kann ich nicht.*

Aber er muß den Schild bewegen, wenn er schlagen will. Ziele auf seine Schulter...

Sei vorsichtig, Marsh, warnte er sich selbst. *Sei nicht zu selbstgefällig. Jedesmal, wenn du bisher vor einem Schild standest, hattest du Freunde, die dir geholfen haben. Dies ist ein Einzelkampf.*

Der Jäger näherte sich mit vorsichtigen, schleichenden Schritten, sein zur Seite gedrehter Körper war durch den Schild geschützt. Es hatte den Anschein, als sei der Jäger auch nicht allzu selbstsicher und wolle Dane nicht den Gefallen tun, sich dabei zu beeilen, sein Schwert einzuklemmen. Dann hätte Dane Gelegenheit gehabt, jenen Seitwärtsschritt zu machen, der den anderen Kampf für ihn entschieden hatte. Dane stürmte vorwärts und sprang in die Luft, um nach dem Kopf zu schlagen. Der Jäger machte einen Ausfall, um den Angriff abzuwehren, der Schild schnellte vor, um das Schwert abzufangen und zurückzudrücken, und als Dane zurücksprang, sah er die Spitze des geraden Schwertes an seinen Beinen vorbeisausen. Der Schlag, der sein Bein abgetrennt hätte, ritzte nur seine Haut. Der Schild drückte gegen sein Schwert, als sei er dort festgeklebt, und behinderte Danes Bewegungen; das Breitschwert pfiff auf Danes Schläfe zu, und er sprang schnell zur Seite.

Danes langer Ausfallschritt nach hinten und zur Linken brachten ihn unter dem Schlag des Gegners hindurch, obwohl die Waffe so dicht an ihm vorbeisauste, daß sein Haar davon zu Berge stand, und endlich konnte Dane sein Schwert von dem Schild befreien. Er wirbelte herum und zielte nach der Schulter des anderen, aber der Bärenmann drehte ihm die Vorderseite zu und hob seinen Schild, um den Schlag abzufangen. Danes Schwert wurde an seine linke Schulter zurückgepreßt, und die Klinge des Jägers fuhr wieder auf seinen Kopf zu.

Wie der Blitz ließ Dane sein linkes Knie unter sich wegknicken, und es gelang ihm, sein Schwert hochzureißen; er fing den Stoß in den Handgelenken auf, als die Klinge des anderen niederfuhr. Der kalte Stahl seines eigenen Schwertes streifte ihn leicht und schnellte zurück. Er schlug nach den dicken, zottigen Knien des Riesen.

Es gibt keine Möglichkeit, an seinen Kopf oder seine Brust heranzukommen — mit diesem riesigen Schild. Eine Verletzung am Bein wird ihn nicht töten, ihn aber jedenfalls schwächen — der Pseudo-Mekhar heulte und rannte davon, als ich seinen Arm abschlug. Wenn er mein Schwert noch einmal einklemmt, bin ich verloren. Er ist verdammt gut — zu gut. Aber er weiß, daß ein Schlag gegen sein Bein ihn nicht töten kann, vielleicht ist er darum unvorsichtig ...

Sie umkreisten einander langsam und bedächtig ungefähr eine Minute lang. Dann stieß Dane einen Schrei aus und sprang vorwärts. Die Klinge hielt er weit hinter seinem Kopf zwischen den Schulterblättern. Der Schild des Bären fuhr nach oben; Dane warf sich nach links, sein Schwert fiel in einem großen, kreisenden Schlag nach rechts herunter, trennte das Bein am Knie durch und wurde ohne Unterbrechung wieder hochgerissen, um den Schlag abzuwehren, den Dane halb erwartet hatte. Aber er erfolgte nicht. Dane wirbelte mit erhobener Klinge herum, aber der Jäger war in eine sitzende Position zusammengesunken, hielt sich mit Hilfe des gesunden Beins im Gleichgewicht und streckte das Schild über sich, während der Schwertarm zum Schlag erhoben war.

Guter Gott! Alles, was ihm jetzt zu tun übrigbleibt, ist, seinen Kopf und seine Brust zu schützen. Es ist ein Rückzug. Ich kann ihn nicht verletzten, aber er kann auch nicht angreifen. Ich muß nur außerhalb seiner Reichweite bleiben, bis ...

Rianna rief etwas, und Dane bemerkte, als er einen schnellen Blick nach oben warf, daß der Schatten bereits über das Land zog; die Sonnenscheibe, die jetzt winzig aussah, war schon halb hinter der riesigen Masse der Jägerwelt verschwunden. Unter seinem erstaunten Blick krümmte sich der Jäger, brach zusammen, und das verletzte Bein zerfloß in Formlosigkeit; das Schwert entfiel seiner Pranke, die es nicht länger halten konnte. Als das Licht nachließ und es dunkler wurde, kam ein Wind auf, und der Schild fiel auf den schnell flüssig werdenden Körper des Jägers nieder.

Natürlich, dachte Dane, *das ist das Geheimnis. Sie verwandeln sich in ihre eigene Gestalt zurück, wenn sie sterben – oder bei Anbruch der Dunkelheit. In hellem Mondlicht können sie angreifen. Aber die Sonnenfinsternis beendet die Jagd. Sie werden alle wieder zu Kugelwesen...*

Zwei Diener rollten heran, die einen dritten zwischen sich schoben, und während Dane und Rianna im schwindenen Licht zusahen, hoben sie die kugelförmige, durchsichtige Gestalt des Jägers sanft auf ihre ausfahrbaren Arme. Sie ließen ihn weich in die Metallhülle gleiten und schlossen den Deckel, und sofort klang die seltsam metallische Stimme eines Dieners daraus hervor.

„Mein höchst tapferer Gegner. In diesen letzten Augenblicken, bevor ich zu dem Schwarmbewußtsein meines restlichen Lebens zurückkehre, gelobe ich Euch, daß Ihr und Eure Gefährten frei sein werdet, koste es, was es wolle. Auch wenn ich weitere tausend Jagdzyklen erleben sollte, wird es keine solche Jagd mehr geben. Ich muß nun ein weiteres halbes Jahr im ruhenden Zustand verbringen, ohne individuelles Bewußtsein meiner selbst, bevor ich wieder hervortrete, aber ich schwöre, daß ich in Erinnerung an Euch die nächsten hundert Zyklen nur in Eurer Gestalt kämpfen werde..."

O Gott, sie verbrachten die Hälfte ihres Lebens als Diener in diesen Blechdosen. Es waren überhaupt keine Roboter! Kein Wunder, daß die Diener das Wild pflegten und aufmunterten...sie stellen das einzige individuelle Leben und Bewußtsein dar, das die Jäger kannten...Nur während der Jagd waren sie als Einzelwesen lebendig, und vielleicht waren sie zu keiner anderen Zeit wirklich intelligent. Konnte ein Schwarmbewußtsein intelligent sein? Dane wußte es nicht. „Ich grüße Euch noch einmal in den letzten Augenblicken, während ich, ich selbst bin, ich ... wir ..."

Die Stimme des Anführers verstummte; ein anderer Diener fuhr ohne Unterbrechung fort: „Wir erweisen Euch die Ehre. Obwohl es möglich ist, daß Ihr unsere Jagd für alle Zeiten beendet habt, wenn wir Euch, wie es die Ehre gebietet, freilassen und Ihr unser Geheimnis in der ganzen Galaxis verbreitet."

„Aber nicht im Geringsten", sagte Dane und steckte sein Schwert in die Scheide. „Erinnert ihr euch, daß die Mekhar weggerannt sind, um sich freiwillig hier zu melden? Wenn erst einmal bekannt ist, daß ihr existiert, daß es kein sinnloses Abschlachten ist, sondern ein Duell, und daß ihr die Überlebenden reich belohnt, werden die zähesten Bürger der Galaxis an eurer Schwelle Schlange stehen; ihr könnt euch euer Wild aussuchen, anstatt es kaufen oder stehlen zu müssen! Wundert es euch, daß viele nicht weiterleben wollen, wenn sie sich nur formloser Bedrohung gegenüber sehen? Aber gebt ihnen eine Chance – dann werdet ihr so viele Freiwillige haben, daß ihr sie auf eine Warteliste setzen müßt!"

Dieners tonlose Stimme gelang es irgendwie, Freude zum Ausdruck zu bringen. „Vielleicht wird es so sein. Erlaubt uns nun, Ehrenwertes und Heiliges Wild, Euch zu bedienen und zu erfrischen. Das nächste Wild erwartet Euer Siegesbankett, damit Ihr ihnen Mut und Hoffnung macht, und unsere Brüder, die sich im vergangenen Mond auf die Jagd vorbereitet haben, besteigen jetzt schon das Raumschiff, um hierherzukommen und alles vorzubereiten." Die Diener konnten gar nicht genug für sie tun. Sie wurden zu den Bädern geführt und noch einmal verschwenderisch gespeist, frisch gekleidet und mit Blumengirlanden behängt. Rianna hatte sich bei Dane eingehängt, und es schien ihm alles wie ein Traum.

„Reichtümer", flüsterte sie, „genug, um eine wissenschaftliche Stiftung zu gründen – vielleicht hierher zurückzukommen und die Ruinen-Stadt zu erforschen und etwas über die alte Rasse herauszufinden, die mir das Leben gerettet hat..." Aratak sagte ruhig: „Dem Göttlichen Ei hat es gefallen, mir das Leben zu erhalten; es muß irgendwo innerhalb des Galaktischen Bundes etwas für mich zu tun geben. Aber bevor ich hingehe und es tue, werde ich zu Spika Vier reisen und Dalliths Volk erzählen, wie sie starb – und auch zu Cliffs Planeten. Ich habe keine andere Verwendung für den Reichtum."

Dane strich über die Scheide des Samuraischwertes. War der alte Samurai der einzige Überlebende, der je *Seppuku* begangen hatte, als ihm klar wurde, daß er das Schwert seinen Besiegern übergeben mußte? *Ich würde es gerne behalten, aber ich werde nie wieder ernsthaft ein Schwert benutzen.*

Rianna sagte: „Dane, du kannst nach Hause zurückkehren!"

„Wie – und für den Rest meines Lebens herumlaufen wie einer, der den fliegenden Untertassen begegnet ist?" fragte er und zog sie fest in seine Arme.

Zuerst zu Dalliths Welt, um ihrem Volk zu erzählen, wie sie gestorben war, Und dann ... nun, die Galaxis war groß, und er hatte noch lange Zeit zu leben, und das würde das größte aller Abenteuer werden.

Er umarmte Rianna überschwenglich und lachte laut.

Liebe und Tod. Für den Rest seines Lebens würde er Dallith im tiefsten Inneren seines Herzens tragen, so wie er ihre Haarflechte auf der Haut trug; aber er hatte keine Angst mehr vor der Liebe oder vor dem Tod.

Er hatte sie beide gemeistert und war lebend daraus hervorgegangen. Und er würde immer mehr darüber lernen, bis er eines Tages seinen eigenen Tod zu meistern hatte.

Nachwort

Marion Zimmer Bradley wurde am 3. Juni 1930 in Albany, New York als Marion Eleanor Zimmer geboren. Ihr Vater war als Handwerker (Zimmermann) und als Farmer tätig, ihre Mutter war Historikerin. 1949 heiratete sie Robert Alden Bradley, von dem sie 1964 geschieden wurde. In zweiter Ehe ist sie verheiratet mit Walter Henry Breen. Sie hat einen Sohn aus erster Ehe sowie einen Sohn und eine Tochter aus zweiter Ehe. Soviel zum privaten Hintergrund der Autorin, die 1953 ihre erste SF-Story in dem Magazin *Vortex* veröffentlichte und seither mehr als zwei Dutzend Romane geschrieben hat. Darunter war zwar auch mal ein Roman über Zirkusartisten, aber im wesentlichen konzentrierte sie sich auf Science Fiction, auf eine abenteuerliche Science Fiction mit Fantasy-Einschlag, um genau zu sein.

Schon während der Schulzeit hatte sie erste Bekanntschaft mit Werken der phantastischen Literatur gemacht, so mit *The King in Yellow* von Robert W. Chambers, und war sofort davon begeistert. Später entdeckte sie die Welt der SF-Magazine und wurde das, was man einen SF-Fan nennen kann: Sie schrieb Leserbriefe an die Redaktionen von SF-Magazinen, kommunizierte mit anderen Fans, gab ein Fan-Magazin heraus, schrieb erste eigene Kurzgeschichten. Diese Phase schien beendet zu sein, als sie ihren ersten Mann – der dreißig Jahre älter war als sie – heiratete. Bald jedoch versuchte sie den Alltag der Ehe ein wenig bunter zu gestalten, indem sie an ihre früheren Interessen anknüpfte. Sie schrieb Kurzgeschichten und Romane, verkaufte diese auch, und allmählich wucherte das „Hobby", sehr zum Mißvergnügen des Ehemannes, zum Beruf aus.

Sie war in den fünfziger und sechziger Jahren eine der wenigen

Frauen, die Science Fiction schrieben und sich nicht hinter einem männlich klingenden Pseudonym versteckten. Und sie fand sehr schnell Zugang zu den Sympathien der SF-Leser, und zwar vor allem mit einem großen Thema, einer imaginären Welt der Zukunft, in der sie mit den Jahren eine Reihe von Romanen ansiedelte. Gemeint ist der Darkover-Zyklus. Hier wird der Planet Darkover geschildert, der einst von den Männern und Frauen eines Kolonistenschiffs besiedelt wurde, das auf diesem Planeten unter einer blutroten Sonne notlandet. Darkover bleibt lange Zeit auf sich allein gestellt, bevor der Planet eines Tages von den Terranern wiederentdeckt wird. Man stößt auf eine Kultur, die feudalistisch geprägt ist und auf Psi-Kräften beruht, die bei den sieben herrschenden Familien auftreten. Die einzelnen Romane sind häufig dem Gegensatz zwischen einer mittelalterlich anmutenden Kultur auf der einen Seite und der hochtechnisierten, irdischen Enklave auf der anderen Seite verpflichtet, bemühen daneben aber auch andere Gegensatzpaare: Ratio / Intuition, Alter / Jugend, Heterosexualität / Homosexualität, Technologie / Instinkt, Mann / Frau, Establishment / Counter-Establishment, Bürgertum / Feudalismus, Künstlichkeit / Natur usw. Der Darkover-Zyklus − nicht eigentlich eine Serie, weil die einzelnen Romane nicht zwingend aufeinander aufbauen − ist bei amerikanischen SF-Lesern so populär, daß sich sogar eine eigene Darkover-Fan-Fraktion unter den amerikanischen SF-Fans gebildet hat. Waren die ersten Romane von Marion Zimmer Bradley vor allem spannender Unterhaltung verpflichtet, nutzte die Autorin in der Folge jene Freiräume, die ihr insbesondere der amerikanische SF-Verleger Donald A. Wollheim bot: Sie durfte ohne Längenbegrenzung und ohne redaktionelle Eingriffe ihre Romane zur Veröffentlichung bringen, eine selbst heute noch nicht selbstverständliche Voraussetzung für SF-Autoren. Ihre Romane wurden fortan nicht nur voluminöser, sondern auch gehaltvoller. Unaufdringlich und ohne ihre Leser mit langatmigen Traktaten zu plagen und ihnen die erwartete abenteuerliche Unterhaltung zu versagen, gestaltete sie ihre Romane zu Entwicklungsromanen ihrer Protagonisten, versagte sich nicht den einen oder anderen philosophischen Gedanken, sparte Sexualität nicht aus und setzte sich vor allem immer wieder – versöhnlich, wie es ihre Art ist – für die Gleichberechtigung der Frau ein.

Neben den Darkover-Romanen* veröffentliche Marion Zimmer Bradley immer wieder mal einen Roman, der nicht vom Licht der blutroten Sonne beschienen wurde. Hierzu gehört der vorliegende Roman *Die Jäger des Roten Mondes (Hunters of the Red Moon)*, der noch eine Fortsetzung erfuhr: *Die Flüchtlinge des Roten Mondes (The Survivors)*, ein Roman, der in Zusammenarbeit mit ihrem Bruder Paul Edwin Zimmer entstand, der auch schon in der einen oder anderen Form an der Entstehung von *Hunters of the Red Moon* beteiligt war. Diese beiden Romane dürften zum Spannendsten gehören, was Marion Zimmer Bradley bislang geschrieben hat. Aber – und das macht die Qualität dieser Autorin aus, es bleibt nicht bei spannenden Action-Romanen mit unzähligen Kampfszenen, sondern diese Romane sind zugleich zutiefst menschlich, und die innere Dramatik steht nicht hinter der äußeren zurück. Erklärtermaßen ist dies sogar das Motto, unter dem diese beiden Romane stehen: Liebe und Tod, die Rückkehr zum Wesentlichen, zum Ursprünglichen.

Daß Marion Zimmer Bradley sich darauf versteht, den Leser zu unterhalten und ihm zugleich mehr als Unterhaltung zu bieten, hat ihre Darkover-Romane so berühmt gemacht. In *Hunters of the Red Moon* und *The Survivors* zeigt sich das gleiche Talent.

Hans Joachim Alpers

---

*Aus dem Darkover-Zyklus erschien in der Reihe Moewig bei Ullstein *Landung auf Darkover (Darkover Landfall), Hasturs Erbe (The Heritage of Hastur), Der verbotene Turm (The Forbidden Tower), Die Zeit der hundert Königreiche (Two to Conquer)*. Weitere Romane befinden sich in Vorbereitung.

MARION ZIMMER BRADLEY
DIE ERBEN VON HAMMERFELL

Marion Zimmer Bradley, die berühmte Autorin von
DIE NEBEL VON AVALON, hat mit dem Roman
DIE ERBEN VON HAMMERFELL nach fünf Jahren ihren
weltbekannten Darkover-Zyklus fortgesetzt.
In der „Zeit der hundert Königreiche" kämpfen die
ungleichen Zwillingsbrüder Alastair und Conn um ihr
Erbe, das Herzogtum Hammerfell.
Was als Kampf gegen den Erzfeind Storn beginnt,
mündet in einen erbitterten Bruderzwist zwischen den
Erben von Hammerfell.

Marion Zimmer Bradley
Die Erben von Hammerfell
255 Seiten, gebunden
ISBN 3-89457-000-8

ROMAN HESTIA